KB122829

태양의 저쪽

태양의 저쪽

김용운 장편소설

개미

내일은 내일

어느 날, 어떤 신문 기사가 나의 눈길을 확 끌었다. 〈가족의 이름으로 당신도 갇힐 수 있다〉라는 큼직한 제목 아래 작은 제목인 "본인 동의 없이 정신병원 강제입원……법에 호소, 6년 사이 6배 늘어"에 이어 '30대 중반부터 알코올 중독 증세를 보인 이모(58)씨는 16년 전 음주운전으로 입건된 이후 지난해까지 병원을 옮겨가며 정신병원 신세를 졌다. 그사이 부모가 돌아가셨지만 보호자인 아내가 외출을 허락하지 않아 이씨는 부모의 장례식에도 가지 못했다. 이씨는 퇴원해 아내와 이혼하고 싶었지만, 아내는 퇴원 얘기를 꺼내면 간식비도 넣어주지 않겠다며 압박했다. 참다못한 이씨는 법원에 '내 뜻과 달리 위법(違法)하게 정신병원에 감금돼 있으니, 퇴원을 허가해달라'며 정신병원을 상대로 인신(人身)보호 청구를 했다. 그러자 지난해 6월 ○○지법 서부지원은……에 이어 '알코올 의존증으로 입원했던 60대 남성 이모씨도 지난해 6월 가족과 병원이 자신을 부당하게 병원에 입원시켜 감금하고 있다'면서 법원에 인신보호를 청구했다. 병원은 이 소송을 취하하는 조건으로 그를 퇴원시켰지만, 가족들은 그가 퇴원하자마자 다른 병원에 강제로 입원을 시켰다. 법원은 이씨가 소송를 낸 지 석 달 뒤……알코올 중독이나 정신질환 등을 이유로 자신의 뜻과 무관하게 '강제입원'을 당했다고 주장하는 이들이 법원 문을 두드리는 일이 급증하고……

우리가 사는 지구의 서양과 동양에는 수많은 정신병원들이 있다. 물론 우리나라도 마찬가지이다.

정신병원은 수준이 높은 곳들도 있지만, 그렇지 못한 경우도 많다. '애를 밴 처녀도 할 말이 있다'는 속담처럼, 이 소설은 어느 정신병원에 강제입원을 당한 그들의 나름대로의 억울함과 내일이 없는 지루한 하루하루의 무의미한 병원생활에서의 정신적 고통을 다루고 있다.

미국의 소설가 헤밍웨이의 장편소설 『해는 또다시 떠오른다』에서, 태양은 '희망'을 상징한다. 오늘날은 그가 살았던 시대와 또 다르다. 그 시대에서는 상상도 못했던 인터넷과 인공지능(AI) 시대이다. 첨단과학장비를 갖춘 기상대도 내일의 날씨 예측이 빗나갈 때가 있는, 동서양이 인터넷으로 그때그때 교류하는 이 시대에서 우리는 내일은커녕 당장 오늘의 한 치 앞도 예측할 수가 없다. 하루 벌어 하루 먹는 이 땅의 수많은 비정규직 노동자들, 대기업 사원들도 조기 퇴출 등 당장 오늘이라는 불안한 시간과 공간 속에서 살아가야만 하는 그들은 오늘 밤에도 울화증으로 술을 마신다. 그래야만 울화병이 조금은 가라앉는다. 그러다가 어떤 사람은 집에서 깊이 잠든 사이에 '알코올 의존증 환자' 또는 '만성 알코올 질환자'라는 병명으로 강제로 구급차에 실려 어느 정신병원으로……

이 소설은 남들과 우리의 가정, 남들 또는 우리들의 이야기이다.
우리들에게 내일은 있는가? 어저께 또는 어제와 오늘은 우리말이지만, 내일(來日) 또는 명일(明日)은 한자어이다.
벌써 오래전에 작고한 문단의 어느 선배님의 시집 제목이 문득 머리에 떠오른다. '이 땅은 나를 술 마시게 한다'

이 작품을 선뜻 출간해준 개미출판사에게 큰 감사를 드린다.

2020년 8월
김용운

차례

햇빛을 빼앗긴 사람들

이른 새벽, 훤히 열린 도로의 아스팔트 길 위를 전조등 불빛을 뿌리며 택시가 달리고 있다. 차 안에는 택시기사와 그 옆에 타고 있는 손님뿐이다. 차가 어느 곳에 이르자, 문득 유리창 밖을 내다 본 손님이 혼잣말처럼 중얼거린다.

"오늘도 역시 그렇구먼."

"무엇이 그렇단 말씀이죠?"

택시기사가 물어보자, 손님이 말한다.

"이런저런 이유로, 나는 다른 날에도 이따금 새벽 여섯 시를 전후해서 택시를 타고 이 길을 지나가곤 해요. 그런데 방금 지나친 그곳에 이르면, 그때마다 궁금한 것이 있지 뭐요. 10층도 더 높아 보이는 그 건물의 높다란 어느 한 층은 전체가 여느 층들처럼 온통 컴컴하든가, 아니면 그 층만이 유별나게 한낮처럼 환하든가, 아니면 내가 지나가기를 기다렸다는 듯이, 여태까지 컴컴하다가도 도

깨비불처럼 그때 갑자기 불이 켜진다든가……도대체 어떤 회사가 새벽부터 저러는지 늘 궁금했었는데, 오늘은 환하게……"

"회사가 아니라 병원입니다."

"병원?"

"그렇습니다."

"무슨 병원이기에?"

"환자들은 새벽 6시면 싫든 좋든 모두 일어나야 한다더군요."

"그런 병원도 있나?"

나름대로 조금 생각하던 손님이 중얼거린다.

"어쨌거나, 요즘 같아서는 나도 병원에 입원을 해서 한동안 푹 쉬고 싶구먼. 하하하."

"다른 데는 다 가도 좋지만, 저런 병원에는 가지 마십쇼, 손님."

"저런 병원이라니?"

"저곳은 정신병원입니다."

지금은 12월 초순—한해를 매듭짓는 마지막 달이다.

성당이나 교회당의 앞마당에는 여느 해처럼 크리스마스트리가 등장을 하고, 그런 거리를 걷고 있는 사람들은 어쩔 수 없이 그 기분에 젖어들면서 보다 밝은 새해이기를 바랄 터이지만, 나는 지금 그러지를 못하고 있다. 지금의 나는 그러기는커녕 모든 것이 암울하다.

내가 이 병원에 강제입원을 당하고, 다시 이 병실로 배속이 된 지도 또 며칠째—똑같은 날들의 반복이었고, 그 연속이었다. 이곳 정신병원의 하루하루는 그랬다.

그동안 내가 들은 말들로 보면, 이 병원에 입원을 하고 있는 환자들은 150여 명, 물론 나도 그들 중의 한 명이다.

그들은 두 종류이다. 정신장애자들과 만성 알코올 의존증 환자들—쉽게 말해서, 논리적인 판단력이 부족하여 사회생활을 영위할 만한 지능을 가지고 있지 못한 지적장애자들이거나 알코올 중독자들이다. 이곳 사람들은 전자를 그저 '장애자(인)' 혹은 '맛이 간 사람', 후자를 '알코올 환자' 또는 그냥 '알코올'이라고 부르는데, 그런 그들이 이 병원에 감금을 당한 채 따로따로 분리가 되지 않고 함께 뒤섞여서 생활을 하고 있다.

병원의 하루는 환자들의 기상 시각인 새벽 6시부터 시작된다. 컴컴하던 병동에 형광등이 번쩍번쩍 켜지면, 그들은 각 방마다 바닥을 빗자루와 물걸레로 쓸고 닦으며 아침 청소, 7시부터 8시까지 아침식사, 30분 뒤부터 간호사와 보호사가 약 봉지들이 가득히 얹힌 작은 수레를 밀면서 차례차례로 병실들을 돌며 약 봉지에 적힌 이름과 그 많은 환자들의 얼굴을 한 명씩 확인해 가면서 약을 나누어 주는 긴 투약(投藥)시간—12시부터 오후 1시까지 점심식사와 투약시간—저녁 5시부터 6시까지 저녁식사, 30분 뒤부터 또 투약시간—그리고 밤 8시 30분부터 오늘의 마지막 투약시간—밤 10시에는 병동의 모든 형광등이 꺼지면서 다음날 새벽 6시까지 취침 시간……자고 나면 어제와 똑같은 하루가 다시 반복되고, 다람쥐가 쳇바퀴 돌리듯, 그들의 하루하루는 날마다 그러하다.

이 병원의 심장부는 아무래도 간호사실이다. 그때그때 환자들을 관리하고 통제하는 건장한 남자 보호사들도 그곳에서 간호사들과 함께 근무를 하고 있는데, 얼핏 모두들 격일제로 출퇴근을 하는 듯

햇빛을 빼앗긴 사람들

싶다.

　그 간호사실의 이쪽(아랫마을)과 저쪽(윗마을)으로 긴 복도가 기역자 혹은 디근자로 열려 있다. 그 복도를 사이에 두고 16개의 환자들의 방이 자리하고, 그들은 대체로 한 방에 8명 또는 10명씩 수용되어 있다.

　여느 일반 병원들과는 달리, 이곳은 정신병원인 만큼 실내에서의 혹시 모를 돌발 사고를 예방하기 위해서 모든 방들의 문은 24시간 열려져 있게 규정되어 있고, 그 방들의 출입구 바로 옆의 게시판에는 〈위해 도구(병동 반입금지) 품목〉이라고 적힌 인쇄된 종이가 나붙어 있다. 이를 테면, 화제 위험 품목으로 라이터, 성냥, 화학물질(스프레이) 등. 본인 또는 타인을 공격할 수 있는 손상 위험 품목으로 유리제품, 거울, 면도기, 칼, 가위, 손톱깎이, 보온병, 이쑤시개, 바늘, 유리, 포크, 자루 달린 빗, 캔 음료, 용수철, 볼펜, 스테인리스 용품……

　자살을 방지하기 위한 품목으로는 긴 끈(허리띠, 운동화 끈, 머리끈 등)과 비닐봉지, 손수건, 때 타월 등. 그 외에도 술과 알코올 성분이 포함된 음료, 건강식품(한약 포함)과 겉옷 등. 외부와의 통신을 차단하기 위하여 사진 및 동영상 촬영이 가능한 전자제품들과 돈이라든가 보석, 시계, 팔찌 등 분실 위험이 있는 귀중품들과 떡이라든가 껌, 고구마, 삶은 계란 등 질식 위험이 있는 음식……

　간호사실의 앞은 이 병원의 중심부로서, 2개의 환자들의 방을 합쳐놓은 만큼 넓다. 때가 지난 책들이 조금 꽂혀 있는 책꽂이가 간호사실의 벽 쪽으로 세워져 있는 이곳은 환자들의 식사를 배식하는 곳이다. 환자들의 재활을 돕기 위한 '공예교실'과 일요일에는 목사가 찾아와서 환자들을 모아놓고 예배를 드리는 곳이기에, 좁고 긴 탁자 4개와 20여 개의 등받이가 없는 플라스틱 의자들이 놓여 있다.

평소에는 그 탁자들을 벽 쪽으로 밀어놓고는, 이곳저곳의 자기 방에서 나온 환자들이 그 근처에 모여 앉아서 왁자지껄 큰 소리로 떠들기도 하고, 혹은 저 혼자 따로 앉아서 말없이 히죽히죽 웃고 있는 자도 있고, 가까이 배치된 중환자들 병실에서는 느닷없이 서로 싸우는 소리가 들리기도 하고, 또는 종종걸음을 치던 환자가 누가 스치고 지나가기라도 하면 갑자기 꽥꽥 괴성을 지르며 달려드는 곳이기도 하다. 말하자면 이곳은 로비―복도들이 모이는 곳으로서 그들의 휴게실인 셈이다. 취침시간을 제외하고, 이곳에는 언제, 어디서, 무슨 일이 일어날지 모르기 때문에, 보호사가 번갈아가며 한 명씩 머물고 있다.

그 로비 저쪽에, 공동화장실과 세면장과 끽연실로 통하는 '비좁은 통로'가 열려 있다. 몇 걸음쯤 곧장 가면 화장실이 있는데, 때로 어느 화장실 안에서는 누가 무슨 뜻인지 알아들을 수 없는 말들을 쉬지 않고 중얼중얼 시부렁거리기도 하고, 또는 어느 화장실에서 나온 환자는 바로 앞의 소변기의 꼭지를 눌러 물이 주루룩 밑으로 흘러내리면, 그 물을 한쪽 손바닥으로 훑어서 얼굴에 문지른 다음에, 고개를 갸웃거리다가 환자복의 한쪽 끝을 들어 올려 그 얼굴을 닦고……

그런 화장실의 입구로 들어가기 바로 전에, 이쪽으로 두어 걸음을 가면 샤워도 할 수 있는 세면장이다. 병실의 3분지 1쯤밖에 안 되는 그 좁은 공간에는 이쪽에 촘촘히 박힌 쇠창살들 뒤로 실내의

햇빛을 빼앗긴 사람들

수증기를 뽑아내기 위한 유리창이 절반쯤 열려 있고, 그 앞에는 이곳의 환자들이 사용할 수 있는 세탁기가 1대, 그리고 벽에 걸린 샤워기와 함께 수도꼭지가 이쪽에 3개, 두어 걸음 저쪽에 3개가 마주 보며 설치되어 있으며, 그 가운데로 몇 걸음 지나면 끽연실이다.

그렇다면 이 병원의 문은 어디에 있는가? 물론 화재라도 발생하면 환자들 모두가 병원 밖으로 대피할 수 있는 비상구가 있기는 하다. 그러나 환자들의 탈출을 막기 위하여 평소에 그 비상구인 철문 2개는 굳게 잠겨 있다. 열려 있는, 그리하여 외부로 통할 수 있는 철문은 오직 1개—그 문은 간호사실과 가까이에 있는데, 그 문으로 나가면 바로 이 병원의 원무과가 있고, 환자가 어쩌다가 찾아온 가족을 만날 수 있는 면회실, 환자들의 그때그때의 식사를 마련하는 취사실, 그리고 이 건물 전체를 오르내리는 2대의 엘리베이터가 있다. 따라서 그 철문의 열쇠는 원장과 간호사들과 보호사들, 그리고 사무원 등 몇 명의 병원 관계자들만 가지고 있다.

이곳의 어떤 환자는 그 문을 가리켜 '자유의 문' 또 어떤 환자는 '지옥문'이라고 부른다. 얼핏 들어도, 그 철문으로 나가면 자유를 되찾을 수가 있다는, 들어오면 지옥으로 통하는 문이라는 뜻이다. 날이 날마다 24시간 동안 햇빛을 전혀 못 보고 사는 사람들, 한 줄기 햇빛이 그리운 사람들, 그리하여 형광등 불빛 아래에서 더욱 얼굴빛이 하얀 그들이기에, 평소에 그들이 얼마나 이곳의 병원생활을 지루하게, 지겹게 여기고 있는지를 그 철문의 명칭들을 통해서도 알 수 있다.

하루 또 하루

　날이 갈수록 시간은 멈춘 듯이 가지를 않는다. 똑같은 1초인데도, 어제는 1초를 보내기가 하루 같았다면 오늘은 한 주일 같고, 다음날은 한 달처럼 길게 느껴졌다. 오늘이 지나면 내일일 것 같은데, 오히려 어제로 되돌아간 것 같다. 이곳에 강제로 입원을 당하면 무조건 3개월―환자의 희망은 무시당한 채 타의에 의해서 입원 기간이 강제로 결정된다는 것을 안 후부터, 이곳에서 석방(퇴원)이 되는 그날이 어서 오기를 기다리는 그 순간부터 시간은 앞으로 나아가지를 않고, 거꾸로 흐르기 시작했다.

　내가 속해 있는 병실은 간호사실과 가깝다.

　병실의 문으로 들어서면 가운데에 통로가 있고, 오른쪽에 세로로 나란히 7명, 통로를 사이에 두고 가로로 길게 3명(8번·9번·10번)의 자리, 그리고 통로가 끝나는 유리 창가에는 커다랗고 둥근 벽시계가 걸려 있으며, 그 아래에 냉장고와 대형 TV와 빨래건조기가 자리하고 있다.

커다란 시계가 걸려 있는 그 벽을 사이에 두고 이쪽과 저쪽은 넓고 두꺼운 판 유리창이다. 그 이쪽 유리창의 일부는 누구도 연장이 없이는 절단할 수가 없는 쇠창살 몇 개가 세로로 길게 박혀 있고, 그 아랫부분에 작은 유리창문이 있는데, 절반쯤만 열리는 그 창문도 쇠줄로 창턱과 연결이 되어 있어서, 고양이나 그 창문으로 겨우 들락거릴 정도였다. 말하자면 쇠창살들 뒤에 그나마 쇠줄로 묶인 작고 비좁은 창문—어느 누구도 그 구멍으로 외부로의 탈출은 어림도 없다.

그들의 자리에는 방바닥에 저마다의 매트리스가 깔려 있다. 이쪽과 옆의 자리 사이에는 머리맡에 속옷 같은 가벼운 생활용품들이 들어 있는 직사각형의 작은 플라스틱 사물함이 놓여있는데, 그 개인 사물함의 앞쪽에는 이름과 나이와 입원을 한 날짜가 적힌 스티커가 나붙어 있다. 지금 건물의 유리창 밖은 겨울이지만, 실내와 복도는 난방이 잘 되어 있어서, 그들은 모두가 환자복 차림으로 생활을 한다. 실내에서 복도로 나갈 때는 방문 앞에서 저마다의 이름이 매직펜으로 크게 적힌 테이프가 덮개 위로 붙여진 슬리퍼를 찾아 신곤 하는데, 장애자들이 아무렇게나 벗어놔서 그것들은 이리저리 뒤섞일 때가 많다.

누구든지 이 병원에 입원을 하면, 처음의 3일 동안은 간호사실 안에 있는 환자 보호실에서 지내야 한다. 식사는 보호사가 가져다주고, 화장실에 가고 올 때도 그들이 데리고 다녔다. 그 3일 동안의 적응 기간이 끝난 오후에, 박종훈·나이 37세—나는 주어진 사물함과 함께 이 병실로 배속이 되었다. 문에서 세로로 다섯 번째,

유리 창가에서 3번째 자리는 매트리스가 비어 있었으며, 그러고 보면 나는 이 병실의 5번 환자이다.

매트리스 위의 벽 쪽에는 이미 나의 개켜진 이부자리와 베개가 높직하게 놓여 있었다. 그 앞에 한동안 멍한 표정으로 앉아 있는 나에게, 바로 옆의 나이가 지긋한 6번 환자가 말을 걸었다.

"이런 데에 처음이오?"

"그렇습니다."

내가 얼떨결에 대답을 하자,

"긴장을 풀어요. 이곳도 사람 사는 곳이니까. 핫핫하."

웃어댄 그가 말을 이었다.

"뭐 비밀도 아니고 어차피 알게 될 건데, 우리 인사부터 합시다. 나, 최영태―요. 나이는 58세. 입원한 지 두 달이 넘었소."

"저는……"

"이미 알고 있소. 조금 아까 종훈 님의 사물함에 나붙은 것을 봤으니까."

그런 그가 웃으며 슬며시 물어본다.

"그런데 이곳엔 어떤 이유로 왔소?"

"모두가 내 탓이지요."

"어?"

"왜 놀라십니까?"

"성인(聖人) 같은 소리를 하니까 그렇지. 처음에 이곳에 들어온 사람은 열에 아홉 명은 하나같이 남의 탓부터, 마누라 탓부터 하거든."

"……"

하루 또 하루

"어쨌거나 종훈 님은 이래저래 처음부터 내 마음에 쏙 들었소. 핫하."

그때, 실내로 들어온 앳되어 보이는 젊은 환자가 우리 쪽으로 급히 다가오며 큰 소리로 말했다.

"바, 방장(房長)님, 간식! 간식!"

그러자, 벽시계를 힐끔 바라다 본 영태 씨가

"오늘은 간식이 일찍 나왔네."

자리에서 일어나더니 문 쪽으로 걸어갔고, 복도로 나갔다가 조금 후에 배가 불룩한 비닐가방을 들고 자기 자리로 돌아왔다. 그리고 지퍼를 연 다음에, 그 안에 들어 있던 두툼한 노트 한 권과 빵이며 조그만 커피 상자 따위의 내용물들을 방바닥 위에 꺼내놓기 시작했다.

꽃 냄새를 맡은 벌과 나비들처럼, 방에서 나가 있던 식구(환자)들이 어느 틈에 들어와서 이미 영태 씨의 주위에 모여 있었다. 노트를 펼쳐들고 거기에 적힌 대로 영태 씨가 누구는 커피 하나(한 상자)에 빵이 3개, 누구는 커피 하나에 식빵 하나(한 봉지), 누구는 커피 하나에, 휴지 하나(두루마리 화장지 한 뭉치)에……그들이 주문한 것들을 나누어 주었다.

간식 배급이 끝나자, 아까 간식이 나왔다며 알려주고 7번 자리에 앉아 있던 그 젊은 환자가 1.5리터짜리 큰 플라스틱 빈병을 들고 나가려다가 잠시 주춤거리자, 눈치를 챈 듯 영태 씨가 말했다.

"어이, 미스터 네!—더운물 받으러 가는 길에, 이 가방 갔다가 주라고. 주는 곳이 어디인지 알지?"

"네!"

"그리고, 더운물 넉넉히 받아 오라고."

"네!"

그가 빈 간식 가방을 집어 들고 복도로 나가버렸다.

"심성이 착한 젊은이 같군요."

내가 혼잣말처럼 중얼거리자, 영태 씨가 고개를 끄덕거렸다.

"저 녀석은 이래도 네! 저래도 네!—그래서 별명이 '미스터 네!' 라고. 나이는 18세, 누구를 도와주기를 좋아하는 정이 많은 아이 인데, 키도 크고 얼굴도 멀끔하게 생긴 녀석이 어쩌다가 그만 이런 곳에 와 있소."

"겉으로는 멀쩡하게 보이는군요."

"그렇지 않소. 말을 몇 마디만 주고받다가 보면, 곧 드러나지. 기 억력에 한계가 있고, 그러면 이내 싫증을 내며 슬며시 자리를 뜬다 고. 저 녀석은 착하니까 그렇지, 어떤 녀석은 싫증이 나면 금세 짜 증을 내고, 그러다가 버럭버럭 소리를 지르며 대들고……핫핫하."

7번 환자가 얼마 만에 돌아왔다. 들고 갔던 커다란 물병 속에는 물이 절반 넘게 들어 있었다. 그는 영태 씨의 사물함 뚜껑 위에 놓 인 플라스틱 빈 컵에다가 그 물을 먼저 따라준 다음에, 자기의 컵 에다가도 따랐다. 그리고 아까 분배 받은 20개 들이 커피믹스 상 자의 윗부분을 연 다음에, 긴 커피 한 봉지를 뽑아 주둥이를 찢더 니 얼른 컵 속에다가 쏟아부었고, 이어 빳빳한 그 빈 커피 봉지의 아래쪽을 담그고 휘휘 저어 섞었다.

영태 씨가 내게 말했다.

"종훈 님은 사물함 뚜껑을 열어 봐요."

"?"

"그 안에, 투약시간 전에 물을 미리 받아놓으라는 작은 플라스틱 빈 물병과 컵이 들어 있을 거요. 그것들을 꺼내라고."

내가 그가 시키는 대로 하자, 영태 씨는 7번 젊은이에게 아까 그 물병을 달라며 손가락질을 했고, 물병을 건네받은 그는 내 사물함 뚜껑 위에 놓인 컵에다가도 더운물을 부어 주고, 커피믹스 2개를 꺼내더니 한 개를 내게로 건네며 말했다.

"종훈 님은 오늘은 우선 그 커피를 마셔요. 월요일 오전에 간식을 주문하면, 오늘처럼 화요일 오후에 그것들이 나와요. 다음 주문은 목요일에, 그러면 금요일에 또 나오고……간식 리스트는 저기 게시판 이쪽에 여러 장이 붙어 있으니까, 앞으로는 종훈 님도 그걸 보고 필요한 것들을 주문하면 돼요. 그 리스트에는 먹을 것들 말고도 치약이며 칫솔, 세숫비누랑 빨랫비누, 두루마리 휴지, 노트, 담배, 면도기, 수건이랑 내의 등 이곳에서 필요한 것들은 다 적혀 있소. 병원에 입원을 하면 환자의 보호자가 간식비(간식 비용) 예치금을 간호사실에 맡기고, 다음부터는 다달이 송금을 하니까 이쪽에서는 걱정하지 않아도 된다고."

"그 예치금은 얼마 정도입니까?"

"5만 원, 또는 7만 원, 10만 원……환자들의 가정 형편에 따라서 저마다 달라요. 간식비가 모자라는 녀석에게는 간식이 중단되고, 그러면 간식비 더 보내라고 집에다가 전화질을 뻔질나게 한다고. 이곳에 입원을 하면 무조건 3개월, 6개월, 또는 그 이상……그러면 집에서는 병원비도 버거운데 수시로 간식비까지 보내기가 지겨워서라도 환자를 퇴원시킬 테니까, 종훈 님도 이곳에서 얼른 나가고 싶으면 그때마다 이것저것 간식을 되도록 많이 주문하라고.

핫핫하."

영태 씨는 농담조로 말하며 크게 웃었다. 키는 보통이지만, 다부진 몸집의 영태 씨는 목소리가 무거웠고, 특히 그의 웃음소리는 호걸스러웠다.

커피를 다 마시고 아까처럼 벽시계를 바라다 본 영태 씨가 일어나서 문 쪽으로 걸어가더니, 고개를 내밀고 저쪽을 살핀 다음 나오라고 내게 손짓을 했다. 자석에 이끌리는 쇠붙이처럼 나는 일어나서 그리로 갔고, 나의 슬리퍼를 찾아 신고 복도로 나섰다.

가까운 간호사실 앞에는 이미 많은 환자들이 모여 있었다. 그곳 로비 쪽의 유리창 아래에는 반달처럼 작은 구멍이 열려 있었는데, 그들은 그곳을 들여다보며 몇 반(호)의 누구라면서 방의 번호와 이름을 대었고, 그러면 안에 있던 보호사가 유리창을 통해 이름과 얼굴을 확인해 가며 그가 주문한 담배를 그 반달 구멍—을 통해 밖으로 내주곤 했다.

담배 2갑을 받아 든 영태 씨가 돌아서며 내게

"간식 주문을 할 때 담배도 함께 하는데, 한 사람에게 화요일에는 2갑, 금요일에는 3갑—분배는 이곳에서 엄격하게 따로 해요. 담배는 그 이상의 주문은 안 된다고!"

그가 이어 말했다.

"그리고 저기 공중전화기가 있는데, 환자들이 외부로 전화를 걸 때는 그걸로 해요. 집에서 환자에게 걸려오는 전화는 간호사실에서 받으며, 보호사가 그때마다 환자에게 전달, 아까 그 반달 구멍 밖으로 내준 송수화기를 통해서 받아요. 전화를 걸 때는 전화카드를 사용하는데, 그 카드는 간호사실에서 발급을 하니까, 틈이 나면

하루 또 하루

그리로 가서 종훈 님도 신청을 하라고."

"알겠습니다."

"알아둘 것이 또 있소."

그가 앞장을 서서 화장실 쪽으로 걸어갔다. 비좁은 통로였다. 이번에도 나는 말없이 그의 뒤를 따라갔다.

갑자기 오줌이 마려웠다. 내가 소변기로 다가서자, 잊고 있었다는 듯이 영태 씨도 내 옆에 서서 오줌을 누기 시작했다.

우리가 찾아간 곳은, 이번에는 세면장 바로 이웃에 자리한 끽연실이었다. 문 앞에서 영태 씨가 조금 전에 간호사실을 통해서 지급받은 담뱃갑에서 2개비를 꺼내더니 1개를 내게로 건넸다. 우리는 그 안으로 들어갔다.

벽의 한쪽에서 조그만 환풍기가 돌아가고 있는 끽연실은 비좁았다. 오늘은 담배가 나오는 날이라서 그런지 그 안은 환자들로 꽉 찼다. 한쪽 벽에 박힌 못에는 쇠줄로 몸통이 묶인 가스라이터 1개가 길게 매달려 있었는데, 그것으로 불을 켜서 담뱃불을 붙인 영태 씨가 내가 입에 물고 있는 담배에도 불을 붙여 주었다.

끽연실의 가운데에는 담뱃재나 꽁초를 버리는 물통이 있고, 환자들은 그 물통을 중심으로 서로 어깨를 비벼가며 선 채로 담배를 피우고 있었다. 얼핏 10명도 넘어 보였다. 환풍기가 있다고 해도, 실내는 화재라도 발생한 듯 그들이 쉬지 않고 빨아 내뿜는 담배연기로 가득했다.

일행인 듯 나란히 서서 담배를 다 피운 세 사람이 동시에 끽연실에서 나갔다. 그런데 그들이 나가자, 그 뒤에서 여태껏 쭈그리고 앉아 있던 웬 뚱뚱한 환자가 슬며시 자리에서 일어났다. 나이가 듬

태양의 저쪽

직한 그는 빽빽하게 서있던 앞사람들에 가려져 보이지가 않았었고, 어쨌거나 그래서 끽연실이 더욱 비좁았던 것 같다.

자리에서 일어선 그는 다짜고짜 나를 바라보며 웃는 얼굴로 수작을 걸었다. 네가 피우고 있는 담배를 조금이나마 자기에게 달라면서 농아가 수화를 하듯 손가락질로 거듭해서 시늉을 했다. 그 모습이 너무 안쓰러워서 나는 아직도 반쯤이나 남은 담배를 그에게 건네주고 먼저 끽연실에서 나왔다. 조금 후에 나온 영태 씨가 나랑 함께 그 앞을 떠나며 불쑥 물어본다.

"종훈 님은 하루에 담배를 몇 개비나 피워요?"

"전에는 어쩌다가 이따금 두세 대, 그러다가 아예 끊어버렸습니다."

"끊은 지 얼마나 되었소?"

"아마……2년이 넘었습니다."

"어쩐지……"

나름대로 집히는 게 있었다는 듯, 고개를 끄덕거린 그가 이어 말했다.

"끽연실에서 종훈 님이 담배를 준 그 사람, 누군지 알아요?"

"처음 보는 얼굴인데요."

"종훈 님은 몰라도, 그 사람은 종훈 님을 이미 알고 있소."

"어떻게요?"

"아까 내가 간식이 든 가방을 가지고 우리 방으로 들어올 때, 그는 방안으로 들어서려다가 말고 복도에서 뒤돌아섰소. 그때, 종훈 님을 보았을 거요."

"나를 어떻게 보았을까요?"

"그는 종훈 님의 바로 옆자리, 우리 방의 4번 환자—요. 그러자 본능적으로 자기의 자리를 먼저 보았을 것이고, 그러다가 바로 옆자리에 새로운 환자가 들어왔다는 것을 알았을 것이고, 더구나 나하고 함께 끽연실에 온 것을 보고는 더욱……"

"앞서, 그는 왜 방으로 들어오지를 않았을까요?"

"들어와 봤자, 간식 배급을 받을 게 없다는 것을 뒤늦게 알았으니까."

"어제, 간식 신청을 하지 않았던 모양이로군요?"

"간식 예치금이 진작 바닥이 났고, 그러자 간식 신청을 해도 그때마다 거절을 당하고, 다른 것은 그렇다 치더라도 골초인 그는 그럴수록 담배를 더욱 피우고 싶고, 그러자 아까처럼 이 사람, 저 사람에게 담배 구걸을……입원을 한 지 아주 오래되며 나이는 52세, 이 병원에서 별명이 뚱뚱이 김씨—마음은 착하지만, 맛이 간 사람이라고. 잠자는 시간과 식사시간을 빼고, 나머지 시간은 아예 끽연실에서 살다시피 해요. 앞으로는 그 사람에게 담배를 주지 말아요."

"왜죠?"

"종훈 님을 볼 때마다 담배를 달라면서 애걸하는 표정으로 자꾸 손을 내밀 테니까. 저 사람뿐만 아니라 처음 보는 다른 환자들한테도 마찬가지라고. 그랬다가는 종훈 님을 몰래 뒤쫓아 와서 어느 방의 환자라는 것을 알아두었다가 자주 찾아와서 종훈 님이 문밖으로 나오기를 기다리고, 그러면 슬금슬금 끽연실까지 뒤를 따라와서 꽁초라도 달라며 그때마다 귀찮게 구니까. 처음 들어온 환자라고 여겨지면 그들은 더욱 만만하게 보면서 추근거리며 달라붙

태양의 저쪽

고……더 알아둘 것은, 담뱃갑은 방안에 감추어 두고, 피울 것만 가지고 끽연실에 가라고. 옆 사람의 환자복 주머니에서 담뱃갑을 슬쩍 훔치는 놈도 있으니까. 이건 내가 입원을 하고 며칠 후에 직접 당해봐서 하는 소리라고. 궁하면 도둑질을 한다는 말이 바로 그거라니까. 핫핫하."

"……"

"따라와요. 알아둘 것들이 아직도 많으니까."

로비에서, 어느 환자실에 들렀다가 나오는 나이가 30대의 간호사의 뒤를 40대의 환자가 따라가며

"이모!"

큰 소리로 부르자, 간호사는 웃으며

"왜?"

친절하게 대꾸했다. 그러자 그 환자가 실실 웃어가며 '이모!'라고 또 불렀고, 이번에도 간호사가 '왜?'라면서 웃자, 그 환자는 이번에는

"엄마!"

그러자, 지금까지 웃으며 환자의 말을 고분하게 받아주던 간호사가

"내가 왜 네 엄마니?"

성깔 돋은 어조로 톡 쏘아주며 가까운 간호사실로 얼른 들어가 버렸다.

"이곳 간호사들은 모두 친절해요. 그러나 참는 것도 한계가 있지, 아까처럼 이모라느니 엄마라면서 엉뚱한 소리를 자꾸 하며 따라붙는 정신질환자를 만나면, 더는 참지를 못하고……핫핫하."

하루 또 하루

"그렇겠군요."

"간호사실의 문은 안에서 잠가요. 아까 저런 녀석들이 불쑥불쑥 문을 열고 들어오니까. 문을 노크하면 안에서 용건을 물어본 다음에 열어주고……간호사실의 이쪽부터는 윗마을, 저쪽은 아랫마을—."

이미 우리는 저쪽의 우리 방과 반대쪽의 복도에 와 있었다.

"이곳도 방 같은데, 문이 꼭 닫혀 있군요."

"그럴 수밖에! 말썽을 자꾸 일으키는 환자를 몇 시간 혹은 하루쯤 격리해 두는 독방이오. 1인용 감방이랄까, 그 안에는 달랑 매트리스 한 장과 오줌통 1개뿐이라고."

그 옆에도 또 방이었다. 영태 씨를 따라서 안으로 들어갔다. 방은 꽤 넓었다. 가운데에 네트가 없는 빈 탁구대 두 짝이 마주 보며 놓여 있었고, 한쪽 벽은 온통 유리창이었다. 그 저쪽으로 역시 몇 개의 쇠창살들과 그 뒤쪽의 아래로 쇠줄에 묶인 작은 창문, 그리고 이곳저곳에 플라스틱 의자들이 흩어져 있었다.

"이곳은 장애자들의 지능 향상을 돕기 위한 음악치료시간이라든가 알코올 환자들을 대상으로 강연을 하는 등 '재활프로그램교실'인데, 평소에는 아무나 들어와서 얘기를 나누는 장소이기도 해요. 따라오라고!"

그 옆의 방은 '체력증진실'이었다. 이웃한 재활교실보다 훨씬 좁은 방으로, 바퀴가 없는 자전거 2대가 바닥에 고정이 되어 있었다. 마침 저쪽의 쇠창살들과 창문이 가까운 자전거 위에는 나이가 70대의 늙은 환자가 올라앉아서 두 눈을 지긋이 감은 채 천천히 페달을 밟고 있었다.

"노인이 열심히 운동을 하고 있군요."

그 방을 나서며 내가 말하자, 영태 씨가 웃었다.

"그래 봤자지. 앞으로 살면 얼마나 더 살겠다고 저러는지……"

"무슨 뜻이죠?"

"저 영감은 밤이면 오줌과 똥을 가리지 못해 기저귀를 차고 자야한다고."

"그런 다는 걸 어떻게 아시죠?"

"그저께까지 우리 방에 있었으니까. 그러다가 다른 방으로 옮겨갔고, 그의 빈 자리로 오늘, 종훈 님이 온 거요. 핫핫하."

"그랬군요! 그나저나 환자가 오줌이나 똥을 싸면, 어떻게 처리를하죠?"

"보호사에게 연락을 하면, 그가 와서……그러나 그것도 한두 번이지, 그때마다 알리기가 귀찮으면 옆자리인 내가 화장실로 데리고 가서 기저귀의 똥을 변기통에 툭툭 털어 버리고, 다음에는 세면장으로 가서 그 기저귀를 대충 수돗물에 헹구고, 샤워기로 그의 항문과 아랫도리를 씻긴 다음에 데리고 오곤 했지."

"그동안 방장님이 고생 많으셨군요. 그나저나 그 기저귀 값도 만만찮겠는데요."

"한 장에 1만 원씩, 그러니까 오줌을 쌌을 경우에는 빨아서 말려두었다가 다시 사용하는 사람도 있어요. 기저귀도 간식 리스트에적혀 있으니까, 종훈 님도 필요하면 신청을 하도록……핫핫하."

"아직은 걱정하지 않으셔도 됩니다."

나도 혼자 가볍게 웃었다. 비록 쓴웃음이었지만, 그건 입원을 한후에 내가 처음으로 내비친 웃음이었다. 복도 구석에는 찬물과 더운물이 나오는 키가 큰 냉·온 정수기 1대가 서있다. 복도는 더 이어져 있었지만, 우리는 되돌아 걷고 있었다. 우리들의 옆으로 환자들이 로비 쪽으로 자꾸 지나갔다.

"저녁 먹을 시간이로군."

중얼거린 영태 씨가 간호사실 옆의 철문 앞을, 이어 로비를 지나 아랫마을 입구에 이르자 멈추어 서더니, 자기 뒤에 서라면서 내게 손짓을 했다.

로비 근처로 환자들이 차츰차츰 더 많이 모여들었다. 그리고 나름대로 무리를 지었고, 어느 틈에 내 등 뒤로도 여러 명이 줄을 서 있었다. 우리 방의 식구들인 듯싶다.

보호사가 간호사실 옆의 철문 앞으로 다가가더니 문을 열었다. 철문이 열리자, 쇠수레 위에 실린 큰 통 2개와 보다 작은 통들을 밀면서 취사실의 아줌마들이 들어왔고, 마지막으로 밑에 작은 바퀴 4개가 달린, 얼핏 보기에도 식판들이 차곡차곡 쟁여진 커다란 철제 서랍장 2개가 뒤따라 들어왔다.

조금 뒤에, 보호사가 오늘 저녁에는 몇 반부터 배식을 하겠습니다—마이크를 통해 알렸고, 그러자 복도에 무리를 지어 줄을 서서 기다리던 환자들은 움직이기 시작했다. 이윽고 우리 반의 차례가 오자, 가까운 서랍장 앞으로 다가간 영태 씨가 그 틈에서 식판 한 개를 꺼내 나에게 건네주고, 이어서 우리 방의 식구들에게 차례로 한 개씩, 마지막으로 자기도 하나를 꺼내 들었다. 그때까지 한쪽 옆에 엉거주춤 서있던 나는 얼른 그의 뒤를 따랐다.

영태 씨가 하는 대로 나도 숟가락 한 개를 집어 들었다. 아줌마가 밥통 속에서 밥 한 주걱을 퍼서 나의 식판 위에 담아주자, 다음 아줌마는 국이 담긴 그릇을 그 옆에, 다음 아줌마는 그 앞줄에 생선 한 토막을, 다음 아줌마는 그 옆에 나물 두 종류를 조금씩, 마지막으로 보호사가 집개로 김치를 몇 조각 집어서 얹어주었다.

식판을 두 손으로 들고 영태 씨를 따라 우리 방으로 돌아오자, 앞서 배식을 받은 식구들은 이미 사물함 위에 식판을 얹어놓고 식사를 하고 있었다. 아까 끽연실에서 만났던 뚱뚱이 김씨가 4번 자리에 앉아서 밥을 먹고 있다가 나를 보자 싱그레 웃었다. 내 자리에 앉아서 쇠붙이 숟가락을 집어 들었다. 숟가락은 그 끝이 포크처럼 조금씩 안으로 잘려져 있었다.

옆에서 영태 씨가 밥을 먹으면서 말했다.

"쇠붙이 젓가락은 남들을 찌를 수 있는 흉기로 사용될 수 있기에 주지를 않고, 대신에 숟가락 끝으로 무엇을 찍어 먹으라고 그렇게 만들어 놓은 거라고."

그때, 7번 환자가 무엇인가 눈치를 챈 듯 다급하게 말했다.

"바, 방장님! 또 싸워요!"

아니나 다를까, 이미 자리에서 일어서 있던 저쪽 문가의 8번 환자가 통로를 사이한 맞은편 자리의 1번 환자를 노려보며 크게 소리쳤다.

"왜 자꾸만 봐! 기분 나빠 죽겠네!"

그가 그러거나 말거나 1번 환자는 여전히 8번 환자를 물끄러미 건너다보며 자리에 앉아 있다.

"왜들 그래? 어서 밥 먹으라고!"

방장이 그들에게 큰 소리로 다독거리자,

"에이, 기분 나빠!"

하루 또 하루

소리치며 8번 환자는 자기의 식판을 집어 들고 휭 복도로 나가버렸다. 그랬어도 1번 환자는 여전히 8번의 빈자리를 그저 건너다보고 있다.

"왜들 저러죠?"

내가 물어보자, 대수롭지 않은 듯 영태 씨가 말했다.

"저 친구들은 괜히 가끔씩 저런다고. 핫핫하."

"8번 환자는 식판을 들고 어디로 갔지요?"

"그야 뻔하지. 로비에 있는 잔반통 속에다가 몽땅 쏟아붓고, 끽연실로 가버리겠지."

"밥이며 반찬들이 아직도 많이 남아 있던데……"

"이따가 배가 고프면 로비 저쪽 구석에 있는, 아까 체력증진실 근처에서도 보았던 정수기로 가서 컵라면에다가 더운물을 뽑은 다음에, 그것을 들고 간호사실 유리창 앞으로 가서 보이면, 보호사가 반달 구멍으로 나무젓가락을 내줘요. 그러니까 저 녀석들은 간식을 신청할 때마다 빵이라든가 컵라면을 아예 몇 개씩……그게 그들의 식량인 셈이지."

그때, 문득 내 머릿속에 여태까지 생각지도 않던 엉뚱한 의문이 고개를 치켜들었다. 지금 나는 왜 이런 곳에서 저녁식사를 하고 있지? 나도 정신병 환자인가? 나는 무엇 때문에, 무슨 이유로 이곳에 와 있는가? 도대체 누가 나를 이런 곳으로 보냈는가? 누가 나를 이런 정신병원으로……밥맛이 없다. 그러나 억지로라도 먹기로 한다. 나를 이런 곳으로 보낸 그 사람이 누구인지를, 그 이유가 무엇인지를 알아낼 때까지, 싫어도 그때까지는 살기로, 그러기 위해서라도 먹어야 한다고 애써 나를 다독거린다.

태양의 저쪽

빈 식판을 들고 아까 배식을 하던 로비로 갔다. 취사실의 아줌마들은 이미 빈 통들을 챙겨 가지고 취사실로 가버렸고, 이번에는 식사를 끝낸 환자들이 모여들었다. 음식이나 반찬 찌꺼기들을 커다란 잔반통 속에다가 털어버린 그들은 숟가락은 작은 그릇 속에, 국그릇은 그 옆에, 식판은 보다 큰 그릇 속에다가 차곡차곡 집어던진다. 그때마다 쇠붙이 숟가락이며 식기들이 서로 부딪치는 소리가 쨍그랑 쨍그랑 로비로 가득히 울려 퍼졌다.

식사를 하러 갔는지 보호사들은 보이지 않았다. 대신에 웬 심통스럽게 보이는, 키가 아주 작은 늙은 환자가 이쪽의 플라스틱 의자에 앉아서 식판의 음식 찌꺼기를 깨끗하게 비우라느니, 식판들을 조용히 놓으라느니, 그때마다 환자들에게 계속해서 큰 소리로 잔소리를 퍼붓고 있었다.

식판을 그릇에 얹어놓고 그쪽을 힐끗 보자, 그 늙은이도 나를 쏘아보고 있다가 시선이 부딪쳤다. 어쩌면 그는 나를 처음 보는 녀석, 새로 들어온 환자라면서 얼굴을 익히는 것 같았다.

"이쪽으로 와요."

나보다 조금 일찍 식사를 끝내고 나갔던 영태 씨가 가까이에서 말했다. 내가 나오기를 기다리고 있었던 모양이었다.

"저기 앉아 있는 늙은 환자는 누구죠?"

"별명이 욕쟁이 영감—이 병원에서 제일 오래된 환자라고."

"그래도 그렇지, 자기가 뭔데 남들한테 이래라, 저래라 소리치며 간섭을 하죠?"

"간섭을 하니까 환자들이 그나마 질서를 지킨다고. 또 한바탕 욕을 하고 나면 영감도 그만큼 스트레스가 확 풀릴 테고."

하루 또 하루

"저 영감님은 무엇 때문에 들어왔죠?"

"우리처럼 알코올—이라고."

"어떻게 내가 알코올 때문에 이곳으로 왔다고 단정하시죠?"

"첫눈에, 척 보면 알아요! 이 사람이 정신질환자인지, 알코올 환자인지를 말이요."

"?"

"정신질환자들은 말씨가 어눌한데다가 조리가 없고, 시선이나 표정이 확 풀려 있거나, 아니면 정반대로 늘 경계를 하는 긴장한 표정으로 조금이라도 불쾌하다 싶으면 곧 감정이 폭발을 하고…… 그동안 많이 겪어봤으니까. 핫핫하."

"흐흠."

"끽연실로 가자고."

담배 생각은 별로 없지만, 영태 씨와 함께 가고 싶다. 그 비좁은 통로는 아까처럼 오가는 환자들로 붐볐다. 세면장 앞에서 우리는 주춤 걸음을 멈추었다. 저녁식사를 끝낸 환자들이 양치질을 하느라고 칫솔과 컵을 들고 수도꼭지마다 두세 명씩 달라붙어 있다. 그런 속에서도 저쪽 구석에서는 대야에 물을 받아놓고 세수를 하는 자도 있고, 수도꼭지를 입에 물고 물을 받아 입 속을 헹구는 자도 있고, 그러자 에이, 더러워! 주둥이 치우라고! 소리를 지르며 핀잔을 주는 자도 있고……그들이 흘려보내는 물이 가운데 하수도 구멍으로 넘칠 듯이 모여들었다. 끽연실에서 나와 흐르는 물을 피해가며 이쪽으로 나오던 환자가 그만 한쪽 슬리퍼에 물이 들어가자, 누구랄 것도 없이 그들을 한 명, 한 명씩 째려보다가 로비 쪽으로 사라진다. 그러자 영태 씨가 말했다.

"노려봤자 별 수 없다고! 저는 안 그러나? 이곳은 그런 곳이라고. 가뜩이나 붐비는 시간에, 눈치 없게 어떤 녀석은 샤워도 한다니까! 또 여러 명이 동시에 샤워를 하느라고 이쪽저쪽에서 샤워기로 물을 뿜어대면 쌍무지개처럼 이쪽 물줄기가 저쪽, 저쪽 물줄기가 이쪽으로 뻗쳐서, 그 가운데를 지나 끽연실로 오가다가 물벼락을 맞을 때도 있다고. 어쨌거나 종훈 님은 양치질이나 세수 또는 머리를 감을 겸 샤워를 하려면 그래도 덜 붐비는 시간이 있으니까, 나름대로 그때를 알아두었다가 눈치껏 하도록 해요."

"알겠습니다."

"그리고 또 한 가지……저기 보이는 세탁기는 보다시피 1대뿐이라고. 식구들이 워낙 많다 보니 저것을 사용하려면 하늘의 별 따기처럼 어렵다고. 그러니까 러닝셔츠라든가 팬티, 수건을 빨 때에는 아예 수도꼭지 틀어놓고 손빨래를 하는 게 빨라요. 보다 큰 환자복을 손으로 빠는 환자들도 있다고."

"알겠습니다."

우리가 징검다리를 건너듯 바닥의 물을 피해가며 끽연실 문까지 이르자, 이번에도 영태 씨가 내게 담배 한 개비를 건넸다.

끽연실 안은 환자들로 만원이었다. 아까보다는 조금 덜한 것 같았지만, 그래 봤자 두세 명 정도가 적을 뿐이었다. 우리 방의 뚱뚱이 김씨는 보이지 않고, 대신에 다른 환자 한 명이 내 옆의 환자에게 꽁초를 달라면서 나이에 어울리지 않게 아양을 떨었다. 그러나 옆의 환자는 못 본체했고, 그러다가 피우던 담배를 물통 언저리에다가 비벼서 껐다. 그는 주머니 속에서 커피믹스의 빈 봉지를 꺼내더니, 그 담배꽁초를 얼른 그 속으로 밀어 넣고 휑 나가버렸다.

옆에서 영태 씨가 내 옆구리를 쿡 찌르며 소리 없이 웃었다. 빈 커피믹스 봉지에다가 담배꽁초를 쟁여 넣고 나가버린 그를 보았느냐는 뜻이었다. 그러자 나도 쓰게 웃었다. 조금 후에 담배를 다 피운 우리는 밖으로 나왔다.

"가스라이터는 여전히 쇠줄에 묶여 있군요."

나의 말에, 영태 씨가 일러주었다.

"라이터는 개인의 휴대 금지 품목으로, 보호사가 엄격하게 관리를 해요. 식사시간과 투약시간, 밤의 투약시간부터 다음날 아침 투약시간이 끝날 때까지는 보호사가 끽연실의 문을 잠가버린다고."

우리가 세면장을 지나 비좁은 통로를 지나고 있을 때, 마주 오던 우리 방의 뚱뚱이 김씨가 옆으로 지나치다가 나를 보며 싱그레 웃는다. 어쩌면 그는 지금 끽연실로 가고 있는 것 같다.

영태 씨가 로비의 플라스틱 의자 위에 앉자, 나도 옆의 의자에 앉았다. 가까이 간호사실의 반달 구멍 앞으로 나이가 50대의 환자 한 명이 다가가더니, 허리를 구부정 구멍 안을 들여다보며

"담배 한 대 주실 수 없나요?"

말하자, 구멍 안에 있던 보호사가 큰 소리로 대꾸한다.

"저녁식사시간 끝나거든 와요!"

그러자 어디서 나타났는지 또 다른 환자가 그 구멍을 들여다보며 사뭇 아양스럽게 담배를 주문하자, 이번에는 안에서 더 큰 소리로 대꾸한다.

"우리도 식사를 해야 하니까, 이따가 끝나거든 오라고요!"

할 수 없다는 듯 그들이 되돌아가자, 영태 씨가 웃는다.

"저 사람들은 담배 골초들이라고! 하루에 한 갑도 모자랄 정도라

고. 그러니 환자의 건강은 둘째로 치고 간식비로 담뱃값이 엄청 나자, 환자들의 보호자들이 간호사실에 부탁을 했다고. 식사가 끝나면 한 개비씩, 더는 주지 말라고 말이지. 그러자 보호사들은 그런 환자들에게는 저렇듯……”

“그렇군요.”

“담배는 피우고 싶고, 담배 주는 시간을 잘 분별하지 못하는 장애자들이라서, 수시로 반달 구멍을 찾아와 애원하는 녀석들은 저들 말고도 많다고. 핫핫하.”

웃어댄 영태 씨가 갑자기 엉뚱한 질문을 한다.

“종훈 씨는 집에서 먹던 약이 있었소?”

“약이라니요?”

“이곳에 오기 전에, 다른 일반 병원이라든가 약국에서 처방을 한 약 말요.”

“없습니다.”

“아침·점심·저녁·밤—하루 네 번의 투약시간에서, 아침과 밤에는 한 사람도 빠짐없이 모두가 약을 받아먹어야 하고, 점심과 저녁에는 주는 사람도 있고, 안 주는 사람도 있소.”

“점심과 저녁때는 어떤 사람들에게 약을 줍니까?”

“그건 간호사실에서 판단하겠지만, 눈치로 보건데 중증 장애자들이거나 집에서 가지고 온 약이 있는 자들인 것 같더군.”

그때, 로비에 마이크 소리가 울려 퍼졌다.

“조금 후부터 저녁 투약시간입니다. 끽연실과 세면장에 있는 분들은 모두 자기 방으로 돌아가기 바랍니다.”

곧이어 보호사가 우리의 앞을 지나 화장실 쪽으로 가고 있다. 끽

　　　　　　　　　　　　　　하루 또 하루

연실의 문을 잠그러가는 모양이었다.

영태 씨가 자리에서 일어섰다. 나도 그를 따라 일어나서 우리의 방으로 돌아왔다. 방에는 누가 켜놓았는지 TV가 떠들고 있다. 그러나 아무도 보는 사람은 없었고 혼자서 그랬다. 저녁 투약시간이 지나자, 식구들은 약속이나 한 듯이 너도나도 밖으로 나가버린다. 방안에 있기가 싫은 모양이었고, 그런 그들은 8시 30분에 보호사가 오늘의 마지막 투약시간임을 알리자 그제야 하나 둘씩 모여들었다.

아까처럼 복도에 간호사와 보호사가 약봉지들을 실은 수레를 밀며 다시 나타났고, 환자들은 문을 향해 저마다 손에 물이 담긴 컵을 들고 한 줄로 길게 늘어서 있다. 이윽고 내 차례가 오자, 간호사는 박종훈 님—부르며 수레 위에서 약봉지를 집어 들고 내게로 건넸고, 보호사는 그 자리에서 약을 먹으라고 내게 요구했다. 마지막으로 내 뒤에 서있던 영태 씨가 약을 받아 그 자리에서 삼키고 돌아서자, 그들은 약 수레를 밀며 옆의 환자실 쪽으로 옮겨갔다.

"약을 왜 그 자리에서 먹으라고 권하죠?"

내가 물어보자, 영태 씨가 말한다.

"돌아서서 먹는 체하다가 약을 안 먹고 버리는 녀석들도 있거든. 아무리 좋은 약이라고 해도, 그게 하루 이틀이 아니고 보면……핫핫하."

그런 그가 문득 생각이 난 듯

"이건 내가 쓰던 것이니까, 우선 그걸 쓰도록 해요."

자기의 사물함 위에 놓여 있던, 절반쯤 남아 있는 두루마리 휴지를 내게로 건넸다.

"방장님은 무얼 쓰시려고요?"

"난 사물함 속에 한 뭉치가 또 있다고."

"고맙습니다!"

"지내보면 알겠지만, 이곳에서는 커피와 담배, 그리고 휴지는 필수품이라고. 핫하."

"……"

얼마쯤 지나자, 복도의 저쪽에서 '투약 끝—.' 하며 보호사가 큰 소리로 투약이 끝났음을 알렸다. 그러자 영태 씨가 혼잣말처럼 중얼거린다.

"오늘도 그럭저럭 하루가 지나고, 이제 조금 후에 10시부터는 방안의 불을 끄고 잠을 자는 일만 남았구먼."

"……"

그러고 보면, 내가 이 병원에서 처음 사귄 사람은 아무래도 영태 씨이다. 그는 나에게는 이래저래 고마운 사람이다. 그가 아니었다면, 10일, 아니 그 이상의 날들을 보내야 터득할 수 있는 것들을 이리저리 데리고 돌아다니면서 이것저것 일러준 사람이었다. 꿈에도 생각지 않았었던 이런 정신병원, 그리하여 무겁고 침울한 기분인 나에게 친절한 이웃이 되어준 마음이 따뜻한 사내였다. 한마디로, 이곳 병실로 배속이 되어 영태 씨처럼 고마운 방장을 만난 것이 참으로 다행이었고, 그나마 위로가 되었다.

우리 방의 식구들은 이미 밖으로 나간 사람도 있고, 매트리스 위에 요를 깔고 잠을 잘 준비를 하는 자들도 있다. 옆자리의 영태 씨는 밖으로 나가지 않았다. 그러자 나도 왠지 모를 피곤함을 느낀다. 나는 요와 이불과 베개가 포개진 침구 더미에 등을 기대며 길게 눕는다.

　그렇듯 얼마쯤 시간이 지났는지 모른다. 나처럼 옆자리에 비스듬히 누워 있던 영태 씨가 불쑥 물어본다.

　"종훈 님은 결혼을 했소?"

　"네."

　"아이가 있소?"

　"아직……"

　"결혼한 지 얼마나 되었는데?"

　"1년……"

　그러자 영태 씨는 더는 물어보지 않았다. 나름대로 집히는 게 또 있는 모양이었다.

　나는 혼자 쓰게 웃는다. 결혼한 지 얼마나 되었느냐고 그가 물어보자, 나는 1년이라고 말을 흐렸었다. 그럴 만도 한 것이, 솔직하게 말하기가 차마 부끄러웠기 때문이다. 결혼한 지 겨우 4개월─아내의 이름은 김미경, 나이는 35세─그리고 나는 지금 이곳 정신병원에 와 있다. 나를 이곳으로 보낸 사람은 그녀가 틀림이 없다. 그녀는 왜 하필이면 나를 이런 곳으로……왜?……물론 나의 잘못이 없지는 않다. 술을 자주 마셨으니까! 술을 전혀 못 마시거나 안 마시는 사람, 술을 마셔도 이따금 마시는 사람들에 비하면 나는 그렇지를 못했었으니까. 그렇다고 나는 접시를 집어던진다든가 집안의 기물을 부순 적은 한 번도 없었고, 아내에게 행패를 부렸다거나 폭행을 한 적은 더더구나 없다. 그런데도……그렇다면 그동안의 너무나도 짧은 결혼생활에서, 그대는 천사처럼 허물이 전혀 없는 그런 여자였는가?……조금 후에 영태 씨가 매트리스 위에 이부자리를 펴자 나도 그랬고, 또 조금 후에는 그를 따라 소변을 보기 위해 화장실에 다녀왔으며, 영태 씨는 발치에 놓여 있는 리모컨을 집어 들고 아직도 저 혼자 놀고 있는 TV 화면을 껐다.

어디선가 취침시간을 알리는 방송이 울렸고, 그러자 문 앞으로 다가간 영태 씨가 스위치를 내리자 천장의 형광등이 꺼졌고, 그 아래 스위치를 올리자 방안에는 은빛의 밝은 형광등 불빛 대신에 불그스름 희미한 비상등 불이 켜지고……그러다가 언제 잠이 들었는지, 수런거리는 소리에 놀라서 눈을 뜨자 벌써 새벽 6시 3분……어젯밤 기억의 필름은 거기에서 끊기고, 더는 생각나는 것이 없었다.

이미 방안에는 비상등 대신에 형광등 불빛이 환했다. 다른 환자들은 모두 일어나 있었으며 영태 씨는 내 발치에서 빗자루로 바닥을 쓸고, 9번인 40대의 환자가 긴 자루가 달린 물걸레로 빗자루가 지나간 바닥을 문지르며 유리창 쪽에서 이쪽으로 오고 있었다.

"죄송합니다. 어쩌다가 늦잠을……"

부리나케 일어난 내가 멋쩍어 하자, 영태 씨가 웃으며 말한다.

"처음에는 누구나 다 그렇다고."

"그 빗자루 내게 주십쇼."

"아니, 아니, 괜찮아요."

"그렇다면 내일 아침에는 내가 하지요."

"당분간 종훈 님은 청소를 어떻게 하는지 그냥 구경이나 하라고. 내가 하라고 할 때까지. 그게 부담스러우면, 저기 문 옆에 있는 쓰레기통이 차면 들고 나가 비우고 오라고. 핫핫하."

"그러죠."

조금 후에 청소가 끝나자, 영태 씨는 빗자루를 문 옆에 세워놓았고, 9번 환자는 빨랫비누 곽과 물걸레를 두 손에 나누어 들고 복도로 나간다. 나는 문 옆의 플라스틱 통을 집어 들고 그의 뒤를 따랐다. 9번이 내게 화장실로 가는 비좁은 통로 옆에 있는 커다란 비닐 봉지를 손가락으로 가리켰다. 그 속에다가 들고 온 우리 방의 쓰레기통을 비운 다음에 소변을 보고 나서 세면장으로 갔다. 그곳에는 청소를 끝내고 걸레를 빨러 온 환자들로 북적거렸다. 우리 방의 9번이 이쪽의 세탁기가 가까운 곳에서 수돗물을 틀어놓고 빨랫비누칠을 하여 물걸레를 빨고 있다. 갑자기 오싹 한기를 느꼈다. 쇠창살들 뒤의 반쯤 열려진 유리창으로 겨울의 새벽 공기가 써늘하게 밀려들고 있었다. 이쪽에서 머리를 감거나 샤워를 하면 감기에 걸릴 것만 같다.

세면장을 나서며 내가 9번에게 물어본다.

"청소당번은 어떻게 정하죠?"

"우리 방의 식구들은 10명, 두 명이 한 조가 되니까 5일 만에 한 번씩 돌아와요. 그러나 자기 앞가림도 잘 못하는 장애자들이 청소를 하면 건성건성, 그러자 화끈한 외모와는 달리 성격이 꼼꼼한 우리 방의 방장은 그걸 안 내켜하다가 자기가 날마다 직접 나서고, 이에 두세 명의 알코올들이 그를 도와주고, 그래서 2일에 한 번씩 우리가 청소를 해요."

"사회에서, 방장님은 무얼 하던 분입니까?"

"그건 나도 몰라요. 이곳에 들어온 사람들은 그걸 말하지도 않고, 그러자 본인이 스스로 말하기 전에는 그걸 굳이 물어보지도 않고……"

태양의 저쪽

"……"

"방장님은 때로는 우리 방의 장애자들을 꽥꽥 큰 소리로 나무라기도 하지만, 그들을 청소당번에서 빼주는 알다가도 모를 사람이라고요."

"병원의 오늘 일정에는 어떤 것이 있습니까?"

"매주 수요일과 토요일은 오후 1시부터 2시까지 면도 시간—면도기는 간식 신청을 할 때 주문하면 돼요. 면도기는 보호사가 내주고, 면도가 끝나면 그에게 다시 반납을 해야 돼요. 환자들의 면도기들은 보호사가 간호사실로 가져가서 엄격하게 관리를 해요."

"12시부터 1시까지는 점심식사시간, 이어서 투약시간일 텐데……"

"환자들이 워낙 식사를 빨리 하는데다가, 점심때는 약을 먹는 사람들이 적어서 1시간 안에 모두 끝내고, 1시부터 일과를 시작해요."

"면도는 꼭 해야만 하나요?"

"하든 말든 그건 자유요. 그러나 겉으로는 웃지만 마음이 밝지를 못하고 어두운 사람들이니까, 기분전환을 할 겸 집에서 면도를 하던 기억을 떠올리며 대부분이 다 해요. 알코올 환자들일수록 더욱 깔끔하게 수염을 깎아요."

우리는 방으로 돌아왔다. 그리고 7시부터 아침식사를 시작으로 오늘의 일과가 시작되었다. 어제 저녁식사시간에 보았던 욕쟁이 영감은 오늘도 아침부터 식기들을 반납하는 환자들에게 잔소리를 퍼붓고 있었고, 투약시간이 되자 간호사와 보호사가 약 수레를 밀면서 복도를 따라 돌아다니다가 얼마 후에는 투약이 끝났다고 알

하루 또 하루

렸고, 그러자 환자들은 홀가분한 표정으로 하나 둘 복도로 나가버렸다. 이제부터 점심식사가 시작되는 12시까지는 자유 시간이다.

누가 복도에서 우리 방으로 불쑥 들어온다. 그러자 방장이

"노크를 하고 다시 들어오라고!"

크게 소리치자, 머쓱해진 그는 나가서 문에 노크를 했고, 눈치를 챈 우리 방의 2번이 담배 한 개비를 꺼내 들자, 얼른 들어온 그는 그 담배를 낚아채듯 받아들고 다시 복도로 휭 나가버린다. 2번도 곧 방에서 나갔다.

그러자 방장이 웃으며 내게 말한다.

"아까 그 녀석과 우리 방의 2번은 잘 아는 사이라고. 담배가 없으면 2번을 찾아와서 담배를 꾸어가곤 하는데, 방에 아무도 없는 경우에 어떤 녀석은 들어와서 사물함 속이나 이부자리 한쪽 옆에 숨겨둔 담배를 도둑질해 가요."

"담배를 꾸어가면 어찌 되나요?"

"이곳에서는 아는 사이끼리 담배나 커피를 서로 꾸어주고, 갚고 한다고."

"나도 방장님께 담배를 좀 꾸어야겠습니다. 어제 두 개비, 오늘 한 개비……내일 신청을 하고, 다음날 담배가 나오면 갚겠습니다. 하하."

"종훈 님은 우선 하루에 1개비씩 3대를, 그리고 지금 커피도 3봉지를 줄 테니까 그때 갚으라고. 이자는 받지 않을 테니까. 핫핫하."

"고맙습니다!"

웃어댄 영태 씨는 담배와 커피를 나에게 내주었고, 우리는 바깥

의 로비 한 구석에 자리한 정수기로 가서 더운물을 받아다가 커피를 타서 마시고 나자, 영태 씨가 말했다.

"가자고."

"어디로요?"

"어디기는. 끽연실이지."

"……"

"밥 먹고 심심하면 커피 생각, 커피를 마시고 나면 담배 생각, 어디 달리 갈 데가 없자 끽연실에 몇 번 오가다 보면 또 식사시간……이곳에 들어오면, 담배를 안 피우던 녀석도 이래저래 담배를 피우게 되고, 끊었던 녀석도 다시 피우게 되고, 조금씩 피우던 녀석은 골초가 되고……"

"……"

"정신질환자들이나 알코올 환자들이나 하는 일 없이 가만히 있으면 왠지 차츰 불안하고, 집이나 사회에서 있었던 불쾌한 감정들이 끼어들면 그 불안은 차츰 분노로, 그 분노는 차츰 복수심으로 바뀌고……그러기 전에, 술 한 잔이나 담배 한 개비로 그런 감정들을 다독거리며 달랠 수도 있는데, 이곳 '강제수용소'에서는 술은 금지, 그러다 보니, 담배밖에 없지. 어찌 보면 이런 정신병원에서 담배는 육체의 건강을 해치는 독이 아니라 정신적인 보약, 더 큰 사고를 막기 위한 최고의 치료제인 셈이라고. 담배마저 허용을 않으면 아마 폭동이 일어날 거야. 핫핫하."

"불안이 분노로, 그 분노 폭발을 불안의 단계에서 미리 방지하는 약이 담배일 수도 있다는 말씀인데……"

"이따금 이곳에서는 숟가락이 분실될 때가 있어요. 어느 녀석이

하루 또 하루

식기를 반납할 때, 반납하지를 않았다는 증거지. 누군가 그것을 흉기로 사용하려고 일부러 감추어 두었는지도 모른다고."

"그러면 어찌 됩니까?"

"이곳에서는 워낙 식구들이 많으니까 잃어버린 물건은 찾을 길이 없다고. 그때마다 보호사가 혹시 반납을 잊어버린 사람은 숟가락을 가져오라며 방송으로 살살 달래지."

"그러면 가져 옵니까?"

"그건 나도 몰라요. 핫하."

나는 휴지를 조금 뜯어서 컵 속의 커피를 휘저었던 커피믹스 빈 봉지의 물기를 닦았다. 영태 씨가 웃으며 말했다.

"적응이 빠르군."

"무슨 뜻이죠?"

"담배를 반쯤 피우다가 꺼서 그 빈 봉지에 담으려고 그러는 거 아니겠소. 어제, 끽연실에서 어떤 녀석이 하던 대로 말이지. 핫하."

"말하자면 주어진 환경에 적응이 빠르다는 뜻인 듯싶은데……"

"맞아. 이곳에 들어오면 누구나 좌절감에 빠지고, 그러다가 차츰차츰 우울증에 걸리고, 그러면 탈출이나 자살을 생각하게 되고……그것보다는 차라리 좋게 긍정적으로 생각하며 하루하루를 지내는 것이 낫지."

"글쎄요."

"종훈 님은 약물로부터 회복도 빨라요. 그만큼 아직 건강하다는 뜻이라고."

"모르겠는데요."

"차츰 알 게 될 거요. 핫핫하."

끽연실에 가려고 우리는 방을 나섰다. 가까운 로비 근처가 몹시 시끄럽다. 그곳의 공중전화기 앞에 환자들이 길게 줄을 서서 자기 차례가 오기를 기다리고 있었는데, 지금 나이가 30대의 환자가 자기 집에다가 큰 목소리로 전화를 걸고 있었다.

"엄마, 엄마! 언제 면회 올 거야?⋯⋯약속 꼭 지켜야 해. 알았지?⋯⋯그리고 올 때는 맛있는 거 많이많이 사와야 해. 알았지?⋯⋯그리고, 간식비를 많이 보내라고요! 지금 보내주는 8만 원은 모자란다고!⋯⋯15만 원씩 보내는 집도 있다고요, 뭐!⋯⋯10만 원 보내겠다고?⋯⋯알았어! 약속 꼭 지켜야 해. 면회 빨리 오고. 약속! 알았지?"

거기서 전화가 끊겼다. 그는 더 이야기를 하고 싶은 표정이었지만, 집에서 전화를 끊은 모양이었다. 의자에서 벌떡 일어선 그는 주위를 돌아보며 큰 소리로 자랑을 했다.

"우리 엄마가 다음부터는 간식비를 10만 원씩 보낸다고 약속했다고! 야아, 신난다! 히히힛."

그때까지 나는 그가 전화를 거는 모습을 나도 모르게 잠깐 서서 지켜보고 있었다. 내 곁에 서있던 영태 씨가 걸음을 옮기며 중얼거렸다.

"저런 녀석이 집에 있으면 이래저래 가족들이 골치를 앓거든. 그래도 그 녀석은 나은 편이라고. 경우에 따라서는 가족 중의 한 명은 장애자의 곁에 매달려 있어야 하니, 가정이 흔들리고, 여북했으면 집에서 녀석들을 이런 곳(정신병원)으로 보내버렸는지 이해가 간다고. 핫핫하."

우리가 끽연실에 다녀올 때까지도, 전화기 앞에는 환자들이 줄을

　　　　　　　　　　하루 또 하루

서서 기다리고 있었다. 문득 생각이 난 듯 영태 씨가 나를 데리고 간호사실로 갔다. 그리고 내 이름으로 전화카드를 신청해 주었다. 카드는 1장에 3천 원, 그것은 간식비 예치금에서 공제되며 모레(금요일) 발급이 된다고 했다.

"전화카드는 어느 정도 사용할 수가 있죠?"

"그거야 사용하는 사람에 따라서 달라요. 어느 녀석은 발급을 받자마자 며칠 만에 또 발급 신청을 하고, 어느 녀석은 한 달이 지나도 절반도 안 쓰는 자도 있고……"

"그나저나 이곳에는 어떻게 입원을 하게 되죠?"

그러자 고개를 갸웃거린 영태 씨가 웃으며 엉뚱하게 말했다.

"지금 방에 가봤자 그게 그거고, 이리 오라고."

우리는 가까운 재활교실로 갔다. 안으로 들어가자, 아무도 없었다. 나는 나도 모르는 사이에 넓은 유리창 앞으로 다가갔다. 창밖으로 드넓은 바깥 풍경이 한눈에 들어왔다. 대뜸 저 아래는 차들이 달리고 있는 아스팔트 도로, 길 건너는 작은 공원이었다. 왼쪽으로 높다란 아파트 건물 2채가, 오른쪽으로는 차들이 분주하게 오가는 로터리와 주위로 상가인 듯한 건물들이 눈에 들어왔다.

그 작은 공원에는 정구 코트 2개가 있었고, 그 한쪽에서는 지금 두 사내가 공을 주고받으며 운동을, 그 둘레의 가까운 트랙에서는 서로 간격을 두고 여인들 3명이 두 손과 팔을 번갈아서 어깨 높이로 치켜 올리며 부지런히 조깅을 하고 있었다. 지금은 겨울날 아침나절, 그들은 햇살이 가득한 저 밖에서 그렇게 자유를 즐기고 있고, 나는 지금 이렇게 우리 속에 갇혀서 살고 있었다.

"그만 보고 이리 와요. 보면 볼수록 울화통이 치미니까. 핫핫하."

영태 씨는 이미 빈 탁구대 옆에 플라스틱 의자를 끌어다가 놓고 앉아 있었다. 나도 그리로 가서 다른 의자에 비스듬히 마주 앉자, 영태 씨가 말했다.

"어차피 알게 될 건데, 미리 안다고 해될 건 없지. 알코올 환자들 치고 이런 곳에 자기 발로 걸어 들어온 사람은 없어요. 모두가 강제입원이라고! 환자의 보호자 2명이 도장만 찍으면 이곳에서는 언제든지 환영을 한다고!"

"그 보호자들은 누구죠?"

"누구기는. 그의 가족이지."

"가족이라면?"

"누구보다도, 남편들을 이런 정신병원에 강제로 입원을 시킨 사람은 10명 중에서 8명 이상은 마누라들이라고."

"또 한 사람은?"

"결혼을 한 사람은 성장한 자녀들이지."

"자녀들이 어리거나 아직 없는 경우에는……?"

"마누라는 시어머니한테, 술 때문에 우리집 그이를 아무래도 이번 기회에 병원에 입원을 시켜 치료를 받게 하는 게 어떠냐고 좋은 말로 살살 꾀면, 시어머니는 그곳이 정신병원이라는 것은 모르고, 그런 며느리가 고마워서라도 별로 의심을 하지 않고 동의를 하고, 시어머니가 없으면 환자의 형제들을 그런 식으로……"

"……"

"그러면 마누라는 술에 취한 남편이 잠들기를 기다렸다가 구급차를 부르고, 어떤 경우에는 저항하는 남편을 강제로 제압하여 이곳 정신병원으로……이곳에 도착하자마자 그는 간호사실 안에 있

하루 또 하루

는 3개의 환자 보호실들 중에서 어느 한 방에 감금이 되고, 그곳에서는 환자에게 신경안정제 주사와 약으로 며칠 동안 적응을 시킨 다음에, 일반 병실로 배치를 하지."

"내가 회복이 빠르다고 하셨는데?"

"일반 병실로 배속된 환자는 그동안의 주사나 약기운으로부터 아직 벗어나지를 못하는 경우가 많아서 엉뚱한 짓을 하기가 일쑤고……그러기를 며칠씩이나 하는 녀석들에 비하면, 종훈 님은 오늘 아침에 조금 늦잠을 잤을 뿐, 그 회복이 빠르다는 것이지. 앞서 아직 건강하니까, 회복도 그만큼 빠른 것이고……핫하."

"집에서는 술을 마셨어도 새벽에는 눈을 뜨는 게 버릇이었는데, 어젯밤에는 이런저런 생각을 하다가 나도 모르게 잠이 들었고, 그러다가 보니 어느 틈에 새벽, 우리 방 식구들이 수런거리는 소리에 잠에서 깨어나고……"

"들리는 말로는, 밤의 투약시간에 환자들에게 주는 약은 신경안정제와 수면제 종류라더군."

"그럴 수도……그나저나 집에서는 어떻게 알고 나를 이런 곳으로 보냈을까요?"

"내가 듣기로, 이런 정신병원은 우리가 지금 갇혀 있는 이런 수도권은 물론 전국에 몇 백 개가 구석구석에 널려 있다고. 마음만 먹으면 얼마든지 알아낼 수가 있지."

"그렇다면, 아내도……?"

"아까 종훈 님이 커피를 꺼내려고 사물함 뚜껑을 열었다가 잠시 그 안의 내용물들을 이리저리 살펴보는 것을 나도 옆에서 잠깐 보게 되었지. 옷을 빨 때에 갈아입으라고 병원에서 내어준 또 한 벌

태양의 저쪽

의 환자복 말고도, 얼핏 그 안에는 겨울용 내의, 수건이며 양말이며 세숫비누, 얼굴에 바르는 로션까지 들어 있더군. 얼떨결에 이곳으로 강제입원을 당한 사람들은 미처 이것저것을 챙길 틈도 없고, 그러자 그런 것들을 이곳에서 뒤늦게 주문을 하곤 하는데, 종훈 님은 집에서 미리 챙겨 보낸 것을 보면……핫핫하."

"나를 이런 곳으로 보내려고, 아내는 진작부터 마음먹고 있었다는 뜻이로군요!"

"그건 나도 모른다고. 핫하."

"도대체 언제까지 이곳에 있어야 하죠?"

"이곳에 들어오면 무조건 3개월을 보내야 하고, 이후로 보호자와 병원의 합의에 따라서 퇴원, 아니면 또 3개월이 연장되고, 6개월, 9개월……"

"연장 기간이 3개월씩이로군요?"

"이곳의 규정은 그래요."

그때, 재활교실의 문이 열리며 환자 두 사람이 안으로 들어왔다. 무슨 이야기를 하려고 우리처럼 조용한 곳을 찾아온 듯싶었다. 영태 씨가 그만 자리에서 일어나자, 나도 따라서 일어섰다. 그리고 복도로 나와서 아랫마을로 들어섰다.

우리가 방 앞에 이르자, 마침 보호사가 복도로 나왔고, 나이가 50대인 우리 방의 10번 환자가 그의 뒤를 따라 나섰다. 그러자 '미스터 네!'가 큰 소리로 말했다.

"바, 방장님!"

"왜?"

"10번은 집에서 면회 왔대요!"

하루 또 하루

"그런 것 같더군. 왜, 부러우냐?"

"그럼요! 면회 오면 얼마나 좋은데요, 뭐!"

"점심식사시간이 멀지 않았는데, 지금 면회를 나가면 언제 돌아오죠?"

내가 물어보자, 영태 씨가 말했다.

"저 친구는 면회를 온 보호자가 건물 밖으로 데리고 나가서 점심을 사 먹인 다음에, 오후에 들여보낼 거요."

"그렇군요."

"입원한 지 오래되고, 말썽을 피운다든가 병원생활에서 별 사고가 없는 환자는 1박 2일로 병원에서 휴가도 줘요."

"흐흠."

"그게 부러우면 종훈 님도 앞으로 이곳에서 모범수가 되도록. 알겠소? 핫하."

"그래야겠는데요?"

영태 씨의 농담에, 나도 쓰게 웃었다.

오후 1시가 되자, 지금부터 면도 시간이라면서 보호사가 방송으로 알렸다. 여느 때의 식사시간 때처럼 환자들은 무리를 지어 로비로 모여들었다. 그들은 저마다 세숫비누와 수건을 손에 들고 있었다. 이미 로비에는 보호사가 의자에 앉아서 앞의 탁자 위에다가 플라스틱 자루가 달린 면도기들을 죽 늘어놓고 기다리고 있었다. 또한 명의 보호사는 오늘은 몇 반부터 시작을 한다면서 마이크로 알리자, 그 반의 환자들이 탁자 쪽으로 다가가서 자기의 이름을 말하고, 보호사는 그 환자의 얼굴과 면도기에 붙여진 이름을 확인한 후에 내주고, 그러면 환자는 면도기를 들고 세면장으로 향했다.

오늘, 면도 시간을 처음 맞는 나는 면도기가 없었기 때문에 그냥 한쪽에 서서 구경을 하고 있다가 이번에는 세면장으로 가 보았다. 6개의 수도꼭지 위쪽에는 커다란 거울들이 한 장씩 붙여져 있었는데, 그들은 대야에 물을 받아놓고 얼굴에 비누 칠을 한 다음에, 2명씩 그 거울을 들여다보면서 수염을 깎고 있었다. 그 많은 환자들이 1시간 안에 수염을 깎자면, 각 반에 배정된 시간은 고작 3, 4분 정도였다.

　나는 우리 방으로 돌아왔다. 방은 텅 비어 있었다. 문득 내일은 목요일, 간식을 신청하는 날이라는 생각이 떠오르자 게시판 앞으로 다가갔다. 그리고 한쪽에 여러 장이 포개어져 나붙어 있는 간식 리스트를 차례차례 살펴보며 내가 내일 신청할 것들을 골랐다. 우선 커피와 담배, 두루마리 화장지, 그리고 3종류의 면도기들 중에서 우선 값이 가장 싼 면도기를 신청하기로 했다.

　내 자리로 돌아와서 이부자리 더미에 등을 기대며 비스듬 앉아 있자, 누가 소리 없이 방안으로 들어섰다. 오전에 면회를 하러 나갔던 10번 환자였다. 그는 무엇이 들어 있는지 꽤 묵직이 보이는 검은 비닐봉지를 들고 있었다. 자기 자리의 매트리스 위로 올라가서 냉장고가 자리한 벽 쪽을 바라보고 앉은 그는 그 내용물을 꺼내놓았다. 커다란 플라스틱 주스 병 2개가 나왔고, 그 외의 다른 것은 없었다. 그는 곧 컵에다가 그 주스를 따라서 벌컥벌컥 마시더니 또 따랐고, 이번에는 무슨 귀중한 차(茶)의 맛을 음미라도 하듯이, 조금 후에 한 모금, 또 조금 있다가 한 모금씩 그렇게 혼자서 마시고 있었다.

　그는 마치 수도승인 양 좌선을 하고 허리를 꼿꼿이 편 자세로 앉

　　　　　　　　　　　　　　　　하루 또 하루

아서 말없이 한 병을 다 마셨다. 그러더니 또 한 병의 마개를 비틀어서 땄고, 다시 컵에 따랐다. 그때, 면도를 끝냈는지 우리 방의 식구들이 하나 둘씩 방으로 돌아왔다. 조금 후에 영태 씨와 미스터 네!가 함께 들어왔다. 미스터 네!는 자기 자리에 앉자마자 건넌편 자리의 10번 환자를 물끄러미 한동안 바라보았다. 그러더니 조금 후에 뒤늦게 무엇을 발견했는지, 으헤헤 으헤헤헷 갑자기 웃기 시작했다.

"이 녀석아, 왜 웃어?"

영태 씨의 말에, 미스터 네!는 건넌편 자리의 빈병을 손가락질하며 몸을 뒤로 벌렁 눕히더니 매트리스 위로 이리저리 몸을 궁굴리며 웃어대고 있었다. 미스터 네!는 그 빈 주스 병이 뒤늦게 눈에 들어온 모양이고, 그러고도 또 마시고 앉아 있는 10번이 나름대로 우스웠던 모양이었다.

갑자기 10번이 자리에서 벌떡 일어서더니 급하게 밖의 복도로 나가버렸다.

"어디를 가려고 나갔죠?"

내가 물어보자, 영태 씨가 웃었다.

"어디기는 어디야, 그동안 저 큰 주스 한 병을 혼자서 다 마시자 아까부터 오줌이 마려웠을 테고, 더는 참을 수가 없으니까 보나마나 화장실로 달려간 거라고."

"흐흠."

"가족이 면회를 오면, 흔히 무엇을 사서 들여보내요. 그러면 알코올들은 조그만 귤 한 개씩이라도 방의 식구들과 나누어 먹곤 하는데, 장애자들은 그렇지가 않다고. 피해 의식이 강해서인지 요만

한 일에도 성을 내며 먼저 공격하려 들기가 일쑤인 녀석들은, 남에게 빼앗기지나 않을까 겁이 나는지 자기의 것을 남들에게 주기는커녕 감추고, 움켜쥐고 혼자서 다 먹는다고. 저 녀석도 혼자서 그러다가……그나저나 오늘 밤이 문제로군."

"왜죠?"

"저 친구, 아직도 주스 한 병이 남아 있고, 그걸 저렇게 혼자서 야금야금 다 마실 게 뻔하고, 그러면 밤에 틀림없이 오줌을 쌀 것이고……핫핫하."

그때, 미스터 네!가 불쑥 끼어들었다.

"나는 안 그런다고요, 뭐!"

"뭐가 안 그래, 이 녀석아?"

방장의 말에, 미스터 네!가 투덜거린다.

"난 바, 방장님이 담배가 없으면, 얼른 꺼내 준다고요, 뭐."

"옳지, 옳지! 너는 저들과는 조금 다르지. 그런 뜻에서, 5번 아저씨한테 담배 한 대 드리렴. 어떠냐?"

그러자 미스터 네!는 얼른 사물함의 뚜껑을 열고 담뱃갑을 꺼냈고, 다시 한 개비를 꺼내더니 나에게로 건넸다. 옆에서 영태 씨가 웃으면서 받으라며 눈짓을 했다.

"고마워! 모레, 담배가 나오면 갚을게."

내가 웃으며 그 담배를 받아들자, 영태 씨가

"떡 본 김에 제사 지낸다—는 속담이 있지. 자아, 모두 일어나 끽연실로 가자고!"

자리에서 일어서서 앞장을 서자, 우리도 웃으며 그의 뒤를 따라갔다. 비좁은 통로를 다 지났을 때, 한쪽 벽에 두 줄로 나란한 옷걸

하루 또 하루

이에는 환자복 3벌이 걸려 있었고, 세면장으로 들어서자 이미 그곳에서는 그들이 머리를 감으며 샤워를 하고 있었는데, 펜티만 입은 체격이 건장한 사내가 저쪽 수도꼭지와 연결된 호스의 끝을 쥐고 세면장의 구석구석에 물을 뿌리며 청소를 하고 있다가 누구랄 것도 없이 그들에게 소리쳤다.

"이봐, 샤워기는 물이 사방으로 튀지 않게 약하게 틀라고! 이거야, 원!"

그러자 그들 중의 한 명이 대뜸 투덜거렸다.

"미리 청소를 하든가 조금 있다가 하면 되지, 하필이면 지금 할게 뭐요?"

"아까는 모두가 면도 시간이라서 못 했잖아!"

그가 크게 소리치자, 상대방은 더는 대거리를 하지 않았다.

그곳을 지나 우리는 끽연실로 들어갔다. 그곳에는 두 명뿐이었고, 마침 담배를 다 피운 그들은 곧 밖으로 나가버렸다. 우리는 담배에 라이터 불을 차례로 붙였다.

"청소하는 저 사람은 누구죠?"

내가 넌지시 물어보자, 영태 씨가 작은 소리로 말한다.

"저 사람 역시 우리처럼 알코올인데, 간호사실에서 뽑은 환자라고. 워낙 환자들이 많다 보니 보호사들의 일손이 모자라자 그들을 도와주라고 말이지. 화장실과 세면장을 청소하는 저 사람 말고도, 식사시간 때 배식을 거들기도 하는 몇 사람, 욕쟁이 영감도 역시 도우미들이라고."

"그들은 무보수로 봉사를 합니까?"

"그렇기야 하겠어? 환자의 간식 비용에 얼마쯤 돈을 보태준다든가, 또는 1년에 며칠씩 특별 휴가를 준다는 말도 있다고."

"그렇다면 도우미가 되려고, 그것도 은근히 경쟁이 심하겠는데요?"

"그러니까 평소에 간호사들과 보호사들에게 잘 보이라고. 핫핫하."

영태 씨가 필터만 남은 담배를 재떨이인 물통 속으로 던지자, 미스터 네!도 그랬다. 피우던 담배를 절반쯤에서 끄고, 오전에 담배꽁초 1개가 이미 들어 있는 빈 커피믹스 봉지에 담은 다음에, 그들이 담배를 다 피우기를 기다리고 있던 나는 함께 밖으로 나왔다.

로비에 이르자, 저쪽의 공중전화기 앞은 의외로 아무도 없었다. 미스터 네!가 방으로 먼저 가버리자, 문득 그쪽으로 다가간 영태 씨가 주머니 속에서 전화카드를 꺼냈다. 그러더니 전화기 통 아래에 열려 있는 입술에다가 전화카드를 물린 다음에, 통 옆에 걸려 있는 송수화기를 집어 들었다. 카드가 곧 통 속으로 빨려 들어가자, 그는 어디로 전화를 거는지 다이얼 판의 숫자들을 손가락 끝으로 쿡쿡쿡쿡 여러 번 누른 다음에 수화기를 귀에 대고 통화가 되기를 기다렸다.

이곳에서는 전화를 어떻게 거는지 알아도 볼 겸 얼떨결에 나는 그 곁에 조금 떨어져서 기다리고 있었다. 그러나 영태 씨는 다이얼의 숫자들을 또다시 찍고, 그러기를 몇 차례 되풀이를 하다가 송수화기를 그만 전화기 통 옆에 걸어놓았다. 그러자 전화카드가 아래의 입술 밖으로 밀려나왔다.

"이 시간에, 있을 리가 없지."

영태 씨가 뒤돌아서며 혼잣말처럼 중얼거리자,

하루 또 하루

"집에서, 아무도 전화를 안 받습니까?"

위로하듯이 내가 물어봤다.

"이런 시간에, 마누라들은 어디로 놀러가고 집에 없어요. 마침 전화기가 모처럼 놀고 있기에, 혹시나 해서 걸어본 건데, 그런 내가 바보지. 핫하."

"이 시간이라면……?"

"이곳에서, 오전 시간은 새벽부터 일어나 청소며 식사며 투약시 간을 끝내면 점심시간 때까지 자유 시간이 2, 3시간 정도, 그러면 새벽부터 설친 환자들은 은근히 피곤해서 화장실 말고는 대체로 부족한 잠을 잔다거나 하면서 시간을 보내지. 오후에는 3, 4시간 으로 비교적 시간이 넉넉해서 이것저것 할 것들을 하고, 저녁을 먹 고 밤의 투약시간까지 1, 2시간이 가장 마음이 느긋한 시간이라 고."

"그렇군요."

"그러자 환자들은 집에 마누라들이 있을 것 같은 오전이나 밤 시 간에 전화를 걸곤 하는데, 그래서 그 시간이면 너도나도 전화를 거 느라고 이곳은 늘 환자들이 줄을 서니까, 앞으로 종훈 님도 그때를 이용하는 게 좋을 거요."

"알겠습니다."

"또 한 가지……전화를 걸다가 보면 흥분할 때도 있고, 그러다가 보면 깜빡 잊고 전화카드를 그냥 놓고 가버리는 때도 있으니까, 챙 기는 것을 잊지 말도록."

"그런 사람도 있습니까?"

"집으로 전화를 거는 사람들은 장애자들보다는 알코올들이 더 많고, 그러다가 차츰 흥분을 하고, 그런 나머지 전화카드 챙기는 것도 잊어버린다고. 핫하."

"그러면 그 카드는 어찌 되죠?"

"얼씨구나, 다른 녀석이 얼른 가져가 버리지."

"주인에게 돌려주지 않나요?"

"어쩌다가 그런 경우도 있지만, 대체로 그것으로 끝나요. 가져가서 자기가 나머지를 써버린다고."

"흐흠."

영태 씨의 말은 모두가 사실이었다.

저녁의 투약시간 후에, 어느 사이에 습관이 된 듯 영태 씨와 함께 끽연실에 다녀오는데, 로비가 떠나갈 듯이 시끄러웠다. 나이가 40대인 사내가 전화를 걸고 있었다.

"야, 야, 이러지 말라고! 전화를 그동안에 왜 안 받았어? 그동안에 어디를 갔었느냐고?……내가 모를 줄 알아? 아침·저녁은 물론이고, 낮이고 밤이고 계속해서 며칠을 전화를 걸었는데도 통 받지를 않았다고. 휴대전화도 마찬가지……차라리 솔직히 말해! 친구들과 어울려 여행 갔었지? 이번에는 태국으로, 인도네시아―동남아(아시아)를 다녀오셨나?……내 잔소리가 듣기 싫어서, 나를 이런 곳에다가 처박아 놓고, 얼씨구나 신나게 놀러 다니는구나!……좋아, 좋았어, 이혼하자고! 그 전에, 우선 나를 이곳에서 풀어달라고!……이곳이 어떤 곳인 줄 알아? 정신병 환자들을 맡아 두는 인간 폐품 보관소―라고! 정신질환자들과 함께 지내다가 보면 멀쩡한 놈들도 정신병자가 되는……병원에서는 겉으로는 안 그러지만, 속으로는 우리를 '인간 폐품들'로 여긴다고!"

하루 또 하루

그때, 가까운 의자에 앉아 있던 보호사가 몸을 일으키며 한쪽 손가락으로 입술을 가리는 시늉을 하면서 조용히 전화를 걸라며 주의를 주자, 그러거나 말거나 환자는 더 크게 소리쳤다.

"좋아, 좋아! 이혼하자고! 그 전에, 우선 나를 이곳에서 풀라고! 풀려나면, 너는 풀려나자마자, 내 손에……나를 이곳에서 빨리 풀어주지 않으면 나도 방법이 있다고. 자꾸자꾸 말썽을 부리면 병원에서는 그런 내가 지겨워서라도 쫓아낼 거고, 그러면……"

지켜보던 보호사가 못 말리는 환자라고 여긴 듯 고개를 좌우로 흔들어 보이더니, 그러나 히죽 웃으면서 저쪽으로 가버린다. 그동안에, 수많은 환자들을 겪어온 그로서는 이런 경우쯤 아무것도 아니라는 듯싶었다.

집에서 전화를 더는 받지를 않는지, 그 환자는 여보세요! 여보세요! 소리치다가 그만 송수화기를 전화기 통 옆의 걸개에다가 부서져라 소리가 나게 걸어놓더니, 그래도 분통이 덜 풀린 듯이 한동안 그 자리에 서서 꼼짝도 하지 않았다. 그러나 전화를 걸려고 그 뒤에 서서 기다리고 있던 다른 환자들은 그런 그에게 다음 사람에게 자리를 양보하라고 아무도 말하지 않았다. 어쩌면 그의 성깔을 건드리기가 두려워서 차마 말을 못하고 있는지도 모르겠다.

그때, 내 곁에 서있던 영태 씨가 크음! 헛기침을 하자, 그 환자는 이쪽으로 얼핏 고개를 돌렸다. 그와 시선이 마주친 영태 씨가 손가락 끝으로 전화기 통의 아랫부분을 가리켰다. 그곳에는 전화기가 토해 낸 전화카드가 밖으로 삐죽 나와 있었다. 그러자 그 환자는 얼른 그 카드를 뽑아 들더니 고맙다며 영태 씨에게 허리를 굽신 절을 해보이고는 자리를 떴고, 곧 윗마을로 사라졌다.

태양의 저쪽

"저 사람을 아십니까?"

우리도 자리를 떠나며 내가 물어보자, 영태 씨가 말했다.

"입원한 지 오래된 알코올—나하고는 서로 인사를 나누는 사이라고."

"성격이 다혈질이로군요."

"틈만 나면 집으로 전화를 자주 걸고, 성격이 괄괄해서, 통화가 되면 그때마다 아까처럼 저런다고. 그뿐인가? 간호사실의 반달 구멍을 들여다보며 보호사들과 큰 소리로 다투기가 일쑤인 소문난 녀석이라고."

"그것 참!"

"아까 저 친구가 전화를 끝내고 그 자리에 한동안 서 있는데도, 다른 사람들은 그런 그에게 얼른 비키라고 투덜거리지 않았다고. 다른 사람이 그랬다면, 시비가 붙었을 텐데 말이지. 왜 그런 줄 알아요?"

"모두가 그의 성질을 알기에 그런 건 아닐까요?"

"이곳에 들어온 환자들은 사정이 비슷하다고. '과부 설움은 동무 과부가 안다'는 속담도 있듯이, 자기가 마누라에게 하고 싶은 말들을 그 친구가 대신 해주었다는 속 시원함과 통쾌감 때문일 수도 있지. 그 친구는 병원 측에서 보면 골칫거리지만, 이곳 알코올들에게는 자기들의 대변자, 그들로부터 은근히 영웅 대접을 받고 있다고. 핫하."

"……"

"옳지, 옳지, 미스터 다혈질—앞으로는 저 친구를 우리 그렇게 부르자고! 어쨌거나 그 녀석, 자꾸 저러면 안 되는데! 저러면 저럴

하루 또 하루

수록 자기한테 불리하다고. 나를 이곳에서 빨리 풀어 달라. 그러면 이혼에 앞서 풀려나자마자, 너는 내 손에……어쩌고저쩌고 잔뜩 겁을 주니, 마누라는 행여 보복을 당할까봐 두려워서라도 그런 남편을 쉽게 풀어주겠어?"

"그는 그걸 알면서도, 전화를 걸다가 그만 흥분을 해서, 말의 앞뒤를 가리지 못한 것은 아닐까요?"

"바로 그거라고. 어쨌거나 마누라의 비위를 건드리면 건드릴수록 이쪽이 불리하다고. 감방의 열쇠는 마누라가 쥐고 있으니까! 환자의 퇴원은 마누라가 결정을 하니까!"

"……"

도대체 기다림이란 무엇인가?

사형 선고를 받고, 그 집행일을 기다리는 사형수나 기약도 없는 퇴원할 날을 막연하게 기다리는 정신병원 환자들의 기다림은 불안과 초조의 연속이다. 그러나 신나는 여름방학과 겨울방학을 기다리는 학생들, 결혼 날짜를 기다리는 연인들이나 월급날을 기다리는 셀러리맨들, 가족으로부터의 전화나 면회를 애타게 기다리는 이곳 환자들의 기다림은 마음 설렘이며 기쁨이다. 못잖게 날이 날마다 똑같은 일상에서, 간식을 신청하는 날이 어서 오기를 기다리는 이곳 환자들의 기다림은 그나마 유일한 즐거움이다.

목요일―.

아침부터 우리 방 식구들의 표정이며 주고받는 말들이 밝다. 영태 씨가 문득 내게 물어본다.

"오늘은 분위기가 좀 이상하지 않아요?"

"초등학교 시절, 소풍을 가기 전 날처럼 기분들이 들떠 있는 것 같군요."

"맞아, 바로 그거라고! 오늘은 기다리던 간식 신청을 하는 날이라고. 종훈 님은 무엇이 필요한지, 결정을 했소?"

"네."

"그러다가 필요한 것이 있으면 다음에 또 신청을 하면 돼요."

"알겠습니다."

아침나절이 되자, 보호사가 간식 신청을 적는 노트 한 권을 우리 방으로 주고 갔다. 그러자 기다렸다는 듯이 식구들은 방장의 자리 근처로 너도나도 모여들었고, 영태 씨는 전달받은 노트를 펼치고 볼펜으로 식구들의 주문을 차례로 적어 넣은 다음에, 그 노트를 간호사실로 가져다주고 돌아왔다.

오후가 되자, 보호사가 방으로 들어오더니 9번 환자에게 짐을 챙기라고 지시했다. 이곳에서는 가끔씩 있는 일이라서 그런지, 당사자인 9번이나 다른 식구들은 별로 놀라는 기색을 보이지 않았다. 어느 사이에 보호사는 환자의 사물함을 자기가 집어 들고 이미 복도로 나서고 있었고, 그러자 벽의 옷걸이에 걸어놓았던 수건을 챙긴 9번은 방장과 인사를 나눌 겨를도 없이, 보호사의 뒤를 부리나케 따라 나갔다.

"퇴원은 아닌 것 같고……"

혼잣말처럼 영태 씨가 중얼거리자, 내가 물어본다.

"그렇다면 다른 방으로 옮겨가는 모양이로군요?"

"그런 것 같군."

"어느 방으로 가는 거죠?"

"그건 나도 몰라요. 이따가 저녁식사시간에 보면 알겠지."

하루 또 하루

"환자가 방을 바꾸는 것은 누가 결정을 하죠?"

"간호사실에서 한다고. 퇴원을 한 어느 방의 누구 자리에, 간호사실의 환자 보호실에서 대기 중인 어느 환자를 그곳의 빈자리로 보내기도 하지만, 때로는 어느 방의 누구를 그곳으로 옮기게 하기도 하고, 그러면 아까처럼 보호사가 와서 데리고 간다고."

"왜 옮기게 하죠?"

"그거야 나도 알 수가 없지. 환자들끼리 자주 싸우자, 어느 한쪽을 갈라놓기 위해서라든가, 아니면 어느 환자가 나는 이런저런 이유로 이 병실에는 더는 못 있겠다며 방을 옮겨달라고 자꾸 요청을 하든가, 아니면 환자의 보호자가 간호사실에 부탁을 하든가……"

"그러면 그 요청을 들어줍니까?"

"그걸 하나, 하나씩 다 들어주면 병원이 뒤죽박죽이 되게? 들어봐서 그게 정말 타당하다고 여겨지면, 그러는 수도 있겠지. 그러나 대체로 묵살당해요. 왜? 종훈 님도 다른 방으로 옮기고 싶어요?"

"9번으로부터 청소당번 배정에 대해서 얘기를 들었습니다. 9번 대신에, 내일부터는 내가 청소를 하겠습니다."

"조금 전에 내가 한 얘기는 농담이고, 9번이 가버리자 대뜸 그 사람 대신에 청소를 누가 하나 은근히 걱정이었는데……좋았어! 종훈 님이 돕겠다고 하니, 나로서는 이렇게 고마울 수가 없군. 핫핫하."

그때, 복도에서

"조금 후에, 로비에서 '공예교실'을 시작하겠습니다. 신청한 분들은 모여 주세요."

여자의 목소리가 복도를 지나가며 울렸다.

"저 여자는 누구죠?"

"이곳 원무과의 재활 프로그램 담당자라고."

"공예 시간에는 누가 참가를 하죠?"

"식구들이 많다 보니, 장소가 비좁아서라도 많은 사람을 교육을 시킬 수는 없고, 신청을 한 환자들에게만……이건 '음악교실' 같은 다른 경우에도 마찬가지라고."

우리가 끽연실에 들렀다가 방으로 돌아오자, 미스터 네!가 대뜸 눈에 띄었다. 그는 자기 자리가 아닌 이미 나가고 없는 4번 자리의 끝에 앉아서, 그 사이에 새로 들어온 9번 자리의 늙은 환자를 무엇을 관찰하듯 뚫어지게 지켜보고 있었다.

"이번엔 빈자리에 새로운 환자를 빨리도 보냈군."

중얼거린 영태 씨가

"이 녀석아, 사람 처음 보냐? 왜 그러고 있어?"

미스터 네!에게 큰 소리로 말하자, 그는 조용하라는 듯이 손가락으로 입술을 가리는 시늉을 하더니, 이어 그 손가락으로 9번 환자를 가리켰다.

나이가 60대인 그는 누가 봐도 대뜸 중증 장애자로 보였다. 머리맡에 있어야 할 사물함을 매트리스 위에 올려놓고 조용히 앉아서, 자꾸만 히죽히죽 웃으며 무엇을 먹고 있었다. 그러던 그는 고개를 갸웃거리더니 갑자기 사물함의 뚜껑을 열었고, 그 속에서 비스킷 봉지를 꺼내어 한 개를 집어 들더니 그 봉지를 다시 사물함 속에 넣고는 얼른 뚜껑을 닫았다. 다 먹으면 또 꺼낸 다음에 히죽히죽 웃으며 또 먹고……그러기를 10여 번이나 거듭하던 그는 갑자기 비실거리며 일어나더니 복도로 나갔고, 여태껏 한곁에서 그를 지켜보며 서있던 영태 씨가 얼른 그의 뒤를 따라 나갔다.

얼마 후에, 영태 씨가 그를 데리고 방으로 돌아왔다. 그러나 그는 자기의 9번 자리가 아닌 내 옆의 4번 자리로 올라섰다. 자기의 자리를 찾아가지 못하는 그에게 영태 씨가 큰 소리로 말했다.

"당신 자리는 이쪽이야, 이쪽! 9번! 알겠어?"

그가 통로 건넌 쪽의 맞은편 자리로 비실거리며 가자, 영태 씨가 내게 말했다.

"환자 보호실에서 이곳으로 왔구면. 아직 약기운이 몸에 남아서 비실비실 저런다고."

자기 자리에 앉은 9번은 아까처럼 사물함의 뚜껑을 연 다음에 과자를 꺼내더니 또 히죽히죽 웃으며 씹고……같은 동작을 10여 분쯤 반복하던 그가 갑자기 자리에서 일어섰고, 무엇이 급한 듯 비실거리며 복도로 나가버렸다.

마침 소변을 보기 위해 화장실에 가려고 일어선 나에게, 눈치를 챈 영태 씨가 웃으며 말했다.

"9번 저 친구—보나마나 화장실에 또 갔을 거니까, 오는 길에 데리고 와요. 핫핫하."

아니나 다를까, 9번은 소변기 앞에 서 있었고, 내가 그 곁에 서서 소변을 보고 있는데도 그는 급해서 오긴 왔지만 오줌을 시원스레 누지를 못하고 찔끔, 또 한참 있다가 찔끔, 그러다가 끝내 환자복 바지를 치켜 올렸다.

그가 소변기 앞을 떠나자, 내가 그의 뒤를 따랐다. 아직도 로비의 '공예교실'은 끝나지 않았다. 그 곁을 지나친 9번은 이쪽은 아랫마을, 저쪽은 윗마을—갈림길에서 잠시 멈칫거렸다. 나는 그가 어쩌나 보려고 두어 걸음 뒤에서 지켜보고 있었다. 이윽고 9번은 나름 대로 확신을 한 듯 길을 선택했다. 그러나 그는 윗마을 쪽으로 천천히 걸어가고 있었다.

이번에도 나는 야릇한 호기심이 일었다. 이만큼 떨어져서 그의 뒤를 지켜보며 그냥 따라가고 있었다. 그는 이 방, 저 방을 계속해서 기웃거렸다. 그때마다 그 방의 환자들이 눈치를 채고 그에게 당신 방으로 가라면서 소리쳤고, 그러면 9번은 고개를 갸웃거리며 히죽히죽 웃었다.

더는 안되겠다 싶어, 나는 9번의 팔을 슬며시 잡았다. 그가 내 얼굴을 힐끔 돌아보았다. 그러나 그는 내가 누구인지 아직 알아보지 못하는 표정이었다.

"우리 방은 저쪽—함께 가시죠."

내가 말하자, 그가 알아들었다는 듯이 히죽 웃었다. 그의 손을 잡고 조금 걷다가 놓자, 그는 순한 양처럼 내 뒤를 고분하게 따라오고 있었다. 조금 후에 아랫마을로 들어섰다. 그러자 그는 방들의 번호를 나름대로 고개를 갸웃거리며 이리저리 둘러보면서 자기가 앞장을 서더니 이윽고 우리 방을 찾아냈고, 방으로 돌아오자 고개를 갸웃거리더니, 이번에는 그래도 9번 자리로 올라섰다.

"어디서 잡아 왔소?"

어느 틈에, 버릇처럼 과자를 꺼내 히죽히죽 웃으면서 먹고 있는 9번을 지켜보며 영태 씨가 작은 소리로 물어보자, 나도 행여 9번이 들을까봐 작은 소리로 말했다.

"윗마을—."

"내가 그럴 줄 알았다고. 아까도 그랬거든."

하루 또 하루

내가 얼른 화제를 돌렸다.

"그런데, 어느 방의 앞에는 신발(슬리퍼)들이 너무 많더라고요."

"핫핫하. 고·스톱—판이 벌어지는 방을 본 것 같군."

"네?"

"종훈 님은 화투놀이에서, '고·스톱'을 칠 줄 알아요?"

"들어는 봤지만, 아직……"

"이곳에서는 그 놀이가 환자들에게는 유일한 큰 재미라고! 점심 시간 이후부터 저녁식사 전까지, 지루한 시간을 보내기 위해서 그들은 끼리끼리 모여서 화투를 친다고. 그냥 치는 것이 아니라, 그때마다 내기를 한다고."

"돈 내기를 하나요?"

"이곳에서는 현금은 소지할 수가 없으니까, 그 대신에 '커피믹스'를 현금 대신으로 거래를 한다고. 말하자면 10점에 커피믹스 한 봉지, 또는 5점에 1개씩—그런 식으로 말요."

"그렇다면 그것도 일종의 도박인 셈인데, 병원에서는 못하게 막지 않나요?"

"이곳에서 오래 지내다 보면, 자기 집 전화번호도 아리송할 때가 있다고. 예를 들어 37인지 73인지 헷갈린단 말이지. 평소에 숫자를 자주 쓰지 않자, 기억력에 녹이 슬었기 때문이라고. 그런데 화투놀이는 숫자 공부에 도움을 주고. 그래서인지 병원에서 내기 화투놀이는 금지는커녕 묵인을 하고 있어요."

"화투판에서 자주 잃는 환자는 커피믹스 값도 만만찮겠군요?"

"간식 리스트에 보면, 담뱃값과 커피값은 같다고. 그러면 각각 20개씩 들어있으니까, 1대 1로 맞바꾸면 되는데도 여기서는 그렇지가 않아요. 처음에는 담배 내기를 했지만, 담배는 간식 신청에서 제한을 받자 그들은 담배 대신에 어쩔 수 없이 커피로 바꾼 거라고. 이곳에서 그 가치가 담배는 금! 커피는 은—그렇다고. 핫하."

"화투판에는 누구나 참여할 수 있습니까?"

"그들은 모두가 알코올들이라고! 우리 방의 4번(뚱뚱이 김씨)도 자기 딴에는 똑똑하다고 여긴 듯 화투판에 자주 끼어들었다가 얼마 못 가서 밑천이 거덜이 나더군. 장애자인 그가 아무리 똑똑한들, 술만 안 마셨지 정신이 멀쩡한 알코올들의 상대가 되지 못하거든. 핫핫하."

우리가 말하는 동안에도, 맞은편 자리의 9번은 조용히 앉아서 혼자 히죽히죽 웃으며 아직도 과자를 씹고 있었다. 집에서부터의 오랜 습관인 듯싶었다.

저녁식사시간이 되자, 짐짓 9번을 앞세워 배식을 받은 영태 씨는 돌아오자마자 그의 사물함 속에서 그가 먹다가 남긴 비스킷 봉지를 꺼내며 큰 소리로 말했다.

"이건 내가 압수를 한다고! 그 밥을 다 먹으면 이 과자를 주고, 안 먹으면 이 과자를 주지 않겠다고. 과자가 먹고 싶으면 우선 그 밥부터 다 먹으라고, 밥을 안 먹으면 다음에 간식 신청을 할 때, 과자를 내가 빼버리겠다고. 당신이 미워서가 아니라 위해서라고. 그러니 알아서 하라고!"

그 소리에 겁이 났는지, 9번은 밥을 먹기 시작했다. 그러나 절반도 먹지 못하고, 가만히 자리에 앉아 있었다. 그런 그를 영태 씨가 바라보며 혼잣말처럼 중얼거렸다.

"과자는 먹고 싶고, 밥을 안 먹으면 과자를 주지 않겠다고 하자,

과자를 먹을 욕심에 억지로 밥을 저만큼이라도 먹은 거라고."

"그럴 수도 있겠군요."

"과자가 없으면 마음이 불안하고, 그러다가 과자가 생기면 기분이 좋아서 히죽히죽 웃으며 그것만 먹으니까 밥맛이 없고, 그러자 차츰 배가 고프고, 그러면 밥 대신에 또 과자 생각이 나고……이왕에 우리 방으로 왔으니까, 의사 대신에 내가 그 습관을 고쳐주겠다고. 핫하."

"……"

오늘은 금요일—.

어제는 기다림의 시작이라서 가슴 설레며 즐거웠고, 오늘은 기다리던 바로 그날이라서 환자들은 아침부터 더욱 즐거운 표정들이다. 오늘은 어제 신청을 한 간식이 배급되는 날, 더구나 그들은 담배가 나오는 날이라서 더욱 그런 눈치들이다.

아침나절에 내가 머리를 감으러 간다면서 수건과 세숫비누 곽을 챙겨 들자, 영태 씨가 미스터 네!에게 큰 소리로 말했다.

"너도 5번 아저씨 따라가서 샤워를 하고 오라고!"

"지금은 추, 추워요!"

"그럼 언제 할래?"

"이따가 오후예요."

"그땐 사람들이 북적거려 자리가 없다고. 그러니까 오전에는 조금 추워도 이때가 제일 한가하다고."

"그래도 싫어요!"

"싫기는, 이 녀석아! 샤워를 한 지가 오래라서 밤에 잘 땐 네 몸에서 냄새가 나더라고. 그러니 어서 따라가라고. 알겠어?"

영태 씨가 큰 소리로 말하자, 이제는 더 이상 방장의 말(명령)을 거역할 수 없다는 듯 미스터 네!도 세면장으로 갈 준비를 했다.

"주머니 속의 물건들 모두 꺼내 놓고 가라고!"

방장의 말에, 미스터 네!는 환자복의 윗주머니 속에서 담배와 전화카드를 꺼내 머리맡의 한쪽에다가 감추어 놓았다. 그러자 영태 씨가 내게도 알아두라는 듯이 말했다.

"통로의 옷걸이에다가 환자복을 걸어놓으면, 그 옆을 지나치던 어떤 녀석들은 환자복의 주머니를 뒤져서 그 안에 들어 있던 것들을 훔쳐간다고. 그러니까 아예 방에다가 놓고 가는 게 좋다고."

"그렇군요."

나는 미스터 네!를 데리고 로비를 지나서 비좁은 통로로 들어섰고, 곧 옷들을 벗어 벽의 옷걸이에다가 나란히 걸어놓은 다음에 알몸으로 가까운 세면장으로 갔다. 예측대로, 수증기를 뽑아내기 위하여 반쯤 열려진 저쪽 유리창, 더구나 아침나절이라서 더욱 썰늘한 세면장은 찾는 환자들이 거의 없어서 한가로웠다.

미스터 네!와 나란히 샤워를 하고 있는데, 영태 씨가 나타나더니 들고 온 '때 타월(수건)'을 한쪽 손바닥 끝에다가 끼우고 물을 추긴 다음에 비누 칠을 했다. 그러자 이런 일이 벌써 여러 번이라는 듯이 미스터 네!는 그 자리에 쭈그리고 앉았고, 그런 그의 등을 영태 씨가 때 타월로 이리저리 골고루 문지르기 시작했다.

조금 후에, 영태 씨는 이번에는 내게도 앉으라고 손짓을 했다. 그리고 나의 등도 문질러주었다.

"고맙습니다! 그러잖아도 손이 닿지 않는 등은 긴 때수건이 없어서 어떻게 씻나, 은근히 걱정을 했었는데……"

하루 또 하루

"환자의 병동 반입금지 품목 중에 들어 있는 '때 타월'은 등을 문지를 수 있는 길이가 긴 수건이라고. 대신에 손에 끼는 이 짧은 타월은 허용이 된다고. 왠지 알아요?"

"혹시나 환자들이……"

"긴 수건으로 목을 매고 자살을 할까봐 그렇다고. 핫핫하."

"어쨌거나 다음에는 그 짧은 때 타월도 신청을 해야겠는데요."

"그렇게 해요. 오래 있다가 보면 발에 각질이 생기고, 그러면 대야에 더운물을 받아놓고 두 발을 조금 불렸다가 때 타월로 벅벅 문지르면 떨어져 나간다고. 핫하."

오전은 그렇게 지나가고, 오후가 되자 병동 안은 더욱 활기가 돌았다. 기다리던 간식이 나왔기 때문이다. 그리고 얼마 후에 간호사실의 그 반달 구멍을 통해서 담배도 배급이 되자, 더욱 그랬다. 이래저래 흡사 잔칫집 분위기였다.

오전에 모처럼 머리도 감고, 샤워도 한 내 기분도 그리 나쁘지 않았다. 더구나 그동안 이웃들이 내게 준 커피와 담배를 갚고 나자, 더욱 그랬다. 이번에 나는 담배 3갑을 주문했었다. 담배는 신청을 할 때 월요일에는 2갑, 목요일에는 3갑까지 허용이 된다고 했었다. 얼핏 생각해 보니까 한 주일은 7일—간식이 배분되고 다음까지 그 공백 기간이 각각 2일과 3일, 그러자 담배도 2갑과 3갑……빌렸던 것들도 갚을 겸 남들처럼 이래저래 3갑을 주문했었다.

어제는 그랬고, 또 하루가 지나가고, 오늘은 토요일 오후의 면도 시간—.

우리 방의 차례가 오자, 나도 보호사가 내어준 면도기를 받아들고 세면장으로 갔다. 각 반에 주어진 시간은 고작 3, 4분씩인 만큼 느긋할 틈이 없었다. 그러나 보호사가 시간을 정확하게 보아가며 교대를 시키는 것이 아니고 대충 짐작으로 하기 때문에, 앞의 반 식구들이 미처 다 빠져나가기 전이었다.

입원을 한 후에 처음 맞는 면도 시간이라서 한동안 어릿거리다가 2명씩 이용하는 저쪽 수도꼭지에서 한 명이 면도를 끝내고 자리를 뜨자, 얼른 그리로 갔다. 바닥에 물을 받아놓은 대야가 있다. 물을 손바닥으로 찍어 얼굴에 바르고 비누 칠을 했을 때, 나는 흠칫 놀랐다. 옆에 있는 나이가 30대인 환자가 하던 짓을 멈추고 서서 그런 나를 잔뜩 안 내킨 시선으로 노려보고 있었다.

"왜 그러죠?"

내가 물어보자, 그가 소리쳤다.

"다른 자리로 가! 여긴 내 자리라고!"

"다른 수도꼭지에도 모두 두 명씩인데, 당신만 왜 그래요?"

"그 물은 내 물이라고!"

그때, 저쪽에서 영태 씨가 큰 소리로 나를 불렀다.

"이쪽으로 오라고!"

그리로 갔다. 마침 옆의 환자가 방금 나간 자리가 비어 있었다.

"왜? 무슨 일이 있었소?"

"여기는 자기의 자리, 대야의 물도 자기 것이라면서……"

"저 녀석, 옆방의 장애자라고. 한 물만 간 게 아닌 소문난 문제아라고. 핫하."

"……"

나는 면도를 하기 시작했다. 앞의 반 식구들이 모두 빠져나가고, 우리 반의 식구들도 하나둘씩 자리를 떴다. 조금 있더니, 면도를 끝낸 영태 씨가 먼저 나갔고, 이어 로비에서는 다음 면도를 할 차례인 반을 방송으로 알렸다. 그리고 조금 후부터는 그 반의 식구들이 세면장으로 들어서기 시작했다.

갑자기 나는 마음이 조급해졌다. 이미 허용된 면도 시간이 끝났다는 것을 느끼자 마음이 더욱 불안하다. 면도가 마음대로 되지 않는다. 누가 대야의 맞은편으로 달라붙더니 얼굴에 물을 바르고 비누 칠을 시작한다. 아니나 다를까, 조금 후에 로비에서 '박종훈 님은 면도기를 빨리 반납하기 바랍니다' 그리고 조금 뒤에는 또 다른 보호사가 세면장으로 와서 나를 말없이 지켜보며 서 있었다.

이쯤 되자, 나는 면도의 마무리를 그만두기로 한다. 얼굴을 대충 물에 씻고, 그 자리를 떠나 로비로 나와서 그곳에 앉아 있는 보호사에게 면도기를 반납했다. 장애자에게 시비를 당하고, 내 이름을 부르며 면도기를 빨리 반납하라고 방송을 하고, 그것도 모자라서 짐짓 찾아온 보호사에게 은근한 독촉을 당하고……

우리 방으로 돌아오자, 나의 얼굴을 얼핏 살핀 영태 씨가 웃는다.

"속담에 '처삼촌 벌초하듯'이란 말이 있다고. 면도를 대충대충, 종훈 님의 턱 밑에는 아직도 수염이 삐죽삐죽 몇 가닥 남아 있구먼 그래. 핫핫하."

"그것보다는 자존심이 너무 상해서……"

"알아요, 알아! 처음에는 다 그렇다고. 수염은 다음 수요일에 또 깎으면 되고……자, 기분 풀러 가자고."

"어디로요?"

"어디기는. 이곳에서는 죽으나 사나 그놈의 끽연실이지."

"가십시다!"

나는 선뜻 앞장을 섰다. 여태껏 영태 씨를 따라서 오갔었지만, 이렇듯 내가 앞장을 서기는 처음이었다.

어제는 하루가 그렇게 지나가고, 오늘은 일요일—.

이곳에서는 일요일이라고 해서 여느 날과 다를 것도 없다. 어제는 오늘 같고, 내일은 어제와 같은 날이 그렇게 이어지고 있을 뿐이다.

아침나절, 나는 지금 침구 더미에 비스듬히 몸을 기댄 채 누워 있다. 그런 나의 머릿속에는 어제의 면도 시간과 그때에 있었던 일들이 아직도 지워지지 않고 끈적거리는 앙금처럼 남아 있다. 잊으려고 해도 소용이 없었다. 아니, 그 자존심이 아프게 다친 기억은 시간이 지날수록 더욱 또렷해졌고, 머릿속에 둥지를 틀고 이렇듯 남아 있었다.

면도 시간에, 그 장애자와의 시비는 그러려니 웃으며 넘길 수도 있다. 그러나 나의 이름을 부르며 면도기를 빨리 반납하라는 독촉 방송에 이어 보호사가 세면장까지 찾아와서 나를 지켜보며 은근한 독촉은 또 뭐냐. 아니, 그들(보호사들)은 그럴 수도 있겠다. 이곳은 일반 병원들과는 다른 정신병원인데다가 환자들의 수가 워낙 많으니까, 병원의 규율에 따라 그렇게 한 것뿐일 것이다. 앞서, 이런 곳에 온 내가 잘못이고, 보다 앞서 나를 이런 곳으로 보낸 그 여자(아내)가……

문제는 나에게 있었다. 면도 시간에 상처받은 나의 자존심—이 나름대로 너무 아팠고, 지금까지도 아프기 때문이다. 지금까지 살아오는 동안, 나는 남들로부터 칭찬을 더 많이 받았었다. 무엇을 못한다는 지적을 받은 적은 거의 없었다. 기분 나쁜 지적을 받기가 싫어서, 한 발 앞서 지적받을 것들을 알아서 미리 처리했기 때문이다. 그런데, 이게 뭔가! 보호사로부터 아무개는 면도기를 빨리 반납하라는 둥……그것은 생각하는 사람에 따라서 해석이 다를 수가 있다. 남들처럼 동작이 빠르지 못하고, 너는 왜 그렇게도 느리냐. 너희 병실의 다른 사람들은 똑같은 시간에 면도를 끝내고 면도기를 다 반납했는데, 너는 지금까지 뭉그적거리며 무엇을 했느냐. 알고 보니 너는 혹시 지능이 모자라는 녀석이 아니냐는 빈정거림으로, 이어 다른 보호사가 세면장까지 찾아와서 나를 지켜보며 서 있을 때, 나는 너무 자존심이 상해서 차라리 자살을 하고 싶은 충동을 느꼈었다. 이곳 병원생활에서 처음에는 다 그렇다고 웃으며 나를 위로하던 영태 씨의 말대로, 이것 또한 그러려니 웃어넘길 수도 있다. 그러나 나로서는 결코 웃어넘길 수가 없다는 것이 문제였다.

나의 기억 속에는, 아직까지도 지워지지 않는 어린 시절의 '아픈 추억'이 있다. 초등학교 시절의 그 기억은 지금까지도 문신(文身)처럼 마음의 쓰라림으로 남아 있다.

어린 시절, 우리집은 가난했다. 아버지는 노동자였고, 방은 2개지만 마당이 손바닥만 한 작은 집에서 살고 있었다. 그나마 다행인 것은, 내가 공부를 잘했다는 것이 아버지나 엄마로서는 큰 위안이며 유일한 즐거움이었다.

그럴 것이, 나는 동화책은커녕 만화책을 살 돈도 없었고, 그러자 동네의 형이나 누나들이 보는 만화책들을 어깨너머로 엿보는 사이에, 초등학교에 입학을 하기도 전에 이미 한글을 깨우쳤다.

학교에 입학을 하자, 담임선생님은 집안은 가난하지만 머리가 똑똑한 그런 나를 몹시 귀여워했다. 덕분에 나는 사기가 죽지 않고 성격도 명랑할 수가 있었다. 초등학교 시절의 6년 동안을 줄곧 반에서는 물론 학년 전체에서 1등을 했고, 학급에서 반장을 했다.

어쨌거나 나의 집안 형편을 알면서도 칭찬으로 사기를 북돋아 준 1학년 때의 그 담임선생님은 이후로도 내 마음속에 우상으로 자리매김을 했고, 이 다음에 커서 나도 우리 선생님과 같은 그런 선생님이 되겠다고 마음을 먹었다

그런데, 3학년 때다. 아버지의 벌이가 갑자기 신통치를 않았던 모양으로, 집안의 하루하루가 형편없이 쪼들렸다. 눈치로 볼 때, 아침밥을 먹으면 저녁의 밥 걱정을 할 정도였다.

내일은 소풍을 가는 날이다.

하루 전날, 나는 크게 용기를 내어 교무실로 담임선생님을 찾아갔다. 그리고 요즘의 집안 형편을 조금 말하면서, 소풍을 가지 않겠다며 내가 태어나서 처음으로 부끄러운 말을 했다.

그런데 종례시간이 되자, 담임선생님은 아이들에게 말했다. 내일은 우리 모두가 즐거운 소풍을 가는 날인데, 우리 반에서는 집안 형편 때문에 가지 못하는 친구들이 몇 명 있고, 그중에는 우리 반의 반장도 끼어 있어요. 그러니 그런 친구들을 위해서 점심 도시락을 2개 가지고 올 사람 손을 들어봐요. 아이들이 조금 있다가 너도 나도 손을 치켜들었다. 어떤 아이들은 고개를 돌려서 힐끔힐끔 나의 자리를, 나를 엿보기도 했다. 곧 담임선생님은 누구의 점심 도시락은 누가, 누구의 것은 누가……그런 식으로 모두 짝을 지어 주었다.

나는 창피하고 부끄러웠다.

집안이 가난했어도 내가 사기가 죽지 않았던 것은 공부를 잘했기

때문이고, 그때마다 주위에서 칭찬을, 그런 나를 '남 다른 아이'라고 인정을 해주었기 때문이다. 따라서 그 자존심이 가난으로부터 오는 어쩔 수 없는 열등감을 그때마다 어루만져 주고 덮어주었기 때문이다. 그런데 이게 뭔가! 알고 보니 반장—저 녀석은 즐거운 소풍날에 점심 도시락을 가지고 오지 못할 정도로 가난하구나, 아이들이 마음속으로 흉을 보며 이후로는 은근히 나를 무시할 것만 같았다. 그까짓 점심 도시락 때문에, 나의 자존심은 형편없이 구겨지고 큰 상처를 입었다.

　물론 모두가 소풍에 참가할 수 있도록 배려를 해준 3학년 때의 그 담임선생님도 고마운 분이었다. 그러나 어린 마음에도, 선생님은 그런 방법밖에 없었을까? 이 다음에 내가 선생님이 되면, 나는 그 선생님을 모두 닮지를 않을 생각이었다. 교무실로 찾아가서 비밀스럽게 한 말을 모든 아이들에게 다 알리고, 나아가 점심 도시락을 짝지어 주고……그건 내게는 수치와 모욕이었다. 차라리 소풍을 안 가는 쪽이 훨씬 마음이 편했을 것이고, 앞서 선생님에게 그런 말을 미리 말하지 말 것을 괜히 그랬다며 뒤늦게 후회를 했다.

　어쨌거나 이후로도 나는 커서 선생님이 되겠다는 꿈은 중학생이 되어서도 마찬가지였다. 변한 것이 있다면, 남들도 가고 싶어 하는 명문 고교로 진학을 하고서는 중학교 선생이, 명문 대학으로 진학을 했을 때는 고교 선생이, 대학을 졸업할 무렵에는 대학 교수가 되고 싶었고, 그것은 결혼을 할 때까지도 마찬가지였다.

　그러나 오늘날까지 변하지 않는 것이 있다. 어린 시절에, 상처받은 그 자존심—이다. 초등학교 3학년 시절의 그 '아픈 추억'은 아직도 나의 기억 속에 문신처럼 고대로 남아 있었고, 야릇하게도 이후로는 가난뿐만 아니라 달리 자존심을 다쳤을 때도 번개처럼 되돌아가서 그 추억으로 연결이 되곤 했다. 그 아픈 추억은 감추어진 폭탄이었고, 자존심은 그 도화선이었다. 도화선에 불을 붙이면 조금 뒤에 폭탄이 폭발하듯이, 누군가 나의 자존심에 상처를 주었을 때, 그 아픔은 불쾌감을 넘어 차츰 분노로 이어지곤 했다. 그것은 나로서도 다루기가 힘겨운 본능처럼 그랬다. 결혼을 한 지 겨우 4개월—알고 보면, 그동안에 아내와의 갈등도 결국 그런 것이 원인이었고, 끝내 나는 이런 곳으로……

오후에, 커피를 마시기 위해 로비의 정수기로 가서 물병에 더운 물을 받아가지고 방으로 돌아올 때, 방송이 울렸다. 조금 후부터 예배시간이니까 참석할 사람은 로비로 모이라는 것이었다. 커피를 다 마시고 나서도 얼마쯤 지나자, 로비에서 찬송가의 합창소리가 병동에 울려 퍼졌다.

차츰 커피의 여운이 담배를 부른다. 천천히 일어나서 복도로 나갔고, 로비에 이르렀다. 그곳에는 목사인 듯싶은 중년의 사내가 서 있고, 공예교실 때처럼 붙여진 탁자들 주위에는 20여 명의 환자들이 둘러앉아서 찬송가를 부르고 있었다.

행여나 방해가 될까봐, 그들의 곁을 조심스럽게 지나 끽연실로 갔다. 마침 그곳에는 아무도 없었다. 라이터로 담배에 불을 붙였을 때, 누군가 안으로 불쑥 들어왔다. 언젠가 한 번 본 듯한 얼굴이다. 나이가 70세는 됨직한 그 환자는, 얼굴의 피부 빛깔이라든가 윤곽이 곱고 몸피가 작으며 머리를 짧게 깎았기 때문에 얼핏 봐서는 이번에도 남자인지 여자인지 얼른 구별이 되지 않았다. 그때, 역시 나이가 그 또래인 환자가 어찌 보면 뒤를 쫓아온 듯 급히 안으로

하루 또 하루

들어섰고, 서로 잘 아는 사이인 듯 이미 담배를 피우고 있는 앞서 들어온 환자에게 대뜸 수작을 걸었다.

"할망구, 내 커피(믹스커피)랑 할미 담배랑 바꾸자고."

"어떻게?"

"커피 한 개(봉지)에, 담배 한 개(개비)—."

"싫어!"

"그럼 커피 두 개에, 담배 한 개—."

"좋아!"

"그럼 커피 세 개에, 담배 두 개—어때?"

"좋았어!"

합의가 된 두 사람은 곧 끽연실에서 나가버렸다. 담배와 커피를 서로 바꾸기 위해서, 어느 방으로 가는 모양이었다. 커피 2개에 담배 1개비와의 교환을 허락하더니 커피 3개에 담배 2개를 더욱 반기던 그들의 나름대로의 셈법이 어느 쪽이 옳은 것인지 나는 아직도 아리송하다.

어느 사이에 나도 담배가 늘었다. 한 개비를 다 피우고 끽연실을 나서는데, 영태 씨가 세면장을 지나오며 웃으면서 말한다.

"종훈 님이 끽연실에 갔을 거라고 생각했지."

나는 뒤돌아서서 그의 뒤를 따라 다시 끽연실로 들어갔다. 이번에는 그의 말벗이 되어주기 위해서였다. 담뱃불을 붙인 그에게 내가 물어본다.

"이 병원에는 여자 환자도 있습니까?"

"한 명도 없다고, 아마 그 할망구를 본 것 같군. 조금 전에 통로에서 지나치는 두 사람을 봤거든. 그 노인, 너무 여자를 닮아서 붙여진 별명이라고, 핫하."

"그들은 왜 이곳에 왔죠?"

"왜기는 왜야, 집에서 가족들이 귀찮으니까 이곳에다가 버린 거지."

"흐흠."

"그나저나 오늘은 종훈 님을 처음 본 것 같구먼 그래."

"아까 점심시간에도 만났잖습니까."

"병원생활을 오래 하다가 보면, 이래저래 아는 얼굴들이 많아지게 된다고. 오늘은 아침부터 재활교실에서 이 사람, 저 사람과 이야기를 나누다 보니까……점심시간 이후에도 그러다가 방으로 돌아오니까, 종훈 님이 안 보이더군. 뛰어봤자 벼룩—이라는 속담처럼, 기껏 가봤자 속상하니까 끽연실이지. 핫핫하."

"여느 날과 달리, 오늘은 무슨 얘기들이 그리 많았죠?"

"이곳에 강제입원을 당한 알코올 환자들은 오죽해야 마누라들이 그랬겠어. 그러나 '애를 밴 처녀도 할 말이 있다'는 속담처럼, 이건 '총각도 할 말이 있다'고나 할까, 거꾸로 그들의 얘기를 듣다가 보면 꼭 그렇지만도 않아요. 그러자 처지가 비슷한 사람들끼리 이야기를 나누다가 보면 서로서로 위로가 되고……나름대로 석방(퇴원)이 가깝다 여겨지는 환자들일수록 초조하고 불안하니까 이런저런 말들이 더욱 많거든. 핫핫하."

이어 영태 씨가 문득 물어본다.

"두 사람이 나가고, 내가 오기 전에 종훈 님은 이곳에서 혼자 무슨 생각을 했었소?"

"내일(월요일)은 간식 신청을 하는 날이라서, 모레는 그것들이 나

하루 또 하루

오는 날이라서, 수요일은 내일(목요일)이 또 간식 신청을 하는 날이라서, 금요일은 또……이곳에서 즐거움이란 오직 그것밖에 없다는 생각이 문뜩 들더군요."

"병원생활에서, 벌써부터 그런 것을 느끼면 곤란한데!"

그가 담배를 다 피우자, 우리는 끽연실을 나섰다. 나는 세면장에서 잠시 걸음을 멈추고 서 있다. 그런 나를 본 영태 씨도 주춤 선다. 평소에도 그랬었지만, 영태 씨의 남다른 직관력은 이번에도 빠르다. 벌써 눈치를 챈 그가 내게 말했다.

"어제 있었던 면도 시간의 일은 잊으라고!"

"……"

나는 걸음을 옮기기 시작했다. 그러나 어제의 일은 또 하나의 '아픈 기억'으로 마음속 깊이 새겨질 것이라는 것을 나는 안다.

태양의 저쪽

잘못된 만남

입원을 한 지 2주일째—아침 투약시간이 끝나고 조금 지나서이다.

여느 때의 버릇처럼 나는 지금 침구 더미에 등을 비스듬히 기댄채 누워 있다. 나만 그런 것이 아니라, 옆자리의 영태 씨도 어디를 나가지 않고 그랬다.

TV의 리모컨은 항상 영태 씨의 발치인 매트리스 위의 한쪽에 놓여 있다. 오늘따라 심심한지, 3번 자리의 늙은 환자가 그것을 가져다가 채널을 이리저리 돌려가며 텔레비전을 보고 있다.

창가에 자리한 미스터 네!가 갑자기 큰 소리로

"바, 방장님! 밖에 눈이 와요!"

큰 발견이라도 한 듯 말하자, 영태 씨와 나는 미스터 네!가 손가락으로 가리키는 유리창 밖으로 시선을 옮긴다. 그의 말마따나 가까운 창밖에는 희끗희끗 눈발이 날리고 있었다.

첫눈은 언제고 가슴을 설레게 한다. 그것이 펑펑 쏟아지는 눈은 그것대로, 지는 꽃잎처럼 바람에 휘날리는 눈도 그러하다. 그러나 지금은 그렇지가 않다. 이곳에 강제입원을 당하고, 그동안에 감정이 무디어져서 그런지 첫눈이 내려도 그저 그렇다.

"종훈 님은 결혼을 어떻게 생각해요?"

옆자리의 영태 씨가 느닷없이 불쑥 말을 건넨다.

"글쎄요."

너무 뜻밖의 질문이라서 나는 대답을 얼버무렸다. 그러자 그가 혼잣말처럼 중얼거린다.

"결혼은 잘하면 대박, 잘못하면 쪽박—핫핫하."

"……"

"나는 배운 것이 신통찮은 노동자였소. 젊어서부터 그랬지. 한때, 국내는 물론 멀리 중동지방의 건설 현장에도 몇 년 동안 다녀왔었지. 그렇게 나름대로 열심히 살았고, 그래서 크지는 않지만 작은 아파트도 한 채를 마련하고……"

"……"

"그런데 말씀이야, 어느 날 우연히 은행에서 이자가 밀렸다며 내 앞으로 보낸 고지서가 어쩌다가 눈에 띄었다고. 나는 깜짝 놀랄 수밖에! 그럴 것이, 비록 노동일을 했지만 나름대로 열심히 벌었기 때문에, 잘 살지는 못했어도 남들에게 빚을 지고 살지는 않았는데 느닷없이 빚 독촉장이라니……어쩌된 것이냐고 마누라를 다그치자, 결국 실토를 하더군. 내가 모르게 우리집을 담보로 1년 전에 은행에서 돈을 빌렸고, 이후로 다달이 그 이자를 물고 있다는 것이지. 그러다가 요즘에는 한두 달 이자가 밀렸다는 거야. 내 참 기가 막혀서!"

"놀라셨겠군요."

"놀랄 정도가 아니라, 처음엔 미치겠더군. 그러다가 마누라의 얘기를 다 듣고 보니, 이건 그만 어처구니가 없어서……우리 마누라는 친정집에 형제가 여러 명, 그중에서도 맏딸이라서 그런지, 친정집 일이라면 앞장서서 발 벗고 나섰고, 평소에도 알게 모르게 그쪽으로 은근히 돈을 보태주고, 그것을 눈치채고서도 나는 그럴 때마다 모르는 체했었다고. 그런데 말씀이야, 그 형제들 중에는 아주 질이 좋지 않은 한 녀석이 있었다고. 마누라의 바로 아래 동생으로, 인물도 좋고 언변도 좋은 이 녀석은 그 머리를 남들을 속여먹는 데다가 쓰는, 한마디로 사기꾼이었다고! 그러나 큰 사기꾼은 되지 못하고, 기껏해야 가까운 주위 사람들이나 형제들을 속여먹는……"

"흐흠."

"어쨌거나 놈은 얼마나 말솜씨가 좋은지, 녀석에게 한 번 걸렸다 하면 모두 그 언변에 속아 넘어갔지. 우연한 기회에, 언젠가 나도 한 번 녀석의 말을 듣다가 얼마 못가서 고개가 끄덕거려질 정도였다니까. 핫핫하. 그러니 평소에 친정식구의 일이라면 간이라도 뽑아줄 정도인 자기의 누이(나의 마누라) 쯤이야 식은 죽 먹기지."

"……"

"내가 없는 사이에, 놈은 자기 누이를 설득했다고. 이번에 자기가 벌인 사업이 있는데, 그것은 이러저러한 이유로 '땅 짚고 헤엄치기'처럼 성공할 확률이 아주 높다, 그러니 누님도 투자를 하라고 말이지. 돈이 없다고 하자, 그렇다면 누님 집을 담보로 은행에서 돈을 몇 달 동안만 빌리면 은행 이자는 물론 원금도 이자를 듬뿍 얹어서 갚아주겠다, 앞서 이것은 누님과 나만 알고 있고, 매형한테는 절대 비밀로 하자면서, 그러다가 생각지도 않았던 엄청 큰 돈으로 매형을 깜짝 놀라게 해주자고……어쩌고저쩌고 달콤한 말로 자꾸 끈질기게 설득을 하자, 결국 마누라는 놈한테 속아 넘어갔다고."

"그것 참!"

"그러다가 놈은 원금은커녕 이제는 은행 이자까지도 밀리고…… 모든 것을 뒤늦게 알게 되자, 미치고 환장하겠더군! 그런데 말씀이야, 그건 그렇다 치고, 나를 더욱 화나게 만드는 것은 마누라의 태도였다고. 처음에는 자기의 잘못을 인정하며 수긋한 체하더니, 차츰차츰 말 대거리를 하더라고. 그 애는 돈을 곧 갚겠다며 조금만 참아달라고 했다, 그 애가 돈을 떼어먹을 놈도 아니고, 그리고 친정 동생을 좀 도와주려다가 그리 된 걸 가지고 뭘 그렇게 야단이냐, 가난한 노동자에게 시집을 와서 나도 살림을 하느라고 그동안 고생이 많았다며 속담에 '똥을 싼 놈이 큰 소리 친다'더니 차츰 벅벅 악을 쓰며 지지 않고 대들더라고. 홧김에 술을 퍼마시고……"

"……"

갑자기 영태 씨가 몸을 벌떡 일으키더니 복도 쪽으로 걸어갔다. 보나마나 그는 지금 끽연실로 가리라 생각하며 나도 그랬다. 우리는 그곳으로 가서 담배를 피우는 동안 아무 말도 하지 않았다. 그곳에는 다른 환자들도 몇 명이 있었지만, 오늘따라 그들도 조용하게 담배를 피우고 있었고, 그러자 우리의 기분도 그랬었기 때문이다.

끽연실을 나와 로비에 이르자, 영태 씨는

"밥 먹고 커피를 마셨는데, 또 커피 생각이 나는군."

중얼거리며 우리 방 쪽으로 걸어갔다. 그러나 나는 그러지 않았다. 혼자 있고 싶었다. 윗마을 쪽으로 천천히 걸어갔고, 재활교실 앞으로 다가갔다. 문의 유리창으로 들여다보자, 마침 그 안에는 아무도 없었다.

문을 열고 안으로 들어갔다. 곧장 커다란 유리창 앞으로 다가가서 말없이 팔짱을 끼고 밖을 내다보았다. 창밖에서는 여전히 첫눈이 조금씩 휘날리고 있었다. 저 아래 맞은편 정구장에는 운동을 하는 사람들도, 트랙을 따라서 걸어가는 여인들도 보이지 않았다.

우리 방에서, 아까 영태 씨는 종훈 님은 결혼을 어떻게 생각하느냐고 내게 물어봤었다. 그러자 나는, 글쎄요……말을 얼버무렸었다. 그것은 갑작스런 질문을 받자 당황한 탓도 있었지만, 어찌 보면 그것이 맞는 대답일 수도 있었다.

해도 그만, 안 해도 그만……그렇다! 나는 결혼을 그렇게 생각하며 살았었다.

아버지는 가난 때문에 배우지를 못했고, 배우지를 못했기 때문에 가난할 수밖에 없다고 믿었던 분이었다. 가난을 대물림하지 않기 위해서는 어떻게든 자식(나)은 적어도 대학까지 공부를 시키고 싶어 했다. 내가 명문 고교와 대학으로 진학을 할 때마다 아버지는 나보다도 더 기뻐했으며 주위 사람들에게 자랑하며 으스댔고, 그러면 아버지의 친구들은 '개천에서 용(龍)이 났다'면서 은근히 부러워했다. 그러자 아버지는 나에게, 너는 어떻게든 대학을 나와서 큰 사람—아버지가 큰 사람이라고 한 뜻은 대통령이나 장관과 같

잘못된 만남

은 큰 관직을 가진 사람— 이 되기를 바라는 눈치였다. 그것이 돈과 명예를 동시에 거머쥘 수 있는 기회이며 가난으로부터 탈출할 수 있는 지름길이라고 믿었던 듯싶다. 그러나 대학 2학년 시절, 그랬던 아버지가 갑자기 돌아가셨다. 평소에 지병이 있었지만, 그때까지 대수롭지 않게 여기며 가족에게도 숨기고 살다가 어느 날 갑자기 심장마비로 그리 된 것이다. 아버지의 사망은 집안이나 내게는 너무나도 큰 충격이었다. 이미 나에게는 남동생이 있었고, 지금은 고등학교에 다니고 있었다.

위기에서 여인들은 강하다. 큰 위기일수록 어머니라는 여인은 더욱 그러하다. 집안일은 내가 알아서 할 테니, 너는 네 앞길이나 걱정하라면서 어머니는 내게 용기를 주었다. 그런 어머니—나는 그 전까지는 엄마라며 아무래도 응석둥이였었지만, 그런 여인에게 큰 용기를 내어 어머니라는 존칭을 붙여 처음으로 그렇게 말했었다—께 크게 감사하며 나는 이제부터는 스스로 내 앞길을 열어가기로 마음먹었다.

그러나 현실은 냉혹했다. 오늘날의 사회에서, 개천에서는 절대로 용이 나올 수가 없다. 개천에서는 미꾸라지가, 강에서는 뱀장어, 바다에서 용이 나오는 그런 자본주의 시대이다. 따라서 아무런 뒷받침 없이 혼자서 가는 길은 너무 가난하고 피곤했었다. 이후로 대학시절은 휴학도 하고, 군대에 지원하여 전방에서 군대 복무를 마치고 제대를 한 후에 복교, 이후로는 어린아이들의 가정교사, 어느 때는 학교에서 장학금을 받으면서 졸업을 했다.

졸업을 하고 다행하게도 학원의 강사 자리를 얻었고, 중학생들에게 영어를 가르쳤다. 그러자 아무래도 시간 생활을 해야 했다. 월세가 저렴한, 그러면서도 지하철역에서 그리 멀지가 않은 서울 변두리 지역의 고시원으로 거처를 옮겼다.

3년쯤 지나서 차츰 자리가 잡히자, 더 배우고 싶은 욕심이 고개를 치켜들기 시작했다. 대학원으로 진학을 하고 싶었다. 그러나 그게 거저 되는 것이 아니다. 그 등록금이 만만치 않다는 것을 나도 안다. 그러나 한 번 치켜든 그 욕심도 얼른 고개를 숙이려고 들지 않았다. 오랜 생각 끝에, 김 교수를 찾아가서 의논을 해보기로 했다. 대학시절, 그분은 학점이 짜기로 소문이 난 교수였고, 그러나 나는 그분으로부터 늘 A학점을 받았었고, 그러자 그분도 그런 나를 기억하며 서로 알고 지냈었기 때문이다.

제자인 나를 만나자 김 교수는 몹시 반가워했다. 내가 지금의 나의 형편과 찾아온 이유를 말하자, 그분은 고개를 끄덕거리며 장차 대학으로 진출하려면 석·박사학위는 필수라면서, 어디 그 방법을 알아보자고 용기를 주었다. 그런데 기적 같은 일이 일어났다. 2달쯤 지나서 김 교수로부터 휴대전화로 만나자는 연락이 왔다. 그분을 만나자, 나를 도와주겠다는 후원자가 나타났다는 것이다. 머리는 좋지만 가난한 젊은이들을 돕기를 좋아하는 분이 있는데, 종훈 군의 얘기를 듣자 장학금을 주겠다고 약속을 했다는 것이다. 그러나 그 장학금은 2번의 등록금이지만, 그것만도 어디냐며 나머지 2번은 그때 가서 해결하면 된다, 우선 다음 학기에 대학원 석사과정—시험에 응시하라고 내게 권유했다.

나는 그렇게 해서 처음 2번의 등록금을, 다음의 한 학기는 내가 한 푼을 아껴가면서 저축한 돈으로 해결을 했다. 그러나 마지막 등록금이 문제였다. 금액의 반만 겨우 마련이 되었고, 나머지 절반은

잘못된 만남

어떻게 마련할는지 도저히 가망이 없었다. 휴학을 할까, 말까 고민이 컸다. 그러던 중에 친구인 허동우가 나의 그 고민을 알고 이를 해결해 주었다.

그는 나의 고교시절의 친구였다. 졸업반 때는 같은 반이었고, 더구나 같은 짝이었었다. 그의 별명은 '괴짜'였다. 사람은 살기 위해 먹는가, 먹기 위해 사는가—라는 등 공부시간에 불쑥불쑥 엉뚱한 질문을 잘했고, 그러나 그 질문들은 전혀 엉뚱하지가 않은 흥미로운 것이었고, 그러자 선생님들은 '어이구, 저 괴짜!' 하며 고개를 흔들며 웃곤 했었다.

그는 법과대학으로 진학을 했다. 친구들은 그가 장차 고등고시에 합격하여 판사나 검사가 될 줄로 여겼었다. 그런데 동창들 사이에 이상한 소문이 돌았다. 그가 '점쟁이'가 되었다는 것이다. 그런 야릇한 소문의 근거로, 고시공부를 하기 위해 산사(山寺)로 들어갔던 그는 그곳에서 어느 스님으로부터 주역(周易)에 관한 이야기를 듣고, 엉뚱하게도 그것에 흥미를 느껴 주역 공부를 하고 하산하여 대학을 졸업했다는 것이다. 이런저런 소문을 몰고 다니던 그가 10년이 훨씬 지난 어느 날 엉뚱하게도 내게 전화를 했고, 내가 만난 그는 점쟁이가 아닌 어느 이름난 기업의 평범한 회사원이 되어 있었으며, 1년 전에는 결혼도 했단다.

"넌 점쟁이가 되었다는 소문이 동창들 사이에 돌았었는데, 너도 알고 있었냐?"

"알다마다."

"알고 있었다고?"

"그걸 내가 모를 리가 없지. 그 소문은 내가 퍼뜨렸으니까."

"뭐라고?"

"생각해 보라고! 내가 한때 고시공부를 하려고 절에 들어갔던 것이나, 그곳에서 엉뚱하게 주역에 몰두했던 것도 사실이었다고. 그런데 말씀이야, 주역이라는 것은 고대 중국의 심오한 철학으로 하루 이틀 공부한다고 터득할 수 없다는 것을 알았지. 그러자 고민이 생기더라고. 내가 고시에서 떨어지면 절에까지 들어가서 공부한 녀석이 떨어졌다고 친구 녀석들이 은근히 무시할 것 같더군. 그러자 차라리 녀석이 이래저래 점쟁이가 됐노라고 내가 일부러 소문을 퍼뜨린 거라고. 알겠냐?"

"허헛, 그것 참!"

자기가 자기의 소문을 퍼뜨리다니……그가 웃지 않고 말하자, 나는 그만 어이가 없었다.

"그나저나 종훈이, 너는 요즘에 어떻게 지내냐?"

그러자 나의 지난 이야기를 듣던 그는 석사과정의 마지막 등록금의 모자라는 절반을 자기가 채워주겠다고 말했다.

"네가 어떻게?"

"앞서, 약속부터 하자."

"무슨 약속을……?"

"너는 그 돈을 갚지 않아도 돼. 알겠냐?"

"뭐라고?"

"나는 그 돈을 꾸어주는 게 아니고 그냥 주는 거라고. 꾸어주는 것이라면 너는 갚기 전까지 그것이 늘 부담이 되어 신경이 쓰일 것이고, 그런 네 마음을 아는 나는 나대로 부자유스럽단 말이다. 나는 그렇게 살고 싶지 않다! 돈과 친구─둘 중에서 나는 친구를 택

잘못된 만남

하고 싶단 말이다. 마침 그 정도의 여유가 내게 있으니까, 부담 없이 받아들이라고. 내 뜻을 알겠냐?"

"……"

나는 결국 그의 뜻을 받아들였다. 그러나 마음의 부담은 여전했고, 그 부담으로부터 자유롭기 위하여 나는 다행하게도 6개월이 지나서 그 돈을 갚았다. 내가 봉투에 넣은 돈을 그에게 말없이 건네자, 그는 고개를 갸웃거리더니 "네가 그럴 줄 알았다"면서 그것을 주머니 속에 집어넣고는 더는 아무 말도 하지 않았다. 그는 그런 녀석이었다.

유리창 밖의 눈은 이미 멎어 있었다.

잠깐 보여주다가 얼굴을 감춘 수줍은 촌색시처럼 그랬다.

하루가 어떻게 지나가는지, 계절이 어떻게 바뀌고 있는지를 모르고 사는 이곳 유형지(流刑地)의 죄수 아닌 죄수들에게 지금은 겨울―임을 알려주는 첫눈이었다.

나는 점심시간 이후에는 우리 방의 내 자리에서 침구 더미에 등을 기대고 비스듬히 누워 있었다.

그런 일이 있은 이후로, 나는 김 교수와 이따금씩 서로 안부 연락을 주고받으며 지냈다. 어느 때는 서로가 틈을 내어 맥줏집에서 만날 때도 있었다.

지나간 여름이었다. 맥주를 마시다가 그분이 문득 생각이 난 듯 내게 말했다.

"자네, 혹시 사진 가지고 있나?"

"사진이라니요?"

"있으면 한 장만 내게 주게나."

"가지고 있긴 하지만……"

의아해하면서도, 그렇다고 왜 그게 필요한가 물어보기도 멋쩍었다.

나는 직업이 직업(학원 강사)인 만큼 언제 또 필요할는지 모르기 때문에 지갑 속에 항상 반명함판 사진 두세 장은 넣고 다니는 게 버릇이었다. 그중의 한 장을 꺼내 그분에게 건네주었다. 그런 지 보름 후쯤 김 교수가 나를 어느 종합병원 부근에서 만나자고 했고, 둘이 만나서 찾아간 곳은 그 병원의 조용한 어느 1인용 병실이었다.

침대 위에서 얼핏 보기에도 나이가 70대인 노인이 링거를 맞으며 누워 있었고, 간병인 옷을 입은 여인이 병실 바닥을 물걸레로 닦다가 우리가 안으로 들어서자 자리를 비켜주려는 듯 문 밖으로 나가버렸다. 그러자 김 교수는 노인과 반갑게 인사를 나누더니, 이만큼 떨어져서 엉거주춤 서 있는 나를 돌아보며

"김 회장님이시네. 와서 인사드리게나."

손짓을 했다. 내가 그리로 가서 허리를 굽히며 인사를 하자, 아직 정신은 또렷한 듯 노인이 웃으면서 인사를 받았다. 나는 그 노인이 누구인지를 전혀 모른다. 앞서 내가 왜 이곳에 와 있는지, 김 교수는 왜 굳이 나와 함께 이곳에 왔는지를 더구나 모르겠다.

조금 후에 김 교수가 자네는 먼저 나가서 복도의 로비에 앉아 있으라고 웃으면서 말했다. 시키는 대로 로비의 소파 위에 앉아 있자, 조금 뒤에 병실에서 나온 김 교수가 이쪽으로 다가왔다. 그리고 우리는 함께 그 병원 밖으로 나왔다.

김 교수가 앞장을 서서 들어간 근처의 커피점에서, 우리는 자리

잘못된 만남

를 잡고 마주 앉아서 커피를 주문했다. 점원이 날라다주고 간 커피를 한 모금 마신 그분이 아직도 어리둥절한 표정인 나에게 빙긋이 웃으며 말했다.

"박 군, 합격이네!"

"네?"

"종훈 군을 보시고, 김 회장님은 아주 만족해하시며 쾌히 승낙을 하시더라고!"

"무엇을 승낙하셨다는 것인지, 저는 더욱 모르겠습니다."

"그럴 수밖에! 자네로서는 그게 당연하지."

이어서 김 교수가 말했다.

"병실에 누워 있는 그분은 돌아가신 우리 선친과 형제처럼 지내던 같은 고향분이라네. 그러자 그분은 나를 아들처럼 여기며 집안의 무슨 큰 일이 있으면 당신의 친아들보다는 나를 불러 의논을 하시곤 했다네. 나이가 40대 중반인 아들은 진작 결혼을 했고, 그런데 딸이 아직 미혼이란 말이지. 그러던 중에, 어느 날 갑자기 병원에 입원을 하게 된 노인은 진단 결과 암(癌)이라고 판명이 되었고, 그러자 죽기 전에 딸을 빨리 결혼시키겠다고 부쩍 서두르기 시작했고, 좋은 신랑감이 있으면 추천을 하라고 내게도 당부를 하더라고. 그러던 중에 자네의 그 반명함판 사진을 가지고 가서 보여드렸더니, 자네를 두 눈으로 직접 보고 싶어 하시더군. 그래서 오늘 이렇게 자네를 데리고 갔던 것이고, 자네가 병실에서 나가자마자 노인은 그 젊은이를 사윗감으로 정했으니 그리 알고, 김 교수가 모든 것을 알아서 성사시켜 달라고 당부를 하셨네. 그렇게 된 것일세. 하하."

태양의 저쪽

아까 병실에서 그 노인이 꺼내주었다며 김 교수가 말이 없는 나에게 명함판 사진 한 장을 슬며시 건넸다. 여자의 사진이었고, 그녀가 바로 신붓감이라고 했다. 얼핏 사진으로 본 그 여자는 꽤나 미녀였다.

"저 노인은 불같은 성격으로 활달한가 하면 꼼꼼하고 줏대가 아주 센 분이라네. 아무도 그분의 고집을 꺾지 못하지. 평소에 옷이 저것밖에 없나 싶을 정도로 늘 허름한 옷을 입었을 정도로 검소한 노인은 남대문시장에서 장사를, 틈틈이 부동산에도 손을 대는 등 혼자서 재산을 모아 지금은 꽤 큰 5층짜리 건물을 가지고 있고, 2층짜리 단독주택에서 살고 있네. 아들은 결혼을 하자 따로 분가를 해서 아파트에서 살고 있고, 딸이 결혼을 하면 준다고 진작 마련해 두었던 조그만 아파트도 한 채 있다네. 그러니 자네의 생각은 어떤가?"

"……"

"저 분은 자수성가하여 재산은 있지만, 그 대신에 학벌이 시원찮다네. 그것이 그분의 한스러움이었지. 그러자 사위라도 학벌이 번듯한 사람을 고르고 싶었고, 그러자 내게도 힘주어 부탁을 한 것이고, 자네의 인상을 보시고는 크게 만족하며 두말 없이……이제 결정은 자네한테 달려 있다고!"

"솔직하게 저는 무어라고 당장에 말씀을 드릴 수가 없습니다."

"물론 그럴 테지. 아버지는 돌아가시고, 어머니는 살아 계시다고 했고……"

"더 말씀 드리겠습니다. 아버지가 돌아가시자 밑의 남동생은 어머니가 이런저런 힘든 일을 해가며 고등학교까지 졸업을 시키셨습

잘못된 만남

니다. 그것으로 끝이었고, 그러나 그 애는 불평하지 않고 군대를 다녀와서 운전 기술을 배웠고, 지금은 자동차 정비 공장에서 일을, 수완이 좋아서 아가씨를 사귀어 저보다 먼저 결혼을 했고, 아버지가 물려준 그 작은 집에서 어머니를 모시고 함께 살고 있습니다."

"고마운 아우로구먼."

"현재 저의 직업은 고정직이 아니라 언제 어떻게 될는지 모를 입장이고, 그러나 공부를 더 하고 싶고, 많지는 않지만 어머니에게 다달이 용돈을 보내드리고 있고……그러자 결혼은 저에게는 사치라는 생각이 들며 생각하지도 않았었고, 그러다가 이렇게……"

"세상에 약점이 없는 사람이 어디 있는가. 저쪽에도 약점이 있다네. 신붓감이 나이가 많아서 흠이라네. 어쩌다가 그럭저럭 금년에 35세―요즘 사회에서 많다면 많고, 적다면 적고……"

"37세―저는 나이가 적습니까. 나이 같은 건 문제가 아닙니다."

"그렇게 생각한다니 다행이네. 어쨌거나 좀 더 생각해 보고 내게 곧 연락을 주게나."

"알겠습니다."

나는 내친김에 용기를 내어 말을 이었다.

"그리고, 부끄럽게도 저는 지금 결혼비용이 한 푼도 없습니다."

"어쨌든 알았네."

나는 아직은 어머니에게 말하지 않을 생각이었다. 신붓감이 누구냐고 묻기도 전에, 그 엄청난 결혼비용부터 걱정을 할 분이었다. 모든 결정은 나의 몫이었다. 며칠이 지나자, 김 교수로부터 전화 연락이 왔다. 김 회장은 자기가 이렇게 병원에 누워 있는데 딸의 결혼식에 초청을 할 하객도 없으니 아주 검소하게 하는 게 좋겠다,

혼수도 예물도 모두 생략하고, 예식비용은 이쪽에서 모두 부담하
겠다, 이 모든 것을 부인도 딸도 동의했다면서, 그 대신에 두 사람
이 빨리 결혼하기를 바라시더라고 했다.

그렇게 해서 이루어진 결혼이었고, 서울 근교의 어느 야외의 정
원에서 치른 '아주 작은 결혼식'이었다. 하객도 별로 없었다. 신부
쪽에서는 병실에 있는 김 회장은 물론이고, 무슨 사정 때문인지 맏
아들은 오지 않고 며느리와 시어머니(김 회장 아내)만 참석을 했으며
신부의 여자·남자친구들이 두세 명씩, 신랑(나) 쪽으로는 어머니와
동생, 그리고 친구인 허동우—뿐이었다.

주례는 이쪽과 저쪽을 잘 아는 김 교수가 맡아주었다. 오랜 친분
으로 김 회장을 잘 알고 있는, 그리고 제자인 나의 입장을 누구보
다도 잘 아는 그분이었기에 결혼을 성사시킬 수 있었고, 이래저래
나는 그분의 고마움을 지금도 잊지 않고 있다.

김 회장이 딸을 위해 진작 마련해 두었다는 그 아파트는 방이 2
개로 얼마 전까지 남에게 전세로 빌려주었었는데, 그들이 나가자
도배를 하는 등 가벼운 집수리가 이미 끝나 있었다. 침대며 옷장
등은 신부가 쓰던 것을 가져오기로 했고, 주방의 식기들도 그 집에
있던 것을 조금 가져왔고, 비좁은 주방 겸 거실에는 식탁과 의자 2
개만, 소파와 TV를 들여놓지 않기로……그러자 우리는 몸만 들어
가면 되었다. 그랬어도, 비좁은 고시원에서 생활을 하던 나는 그
집이 마치 궁궐처럼 넓어 보였으며 나의 1인용 침대와 노트북을
놓을 작은 책상과 책꽂이가 자리한 나의 서재가 따로 생겼다는 것
이 무엇보다도 기뻤다.

결혼 며칠 전에, 나는 김 교수와 함께 김 회장을 만나기 위해 그

병실을 방문했었고, 그곳에서 미리 와 있던 그의 부인과 신붓감인 미경을 처음 만났다. 키가 보통인 미경은, 나의 인사만 받았을 뿐 아무 말이 없던 60세쯤 들어 보이는 엄마를 닮았는데, 그중에서도 특히 입과 두 눈이 그런 것 같았다.

서로 인사가 끝난 후에 병원을 나오자, 나는 미경과 근처의 커피점에서 따로 만났다. 커피를 마시며 이런저런 대화를 나누다가, 그녀가 슬며시 내게 물어봤다.

"종훈 님은 대학시절에 연애를 한 적이 있나요?"

"등록금도 벌어야 하고, 너무 바쁘게 살다가 보니 그럴 틈이 없었습니다. 하하."

"솔직하시군요. 난 이런저런 동아리 모임에 참여를 했었기 때문에, 친구들이 많아요. 물론 남자친구들도 있어요."

"그럴 테죠."

"그중에서도 등산 동아리가 있는데, 일요일에는 함께 어울려 요즘도 등산을 가곤 해요. 우리가 결혼을 하면, 종훈 씨는 그런 나에게 등산을 허용할 수 있나요?"

샐샐 웃으며 그녀가 나를 건너다보았다. 입은 웃고 있지만, 두 눈은 그렇지가 않았다. 내가 무슨 말을 할 것인가를 똑바로 지켜보고 있었다.

"물론이죠! 함께 갈 수는 없지만, 미경 씨의 건강을 위해서 얼마든지……"

"그럼 됐어요! 그리고 또 한 가지가 있어요."

"그게 뭐죠?"

"종훈 씨는 여자가 직장에 다니는 것을 어떻게 생각하나요?"

"오늘날의 사회에는 맞벌이 부부가 얼마나 많습니까. 물론 단점도 있겠으나, 장점도 있지요. 난 후자 쪽에 점수를 주고 싶습니다."

"그럼 됐어요!"

"또 무엇이 되었다는 것이죠?"

"나도 직장을 가지고 있어요. 아침에 출근, 저녁에 끝나요."

"그렇군요. 그런데 어떤 직장입니까?"

"뭐 그저 그런 데예요. 그렇게만 알고 있어요. 월급으로 내 옷 사입고, 화장품 비용과 용돈 정도니까요."

"그것만도 어딥니까!"

"그러니까 집안일을 종훈 씨가 많이 도와주어야 해요. 식사랑 집안 청소랑……그럴 수도 있나요?"

이번에도 그녀는 샐샐 웃었고, 그러나 두 눈은 웃지 않았다. 그녀의 버릇인 듯싶었다.

"물론이죠. 나는 혼자 많이 살아봐서 그런 것에 익숙해요. 하하."

"그럼 됐어요!"

결혼 전에 만난 미경은 그랬었고, 신혼살림이 시작되자 그녀는 미리 약속을 받은 대로 아침마다 직장으로 출근을 하고, 일요일이면 친구들과 어울려 등산을 다녀오고, 나도 그런 그녀를 이해하며 식사 문제며 집안 청소며 약속대로 혼자 해결을 했다.

식사 문제는 간단하다. 아침에 그녀는 혼자서 채소 등으로 가볍게 다이어트 식사를 하고 출근, 점심은 밖에서, 저녁도 친구와 만나서 또는 혼자 해결을 하고 느지막이 들어올 때가 많다. 나의 경우, 학원은 아이들의 학교 공부가 끝나고 시작되기 때문에 오전은 물론 오후에도 어느 정도 자유롭다. 그러자 나는 나대로 조금 늦게

잘못된 만남

일어나서 고시원에서의 습관처럼 아침에는 식빵 한 조각과 우유 한 컵, 그리고 오후에 집을 나와서 저녁에는 학원 근처에서 식사를, 강의가 없는 일요일에는 집 밖의 김밥 집으로 가서 간편하게 혼자 해결을 하곤 했다.

그러자 점심밥이 문제였다. 전기밥솥에다가 아예 몇 인분씩을 해놓고, 반찬은 식품회사에서 나오는 곰탕이나 설렁탕 국물을 끓이고 김치 한 가지로 해결을 하곤 했다. 그러고 보면, 하루 6끼의 식사를 각자가 따로따로, 그러자 우리는 한 집에서만 살았지 밤에만 만나는 낯익은 동거인 같은 기분이 들 때도 있었다.

집안 청소는 강의가 없는 일요일에 청소기를 가지고 내가 했다. 빨래는 처음에는 그녀가 밤에 들어와서 세탁기를 돌렸지만, 이웃집들과의 소음 문제도 있어서 낮에 청소를 하는 동안 내가 할 때가 더 많았다.

어느 날 오후에, 장모님이 아파트를 찾아왔다. 아까 미경이 전화로 부탁을 했다면서, 오는 길에 마트에서 당근이며 여러 가지 채소를 듬뿍 사가지고 왔다. 그리고 그것들을 냉장고 속에다가 쟁이면서 중얼거렸다.

"속담에 '먹는 소가 똥을 누지'라는 말이 있네. 다이어트다 뭐다 가뜩이나 먹는 것이 부실한 것(딸)이, 깜빡 잊고 사다가 놓지를 않아서 오늘 아침에는 그나마 굶고 나갔다며 전화가 왔지 뭔가. 그러니 아침 꼭 챙겨먹고 나가도록 자네가 신경을 쓰게나."

나에게 그렇게 이른 후에 곧 돌아갔다. 그런데 그다음 주일에는 이모—김 회장 댁의 가정부를 주위 사람들은 그렇게 불러댔다—라는, 왼쪽 입 언저리에 검은 점 하나가 또렷한 나이 60대의 여인이 채소 꾸러미를 들고 장모 대신 찾아왔다. 심부름을 온 그녀는 냉장고를 열고 살펴본 후에, 말없이 동네의 마트로 가서 이것저것을 사가지고 왔고, 냄비에 가득히 국을, 뚝배기에 된장찌개를 끓여놓고 돌아갔다. 아까 냉장고를 열어본 그녀는 평소에 나의 식사가 부실하다는 것을, 특히 반찬이 그렇다고 나름대로 여기며 나를 위해서 국과 찌개를 해놓고 돌아간 것이라는 생각이 들었다.

그러고 보면 장모님은 딸을, 이모는 나를 걱정해 준 셈이었다. 속담에 '사위 사랑은 장모'라고 했는데……장모님은 딸의 건강만 걱정을 했지, 사위가 무엇으로 어떻게 식사를 하는지는 관심이 없었던 것에 비하면, 이모의 그 마음이 얼마나 고마운지 모르겠다. 그러자 나는, 음식은 무엇보다 정(情)이 담겨야 맛이 있고 살과 뼈로 간다던 내 어린 시절의 어머니의 말이 문뜩 떠올랐고, 그러자 이모가 끓여놓고 간 그 국과 찌개를 며칠 동안 맛있게 다 먹었다.

결혼을 한 지 두 달이 지났건만, 우리는 조금도 가까워지지 않았다. 그럴 수밖에 없다. 미경은 아침에 일찌감치 집을 나갔다가 저녁 느지막이 귀가, 더구나 요즘은 가을철이기에 등산을 하기에 좋은 계절이라면서 일요일이면 어김없이 동아리들과 산행—어느 때는 1박 2일로 다녀오기도 했었다—을, 어쩌다가 집에 일찍 들어온 날은 기다렸다는 듯이 어디서 전화가 걸려오고, 그렇지 않으면 이쪽에서 전화를 걸고……무슨 할 이야기들이 그렇게도 많은지, 때로는 깔깔깔 웃어가며 수다를 떨어가며 휴대전화기를 잡았다 하면 10분씩, 때로는 20분이 보통이었다.

나는 나대로 저녁에 9시가 넘어서야 집에 들어오곤 했는데, 그러나 어쩌다가 그녀와의 모처럼의 한가로운 만남도 그녀의 긴 전화

잘못된 만남

통화시간으로 김이 빠지기가 일쑤였고, 오늘 밤에도 역시 그랬다.

밤 10시쯤, 그녀는 어떤 친구와 전화를 걸고 있었다. 무슨 말을 하던 중에, 갑자기 그녀가 깜짝 놀란 어조로 대뜸 말한다.

"뭐라고? 또?……이런 주책바가지!"

그러자 상대방이 무슨 말을 했는지, 그녀가 웃지 않고 또 핀잔을 준다.

"그럼 주책바가지가 아니고 뭐니! 또 임신을 하다니……첫 아이 낳은 후에, 반반한 어린이집과 유치원은 하도 경쟁이 심해서 제비를 뽑느라고 엄마들이 밤새껏 끝 모를 줄을 서야 한다며 이러쿵저러쿵 불평을 하던 네가 또 아이를 가지다니, 넌 제정신이니?"

조금 후에, 그녀가 아무렇지도 않은 어조로 말한다.

"이왕에 늦은 결혼인데, 난 아직 생각 없어! 아이만 낳는다고 다가 아니잖아! 누가 거저 키워 주느냐고. 육아휴직이다 뭐다, 조금 자라도 그렇지. 중학교에, 고등학교에, 적어도 대학까지……이왕 늦은 결혼인데 등산 다니고, 놀러 다니고, 난 홀가분하게 살 거다. 그러다가 정 외로우면 아이 하나 입양해서 키우든가……호호홋."

나는 방안에 가득한 그녀의 목소리, 웃음소리가 차츰 싫어진다. 나의 서재인 문간방으로 와서 방문을 닫아버린다. 그러고는 책을 들여다보던 나는 오늘 밤에는 서재의 침대에서 잠을 자기로 한다. 그러나 좀처럼 잠이 오지 않는다.

아직 그녀는 임신을 했다는 소식이 없다. 아까 그녀가 친구와 전화로 주고받던 말들이 어디까지가 사실인지는 몰라도, 알고 보니 그녀는 임신을 달가워하지 않는다. 아직 아이를 가지고 싶어 하지도 않는다. 하기는 오늘의 현실에서 그녀의 주장도 틀린 말이 아니다. 나의 입장으로 봐도, 어쩌면 친구와 통화를 하다가 나도 그런 말을 할 수가 있다. 그러나 지금은 그녀의 말들이 반갑지만은 않고, 왠지 서운하기도 하다.

나는 기다렸다. 은근히 그랬다. 전화를 끝낸 그녀가 나의 서재로 와서, 아까 자기가 친구와 한 그 말들은 모두가 사실이 아니라고 샐샐 웃으며 말해줄 줄 알았다. 그러면 나도 그러냐고, 하하 웃어넘기려고 했다. 그러나 그것은 어디까지나 나의 오산이었다. 0시가 훨씬 지났는데, 나의 정신은 아직도 또렷한데, 그녀는 나의 방을 들여다보지도 않았다. 그렇다면 그녀의 말들은 엉겁결에 튀어나온 진심인지도, 어쩌면 나에게 들으라고 짐짓 한 말일 수도 있다는 생각이 들었다. 지금쯤 저녁잠이 많은 그녀는 전화질이 끝나자 진작 혼자서 잠들었을 것이고, 아침에 또 출근을……

3개월이 지났다.

그런 일이 있은 이후로, 나는 나의 방에서 따로 잠을 잤다. 그게 왠지 마음이 편했고, 그러자 그녀 역시 그것을 불만스러워 하지도 않았다. 서로가 합의라도 한 듯이 그랬다. 차츰 그것이 오랜 관행처럼 여겨졌고, 갈수록 그것이 오히려 자연스러워졌다.

어느 일요일 아침 일찍 어디선가 내게 전화가 걸려왔다. 내가 미경과 결혼을 하던 날 만난 적이 있는 처남댁으로부터의 전화였다. 그날, 무슨 어쩔 수 없는 사정 때문인지는 몰라도 미경의 오빠는 오지를 않고 그의 아내만 참석을 했었는데, 뜻밖에도 지금 그녀가 전화를 한 것이다. 전화의 내용은, 이래저래 형님(처남)이 오늘, 모처럼 점심식사를 한턱내겠다고 하니 만나자면서 시간과 장소까지 일러주며 먼저 전화를 끊었다.

잘못된 만남

그러잖아도 나는 궁금했었다. 신부의 오빠라는 사람이 왜 여동생의 결혼식에 참석을 하지 않았었는지, 그는 어떻게 생겼으며 직업은 무엇인지……그런데 오늘 아침 일찍 이렇게 그쪽에서 먼저 전화를 하자 나는 반가워서라도 마다할 이유가 없었다.

전화를 끊고 나자, 마침 등산복 차림인 미경이 배낭을 둘러메고 현관문을 나갔고, 그러자 그들은 왜 나랑 미경을 함께 불러내지를 않았는지, 그것을 미처 물어보지를 않은 나 자신이 조금 안 내켜졌다.

아침나절에 나는 집을 나섰고, 지하철을 타고 가서 약속된 그 음식점을 찾아갔다.

일요일의 점심시간이라서 그런지, 음식점은 붐비지 않았다. 그들이 앞서 와서 나를 기다리고 있었고, 나의 얼굴을 아는 처남댁이 나에게 먼저 손짓을 했고, 그리로 다가간 나는 그들과 맞은편 의자에 자리하며 처남에게 인사를 건넸다.

나이가 40대의 중반쯤 들어 보이는 그는 얼굴은 아버지인 김 회장을 닮은 듯싶다. 성격이 활달한 듯 껄껄 웃으며 그가 명함 한 장을 내게 건넸는데, 거기에는 직위가 '김영호 사장'이었다. 얼핏 생각에, 아버지가 회장이니까 아들은 아직 사장인 것 같다.

이미 주문을 해놓은 듯 다가온 여자 종업원이 우리의 식탁 위에 가스불을 켜더니 이어 푸짐한 해물전골냄비가 올려지고, 밥과 이것저것 반찬들이 차려졌다. 그러자 자리를 떠나려는 종업원에게 처남이 우선 술부터 가져오라면서 아예 정종 2병을 주문했다. 술을 좋아하는 사람 같았다.

술을 가져오자, 만나서 반갑다며 그가 술잔을 들어 나의 잔에 부딪치며 건배를 했고, 그때부터 이런저런 이야기를 나누다가 그가 문득 내게 물어봤다.

"그 애(미경)는 오늘도 놀러 나갔겠구먼?"

"등산 간다며 아침에 떠났습니다."

"그 애는 식구들보다 친구들을 더 좋아하지. 아니, 돈을 더……

핫핫핫."

"돈을 싫어하는 사람도 있습니까."

"그야 없지. 그러나 그 애는 동전 한 닢을 따질 정도로 돈을 너무 밝힌다니까! 누구를 닮아서 그런지……"

"아직 잘 모르겠습니다."

분위기를 살리려고 내가 얼른 말을 돌렸다.

"그나저나 미경이도 함께 나오라고 하시지 그랬어요?"

"이미 아침 일찍 놀러 나가고 집에 없을 거라 여겼네."

"내가 전화를 받는 동안 아내는 집에 있었고, 전화를 끊자 현관 문을 나가더군요."

"뭐 날마다 보는 얼굴, 내일 아침에 만나면 되네."

"내일 아침이라뇨?"

내가 고개를 갸웃거리자, 그 옆에 앉아 있던 처남댁이 무엇인가 나름대로 눈치를 챈 듯 내게 넌지시 물어본다.

"도련님은 아직 모르셨어요?"

"무엇을요?"

"아가씨는 김 사장(남편)의 사무실에서 일하고 있어요. 날마다 아침이면 출근한다고요. 호호홋."

"처음 듣습니다."

잘못된 만남

이어 내가 물어본다.

"그곳에서 무슨 일을 하나요?"

"도련님도 아실는지 모르지만, 시아버님의 5층짜리 빌딩이 있고, 맏아드님이자 외아드님인 우리 김 사장이 벌써부터 그 관리를 맡고 있어요. 그리고 아가씨는 그 빌딩의 관리사무실에서 경리를……"

그러자 처남이 얼른 큰 목소리로

"경리는 무슨……우리 사무실에 경리는 따로 있다고!"

아내의 말을 자르더니, 이어서 투덜거린다.

"그 애는 출근을 해서 별로 하는 일도 없다고. 그러면서 멋대로 실장 행세를 한다니까. 우리 영감님(아버지)이 사무실에 데리고 있으라고 명령(?)을 하니까 어쩔 수 없이 그리 된 것이지, 나로서는 그 애가 달갑지가 않아! 알고 보면 그 애는 여직원도 심부름 아이도 아닌 감시자—라고. 빌어먹을!"

그러자 처남댁이 나의 눈치를 살피더니, 얼른 남편에게 말한다.

"당신, 벌써 취했나봐! 술 그만하고 식사를 해요. 호호홋."

아내가 그러거나 말거나, 처남은 오히려 술 1병을 더 가져오라고 주문하더니 말한다.

"앞으로 자네, 그 애 때문에 속 좀 썩을 걸세. 이 새끼가 고집이 보통이 아니라니까! 내가 데리고 있어봐서 아는데……겉으로는 샐샐 웃으며 고분한 체하지만, 속으로는 자기의 주장을 이미 세워놓고 꺾이려 들지 않는 음흉한 아이라고. 알고 보면, 무서운 아이라고! 핫핫핫."

"하긴 아가씨의 그 고집, 은근한 돈 욕심, 정말 누구를 닮아서 그런지……호호홋."

옆에서 처남댁이 웃으며 맞장구를 쳤다.

그들 부부가 그러하자, 나는 입장이 난처하다. 물론 나도 미경에게 이런저런 불만이 없지 않다. 그러나 '팔은 안으로 굽는다'는 속담처럼 지금은 그렇지가 않다. 마음이 편하지가 않았고, 오히려 은근히 아내의 편이고 싶다.

얼마쯤 지나자 아직도 많이 남아 있는 음식들을 놔두고, 처남이 카운터로 가서 계산을 했다. 그리고 건물 밖으로 나오자, 처남댁이 오늘, 남편이 술에 취할 것 같아서 승용차를 가지고 나오지를 않았다며 자기들은 택시를 타고 가겠다고 했다. 그러자 우리는 그곳에서 헤어졌다.

지하철을 타고 집으로 돌아오는 전동차 안에서, 나의 머릿속은 사뭇 혼란스러웠다. 아까 음식점에서 처남은 자기의 여동생을 곱게 여기지를 않았었다. 식구들보다는 친구들을 더 좋아하고, 돈을 밝히고, 고집이 세고, 겉으로는 샐샐 웃으며 고분한 체하지만, 속으로는 자기의 주장을 이미 세워놓고 꺾이려 들지 않는, 알고 보면 음흉하고 무서운 아이……돈을 밝히고 고집이 센 것이 누구를 닮아서 그런지 모르겠다던 남편의 말에, 처남댁도 뒤에 동의를 했었다.

무엇 때문인지는 몰라도, 오빠가 여동생을 곱게 보기는커녕 그렇듯 험담—처음에는 나하고 술잔을 몇 번 주고받다가, 어느 때부터인가 자기가 자기의 잔에다가 부어 마시기를 거듭하자 이미 그는 얼큰하게 술기운이 돌았다고는 하지만, 알고 보면 그것은 험담이었다—을 늘어놓다니, 더구나 처음 만난 나이가 아래인 매부 앞에

　　　　　　　　　　　　　　　　　잘못된 만남

서 말이다. 그러니 자네도 마누라 편이 되지 말고, 나의 편이 되라는 뜻인가? 그건 그렇고, 누구를 닮아서 그런지 모르겠다는 말은 또 무슨 뜻인지 모르겠다. 오누이가 닮았다면 아버지나 어머니가 아닌가! 그렇다면 여동생인 미경은 아버지와 어머니, 두 사람 중에서 아무도 닮지 않았다는……그러자 내 머릿속에 야릇한 의문이 슬며시 고개를 치켜들었다. 처남과 장모의 나이였다. 처남은 40대 중반쯤이고, 장모는 60세쯤이다. 그 차이는 15세 정도……그렇다면 혹시 그들은 배가 다른 오누이가 아닐는지, 그리고 미경은 자기의 엄마를 닮았고, 그러자 배가 다른 오빠와 올케로부터 그렇듯 눈엣가시처럼……

그날 밤이다.

등산을 갔던 여느 때와는 달리, 사뭇 일찍 집에 들어온 미경이 현관에다가 배낭을 내려놓자마자 내게 슬며시 물어본다.

"종훈 씨! 오늘 점심때, 오빠랑 언니랑 만나서 즐거웠어요?"

이미 그녀는 아침에 집에서 나가기 전에, 나에게 걸려온 전화가 누구로부터 온 것이라는 것을 눈치로 다 알았던 모양이고, 하기에 지금 그 결과를 물어보고 있었다.

"형님(손 위의 처남)과는 처음이고, 그래서 이래저래 반가웠고……"

"물론 언니(올케)도 나왔을 테고, 혹시 그 사람들이 나에 대해서 무슨 말을 하지 않던가요?"

"뭐 별로……"

나는 말을 얼버무렸다. 그러나 고개를 갸웃거린 그녀가

"그럴 리가 없을 텐데?"

셀셀 웃으며 물어보자, 나는 이번에도 사뭇 좋게 말한다.

"오빠의 말이, 우리 미경이는 친구들을 무척 좋아하는 성격이라 더군."

"그리고요?"

"그러고는 이런저런 말을 나누다가……그나저나 당신의 오빠, 술을 참 좋아하는 사람 같더군. 하하."

"내가 그 관리사무실에 나간다는 말은 하지 않던가요?"

"그런 사실은 어쩌다가 뒤늦게 알았지."

"그리고, 또요?"

"미경, 당신에 대한 다른 말은 더는 없었다고."

내가 이번에도 어물 슬쩍 넘기자, 그녀도 더는 아무 말도 없이 자기의 방(안방)으로 들어가 버렸다.

그런 지 한 시간쯤 뒤에, 이미 집에서 입는 옷으로 갈아입은 그녀가 거실 겸 주방에 놓인 식탁의 의자에 앉아서 나름대로 한가롭게 차를 마시고 있다가 부드러운 말로 나를 불렀다.

"종훈 씨, 바쁘지 않으면 우리 얘기 좀 해요!"

작은 아파트로 개구리 손바닥만큼의 좁은 공간에서, 그녀의 말이 나의 서재인 문간방까지 들리자, 나는 나가서 그녀와 식탁을 사이에 두고 자리했다. 이렇게 마주 앉아본 지 얼마만인가. 나는 왠지 어색하면서도, 그러나 기분이 더없이 훈감했다.

"아까 그 사람들이 나에게 주는 월급이 얼마라는 것을 얘기하지 않던가요?"

"그런 말은 없었어."

"그럼 됐어요. 내 월급이랬자 언젠가 내가 말한 대로 뻔해요. 물론 아파트의 관리비는 종훈 씨가 내고 있다는 것은 알고 있고, 요즘에 노인네는 어떻게 지내나요?"

그녀가 말하는 '노인네'는 나의 어머니를 뜻한다. 그녀는 어머니 또는 시어머니라고 말하지 않고, 꼭 노인네라고 나의 어머니를 은근히 얕잡아본다. 그러자 그럴 때마다 나의 기분은 착잡했었다. 꼭 내가 무시를 당하는 기분이었기 때문이다. 그러나 이번에도 꾹 참고 말한다.

"요즘도 아우와 함께 지내고 계시다고."

"아무래도 돈을 보태 드릴 테고요?"

"그저 용돈 정도로 조금씩……"

"그럼 됐어요. 얼마를 드리건 그건 앞으로도 종훈 씨가 알아서 해요."

차를 한 모금 마신 그녀가 슬그머니 화제를 엉뚱하게 바꾼다.

"우리 친구들 중에 이런 남편이 있어요. 미국의 번듯한 대학에 유학도 다녀왔고, 물론 박사학위도 그곳에서 취득했고요. 그런데, 국내에 돌아와 보니 교수로 취직하기가 어렵다지 뭐예요. 미국 유학에 박사학위를 가지고서도 서울이나 수도권 대학은 하늘의 별 따기처럼 어림도 없고, 지방 대학에도 취직하기가 힘들다고 하더군요."

"그건 맞는 말이라고!"

"왜 그럴까요?"

"사람은 많고, 자리는 적고……"

"한마디로, 요즘에는 너도 박사, 나도 박사—박사들은 넘쳐나는데 대학의 교수 자리는 이미 꽉 찼다는 말이 아닌가요?"

"흐흠."

"종훈 씨는 아직도 대학교수에 미련이 있나요?"

"물론……"

"석사과정보다 박사과정이 길고 돈도 더 많이 든다더군요. 아닌 가요?"

"사실이라고!"

"우리나라는 대학에 가는 아이들이 해마다 줄어든다고 하더군요. 앞으로도 학생들 수가 점점 줄어들면 그만큼 대학도 줄어들 테고, 그러면 교수 자리도……그러잖아도 요즘에 외국의 번듯한 박사학위를 가지고도 취직하기가 힘이 드는데, 그까짓 국내의 박사학위를 가지고 되겠어요? 더구나 전공이 영어, 요즘에는 부잣집의 애완견들도 영어 몇 마디쯤은 한다는 세상이라던데 말예요."

"……"

"공연히 헛고생하는 건 아닐까요?"

"……"

이번에도 내가 말이 없자, 그녀가 샐샐 웃으며 또 이기죽거렸다.

"요즘에는 박사님들이 9급 공무원 시험을 보는 사람도 있다더군요. 차라리 종훈 씨도 더 늦기 전에……내가 볼 때, 학벌로 보나 무엇으로 보나 종훈 씨의 실력이라면 그 이상의 공무원 시험도 합격할 것 같은데요? 공무원은 '철밥통' 혹은 '신(神)의 직장'이라잖아요! 정확한 월급에, 보너스에, 휴가에다가, 젊은이들보다 늙은이들이 더 많은 이 나라에서, 정년퇴직이 보장되고 다달이 두둑한 연금까지 나오니까 노후 걱정을 아예 하지 않아도 되고요. 어때요?"

"……"

잘못된 만남

"아니면 보따리장수처럼 불안한 학원 강사보다는 차라리 직접 학원을 하나 차려서 원장님이 되는 건 어때요?"

"그것도 쉽지가 않다고. 우선 학원을 차리자면 건물의 공간을 빌려야 하고, 다달이 강사들의 월급이 나가야 하고, 세금도 내야 하고……그러자면 이래저래 돈이 한두 푼이 드는 게 아니라고."

"학원의 자리는 싸게 빌릴 수도 있어요."

"?"

"아침마다 내가 나가고 있는 관리사무실의 그 5층 건물은 1층에는 양품점과 약국, 부동산 사무실 등 이런저런 가게들이, 2층에는 중국 음식점, 미용실, 학원 등이, 3층부터 5층까지는 많은 개인용 사무실들이 세를 들어 있다고요. 주위에 아파트 건물들이 많아서, 그 학원에는 학생들 수가 제법 많더라고요. 마침 그 학원의 계약 기간이 곧 끝나가거든요. 종훈 씨가 의향이 있다면, 그 자리에 새롭게 학원을 차릴 수도 있어요."

"그렇게 하더라도, 우선 입주 계약금부터 없고……"

"그건 중간에서 내가 도움을 줄 수도 있어요."

"사장님은 형님(처남)인데……"

"누구 마음대로 자기가 사장이래요? 그 사람은 어디까지나 관리자일 뿐, 주인은 따로 있어요. 아직도 주인은 법적으로 우리 아버지니까요!"

"아무리 그렇더라도……학원 원장이 겉으로는 쉽게 보이지만, 아무나 하는 게 아니더라고. 학생들을 모으는 것부터가 그렇고, 또 반반한 강사를 구할 때도, 실력이 모자라는 강사를 내보낼 때도 그렇고, 그때마다 이래저래 속이 썩을 때가……"

"세상에 공짜는 없어요!"

입가에 엷은 웃음을 내비치며 똑바로 나를 건너다보던 그녀가 이내 말한다.

"좋아요, 종훈 씨가 아직도 박사학위에 그토록 미련이 남아 있다면, 그건 알아서 하세요. 자기의 용돈을 줄이든가, 노인네의 용돈을 더 줄이든가, 몇 년 동안의 그 비싼 등록금은 혼자서 해결을 하세요. 알겠죠?"

"……"

지금 나의 정신은 멍하다. 링 위에서 계속해서 연타를 당하다가 비틀거리는 권투선수 같다. 전투지역에서 계속된 폭격을 당하다가, 그 속에서 겨우 살아남아 숨을 쉬고 있는 초라한 병사 같다.

갑자기 귀 익은 음악소리가 울린다. 안방에서, 휴대전화가 주인을 부르는 소리이다. 그러자 누구로부터 걸려온 그 전화를 받기 위해 그녀는 자리에서 얼른 일어나서 안방으로 가버린다. 그리고 통화가 되자, 밝은 어조로 말한다.

"모두들 저녁 먹고 이제야 헤어졌다고?……너랑 네 신랑은 기분에 모처럼 '노래방'으로 가는 길이라고?……내가 아까도 말했었잖아. 집에 빨래할 것도 있고, 이래저래 오늘은 먼저 일찍 가겠다고 말야. 호호홋."

나는 그만 의자에서 벌떡 일어섰다.

나의 방으로 들어가지를 않고, 슬리퍼를 신고는 현관문을 열고 복도로 나섰다. 그리고 엘리베이터를 타고 아래층으로 내려온 나는 아파트 건물을 나선다.

단지 근처의 가까운 곳에 손님용으로 마련된 작고 둥근 탁자 2개와 플라스틱 의자 4개가 놓여 있는 작은 편의점이, 그리고 바로 앞의 4차선 아스팔트 도로의 횡단보도를 지나 조금만 더 가면 규모가 큰 마트가 있다. 평소에는 한 푼이라도 값이 싼 그곳 마트에 들러서 점심용 곰탕이나 설렁탕 국물 봉지를 사곤 했는데, 오늘은 얼른 눈에 띈 가까운 그 편의점으로 들어갔고, 막걸리 한 병을 사서 들고 밖으로 나온 나는 등받이가 없는 간이의자에 앉자마자 술병의 마개를 비틀어 열고 벌컥벌컥 몇 모금을 단숨에 들이마신다. 그러자 여태껏 꽉 막혔던 숨통이 비로소 조금 트인다.

　마음이 조금씩 진정이 될수록, 조금 전에 집에서 있었던 일들이 조금씩 되살아난다. 폭격을 하던 그녀의 말들이, 폭격을 당할 때의 내 마음의 상처가 아직도 이렇듯 아픔으로 남아 있다. 그녀는 뛰어난 조종사이다. 미리 공격 목표를 정해놓은 다음에, 그 외곽부터 이곳저곳 구석구석에 기관총탄을 퍼부어 상대방을 점점 목표지점으로 몰아놓은 다음에, 마지막으로 그곳에다가 폭탄 한 발을 투하함으로써 승리를 거두는 놀라운 전술과 기술을 가지고 있다. 알고 보니, 처음부터 그랬었다. 그러니까 결혼을 하고도 일요일마다 등산을 다닐 수 있도록 다짐을 받아놓았다든가, 그러니까 집안 청소는 종훈 씨의 몫이라든가……오늘만 해도 그렇다. 오늘날, 이 사회에서 박사들도 대학에 취직하기가 힘이 든다, 그러니 아예 공무원이나 학원 원장이 되는 것은 어떠한가, 이것도 저것도 안 내키면 네 마음대로 해라. 그 대신에 조건이 있다. 모든 것은 네가 알아서 해결을 하라는 것이 그녀가 내린 결론이었고, 그것이 그녀가 노리던 마지막 목표였었다.

　내가 마음이 이토록 더 아픈 것은 그녀의 말들이 내 가난했던 어린 시절의 그 '아픈 추억'을 그때마다 건드리고 예리한 손톱으로 할퀴어서 상처를 주었기 때문이다. 나의 어머니를 은근히 무시하는 그녀의 말투—나는 처음에는 그녀의 못된 입버릇 때문이라고 애써 이해를 했었는데, 그것이 그렇지도 않았다. 나의 비위를 짐짓 건드리기 위해서 그때마다 의식적으로 그러는 것 같았다—부터가 그랬고, 남들처럼 물려받은 유산 한 푼이 없는 나, 보란 듯이 어엿한 직업을 가지지 못한 나, 그리하여 변변치 못한 가장으로서의 나, 끝내는 자기 앞날의 희망도 접어야 할 처지까지 내몰린 나…… 그녀는 그때마다 그런 것들을 나에게 일깨워주었고, 그러면 그때마다 나는 자존심에 상처를 받았었다. 그런데 오늘 받은 이 상처의 아픔은 아픔 정도가 아니었다. 차라리 고통이었다.

이런 말이 있다. 연애시절에는 상대방의 장점만 보이더니, 결혼을 하자 자꾸만 상대방의 단점만 보이더라고. 그런데 나는 그녀와 연애를 하다가 결혼을 한 사이도 아니다. 그래서인지, 미처 장점을 알기도 전에, 서로가 단점부터 보이기 시작했다. 그것도 차츰 그런 것이 아니라, 너무나도 빠른 시일에 그랬다.

이후로 나는 그녀가 싫어졌다. 차츰 그런 그녀의 얼굴이, 그 목소리마저 그랬다. 나아가 보금자리인 그 아파트에 들어가기도 싫어졌다. 그러자 밤에 학원의 강의가 끝나면 어쩔 수 없이 집으로 돌아와야 했지만, 그러나 그 편의점에 들러서, 그 탁자의 의자에 앉아서 술을 마시며 시간을 보내곤 했다. 짐짓 그렇게 시간을 보내곤 했다. 처음에는 막걸리 1병이 갈수록 보다 알코올 도수가 높은 소주 1병으로 바뀌었다. 그러다가 술이 끝나면 아파트로, 그리고 나의 방으로 들어가서 자버리곤 했다.

그러던 어느 날, 밤 10시쯤 되어서이다.

오늘도 여느 때처럼 나는 그 편의점의 의자에 앉아서 혼자 술을 마시고 있었다. 옆의 탁자에는 아파트 주민들인 듯싶은 사내 2명이 자리했고, 조금 지나자 슬리퍼를 신고 나온 또 다른 나이가 50대인 사내가 편의점 안으로 들어가더니 소주 병과 마른안주 한 봉지를 들고 나왔고, 얼핏 눈치를 보다가 자리가 없자 나하고 합석을 해도 좋으냐고 물어봤다. 물론 나는 좋다고 말했다. 그러자 그도 혼자서 소주를 종이컵에다가 따라 마시기 시작했다. 서로 안면도 없는 사이이고 술도 말없이 따로 마셨지만, 지나가는 사람들이 보면 얼핏 일행처럼 보였을 것이다.

조금 지나자, 심심했던지 그가 나에게 먼저 말을 걸었다.

"이곳 아파트에 사시오?"

"그렇습니다."

"그런데 아직 젊은 사람이 날마다……"

"그걸 어찌 아십니까?"

"지나다니다가 보면 다 안다니까. 저 젊은이도 나처럼 오죽이나 마음이 답답했으면 저럴까 싶기도 했고……그러다가 오늘 밤에 이처럼 만났으니, 한 잔 하자고!"

바로 그때, 언뜻 보자 바로 앞의 4차선 아스팔트길을 건너 길가에 검은색의 고급 승용차가 멎었다. 그러더니 곧 문이 열리고 여자 한 명이 조수석에서 내렸다. 여자가 횡단보도 쪽으로 몇 걸음 걸어가는데, 갑자기 그 승용차의 운전석 문이 열리더니 사내 한 명이 차에서 내렸다. 그리고 그 여자 쪽으로 급하게 걸어갔고, 횡단보도에서 길을 건너려는 그녀와 무슨 말인 듯 잠깐 동안 얘기를 주고받았다. 차 안에서 미처 못 다한 얘기가 뒤늦게 떠오른 듯싶었다. 그런 후에 곧 되돌아온 그 사내는 차를 몰고 떠나버렸다.

그러자 나의 시선은 자연스레 아직도 그녀에게 꽂혀 있었고, 횡단보도를 지나온 그녀는 이쪽으로 방향을 잡았고, 내가 앉아 있는 편의점의 앞을 지나가고 있었다. 진작부터 누군가 보고 있다는 것도 모르고 그랬다. 조금만 가면 바로 우리 아파트 단지였다. 그런데……방금 내 앞을, 편의점 앞을 지나친 그녀가 술기운에도 아무래도 낯이 익다. 어디서 본 듯한 얼굴이다, 아니, 진작부터 잘 아는 모습이다. 아니, 바로 아내인 미경이었다.

누구인가, 그는?

그렇다면 이 시각에, 그녀를 차에 태워서 이곳까지 데려다가 준 그는 누구인가 궁금하다. 그날, 만났었던 처남인가? 아니, 그가 친절하게 그럴 리가 없다. 그렇다면 또 누구인가? 남자친구들도 많다던 그녀가 아니었나. 그들 중의 한 명일 수도, 그들 중에서도 더 친한 녀석일 수도……그러던 나는, 어쩌다가 아는 남자가 데려다줄 수도 있지, 가볍게 생각하며 피식 웃어버렸고, 이후로도 이런 말은 그녀에게 하지 않기로 했다. 그런 나는 조금 후에 일어나서 아파트로 돌아왔고, 나의 방으로 들어가서 곧 잠들어 버렸다.

어느 사이에 가을이 다 지나가고, 12월로 들어섰다.

일요일이다.

여느 때처럼 혼자서 점심밥을 먹고 1시간쯤 지나자, 친구인 동우로부터 전화가 걸려왔다. 우리는 한 달에 한두 번씩 서로 시간을 내어 만나곤 했었는데, 내가 일요일밖에 한가로운 시간이 없다는 것을 알고, 얼굴 본 지도 오래 됐으니 오후에 만나자고 했다.

잘못된 만남

그러자 나는 반가워서 약속된 장소로 나갔고, 함께 이런저런 이야기를 나누며 술을 마시다가 7시쯤 헤어졌다. 8시가 넘어서 집으로 돌아오자 이미 미경은 집에 돌아와 있었고, 저쪽 베란다에서 세탁기 돌아가는 소리가 들려오고 있었다. 그러잖아도 아까 집을 나서기 전에 나는 베란다로 가서 살펴봤었다. 빨래 통 속에 빨랫감이 차 있다는 것을 보았었고, 오늘은 집안 청소도 아직 하기 전이었기 때문에, 내일 아침나절에 모두 하기로 미루었는데……

내가 집에서 입는 옷으로 갈아입고 나자, 아니나 다를까, 그녀가 기다렸다는 듯이 입을 열었다.

"오늘, 어디를 갔었어요?"

"친구 좀 만나려고 모처럼 외출을 했었지."

"누구랑 마셨어요?"

"내 친구 동우를 만나서 한 잔 했다고."

"그랬다 치고, 오늘은 청소를 하지 않았더군요."

"오후에 하려고 했는데, 전화가 걸려 와서 그만……하하."

이어 내가 물어봤다.

"그런데, 청소―그걸 당신이 어떻게 알았지?"

"한 주일에 겨우 한 번……보면 몰라요?"

그녀가 이어서 또 빈정거렸다.

"낮에는 집에서 노는데, 아침나절에 하고 놀면 되잖아요?"

"낮에는 집에서 논다고?"

"아닌가요?"

"남들의 눈에는 그냥 노는 것처럼 보일는지 모르지만, 아이들을 어떻게 하면 보다 효율적으로 가르칠 수 있을까 나름대로 머릿속은 늘 바쁘다고."

"그래도 그렇지, 청소할 시간도 없어요?"

"청소도 빨래도 내일 아침에 내가 하려고 했어. 자주 그런 것도 아니고, 어쩌다가 한 번 그런 걸 가지고……당신, 오늘 밖에서 무슨 기분 나쁜 일이 있었나보군."

"없었어요."

"그렇다면 자기가 빨래를 해서 그러는 것 아냐?"

혹시 모른다 싶어 내가 물어보자, 그녀는 샐쭉 웃으며 말했다.

"그래요."

"뭐라고?"

나는 그만 어처구니가 없었다. 그녀는 무엇이 재미가 있는지 아직도 소리 없이 샐샐 웃고 있었지만, 나는 그렇지가 않았다. 그녀의 웃음은 그냥 웃는 것이 아닌 비웃음처럼 느껴졌고, 그러자 이래저래 화가 치밀어서 견딜 수가 없었다.

나는 슬리퍼를 끌고 현관문을 나섰다. 그리고 엘리베이터 쪽으로 빠르게 걸어갔다. 그래봤자, 이 시각에 내가 갈 곳은 그 편의점이었다.

어느 틈에 나는 그곳의 의자에 앉아서, 종이컵에 소주를 따르고 있었다. 오늘도 그녀는 웃고, 나는 이렇듯 마음속으로 울고 있다. 오늘도 그녀가 이기고, 내가 진 것이다. 도대체 그녀는 왜 그러는지, 나를 왜 이렇듯 괴롭히는지 모르겠다. 그녀가 내게 바라는 것은 무엇일까. 그녀도 내가 싫어서가 아닐까?……이런저런 생각을 하던 나의 시선이 우연히 4차선 도로의 길 건너로 갔는데, 마침 그곳의 길가에는 승용차 한 대가 멎어 있었다. 그러자 내 머릿속에

　　　　　　　　　　　　　　　　　　잘못된 만남

문득 지나간 어느 날 밤이 떠올랐고, 그러자 나의 상상은 날개를 펴고 날아오르기 시작했다. 혹시 저 차에는 그날 밤에, 미경을 태워다 준 그 녀석이 타고 있는 건 아닐까. 도대체 그 녀석은 누구일까. 혹시 그녀와 그 녀석은 서로 좋아하는 사이가 아닐까. 그러자 그 녀석과 살려고, 그녀는 나를 이렇게……그녀의 궁극의 목표는 결국 나하고 이혼을 하려고, 그러기 위해서 이토록 나를……

"술 그만 마시고 집으로 들어가요!"

누가 내 옆에서 큰 소리로 말했다. 언뜻 보자, 미경이었다.

"어떻게 알고, 여기를 왔지?"

"가 봤자, 이 시각에 여기밖에 더 있겠어요?"

"조금만 더 있다가 들어가겠다고."

"알아서 해요!"

휭 돌아서서 그녀는 아파트 단지 쪽으로 가버렸다.

아직도 병에 술이 3분지 1쯤 남아 있었다. 나는 지금 그렇게 취하지 않았다. 그런데 갑자기 발이 시리다. 집에 들어오면 나는 양말부터 벗는 버릇이 있는데, 물론 오늘도 그랬다가 맨발로 아파트를 나섰기 때문이라는 것을 뒤늦게 안다. 병에 남아 있는 술이 아깝다고 여긴 나는 집에 가지고 가서 내일 먹기로 한다. 그 병을 들고 집으로 들어가자, 그녀가 빈정거렸다.

"이젠 집에까지 술을 가지고 들어오는군요."

"아까워서 그랬다고. 두었다가 내일 마시려고……하하."

"알아서 해요."

"무엇을 알아서 하라는 건지 모르겠군."

나의 말에, 그녀는 나를 똑바로 건너다보았다. 한동안 말없이 그

랬다. 그녀가 그러자 나는 들고 있던 술병의 마개를 열고, 현관에
서서 그냥 들이마셨다. 그리고 내 방으로 들어가서 조금 후에 잠이
들었다.

　잠결에 누가 나를 일으키고 있었다. 2명의 사내들이었다. 얼떨결
에 그들에게 이끌려서 복도로, 다시 아래층으로, 그리고 구급차에
실리고, 그리고 곧 정신을 잃었고, 그리고 이곳 정신병원으로……

　강제입원을 당한 지 3주일, 그 오후이다.

　우리 방을 찾아온 보호사가 나에게로 와서 말한다.

　"박종훈 님, 전화—왔어요."

　어디서 왔지? 생각하며 그의 뒤를 따라서 간호사실로 다가간다.
그 안에 앉아 있던 다른 보호사가 넓은 유리창 아래의 그 반달 구
멍 밖으로 송수화기를 내주었다.

　"전화 바꾸었습니다."

　송화기에다가 대고 내가 말하자, 수화기에서 여자의 음성이 흘러
나온다.

　"나예요, 미경이—."

　"……"

　"그동안 잘 지냈어요?"

　"……"

　"그날, 종훈 씨가 그곳으로 간 것이 새벽 2시쯤이고. 오후에 내
가 그 학원으로 전화를 걸었어요."

　"그랬더니?"

　"종훈 씨가 교통사고를 크게 당해서 입원을 했고, 학원에 지장이
없도록 당신이 내게 부탁을 하더라고 했어요."

　　　　　　　　　　　　　　　　　　　　　잘못된 만남

"그랬더니?"

"입원을 한 그 병원이 어디냐고 물어보기에, 꽤 멀리 떨어진 병원이라고, 다시 연락드리겠다고 말했더니 알았다면서 전화를 끊더군요."

"또 다른 데서 내게 전화 온 것은 없었나?"

"당신의 친구 동우 씨가 2번……"

"그래서?"

"전화를 일부러 받지 않았어요."

내가 말이 없자, 그녀가 샐샐 웃는 말투로 말한다.

"종훈 씨, 화났어요?……화내지 말아요. 그동안 종훈 씨는 술을 많이 마셨어요. 그곳에서 좀 쉬라고요. 나와 봤자 지금은 겨울, 밖은 추워요. 그러니까 겨울 동안 뜨뜻한 그곳에서 휴양을 온 셈 치고, 푹 쉬라고요. 알겠죠?"

"……"

"그리고 무슨 일이 있으면 내게 언제든지 연락을 해요. 알았죠?"

"전화 끊겠다고!"

나는 들고 있던 송수화기를 반달 구멍 안으로 들이밀었다. 그러자 안에서 유리창을 통해 나를 지켜보던 보호사가 조금 웃으며 그 송수화기를 건네받았다.

내가 우리 방으로 돌아오자, 영태 씨가 얼른 물어본다.

"누구 전화요?"

"아내가 전화를 했더군요."

"그쪽에서는 무슨 말을 합디까?"

"지금 밖은 추운 겨울이니까 나와 봤자라고요, 그러니까 뜨뜻한 그곳에서 겨울 동안 휴양을 온 셈치고 푹 쉬라더군요, 무슨 일이 있으면 언제든지 연락하라더군요."

나의 말에, 영태 씨가 대뜸 말한다.

"종훈 님의 와이프(아내), 꽤나 깐족거리는 성격이로군! 아니오?"

"……"

"그래서 종훈 님은 뭐라고 했소?"

"전화를 끊어버렸습니다."

"그것 참!"

이어서 혼잣말처럼 그가 중얼거린다.

"여자가 자꾸만 깐족거리면, 참는 것도 한계가 있다고. 마음속에 불이 나서 못 살지. 차라리 내 마누라처럼 왁왁 큰 소리치며 대드는 것이 낫지. 핫핫하. 그건 그렇고……자아, 우리 끽연실에 가자고!"

조금 후에 우리가 끽연실로 들어가자, 그곳에 이미 와 있던 몇 사람들 중에서 한 명이 영태 씨에게 가볍게 목 인사를 건넨다. 나는 언젠가 그가 전화를 거는 모습을 본 적이 있었다. 그는 미스터 다혈질—이었는데, 그가 영태 씨에게 슬쩍 물어본다.

"얼추 나가실 때가 됐죠?"

"그럭저럭 며칠 후면 3개월이 다 돼요. 핫하."

"좋으시겠습니다."

"나가야 나가나 보다, 이곳이 그런 곳인데……그러나 자기(아내)도 양심이 있으면 풀어주겠지. 빌어먹을!"

영태 씨가 웃자,

"양심이요?"

잘못된 만남

그가 혼잣말처럼 중얼거리더니, 더는 아무 말도 하지 않았다.

끽연실에서 나오자, 영태 씨는 발걸음을 윗마을 쪽으로 옮겼다. 우리는 재활교실 안으로 들어갔다. 저쪽에 2명의 환자가 이미 앉아서 이야기를 나누고 있었다. 우리가 이쪽에 자리를 잡고 앉자, 영태 씨가 대뜸 느닷없는 질문을 한다.

"종훈 님은 공부를 많이 한 사람 같은데⋯⋯아닌가?"

"많이 하기는요."

"요즘은 남의 집 머슴살이를 하려고 해도 대학 졸업장이 필요한 세상이라더군. 핫하."

"그나저나 무얼 보고 그런 말씀을 하시죠?"

"처음부터 알았다고! 우리는 노동자라서 햇볕에 그을려 피부가 아무래도 거무스레, 또 무거운 쇠붙이를 다루다 보니 손가락 마디들이 굵고⋯⋯그런데 첫눈에 종훈 님은 달랐지. 얼굴의 피부색이 희고, 손가락들도 예뻤다고. 핫핫하."

"그렇다 치고, 그런데 오늘따라 왜 그런 걸 물어보셨죠?"

"조금 아까 끽연실에서 미스터 다혈질과 나눈 얘기처럼, 나는 며칠 있으면 이곳에서 나가요. 죽어도 나가서 죽어야지, 이런 곳에서 죽으면 너무 어굴하다고. 그런데 종훈 님은 아직 나이가 젊어서 할 일도 그만큼 더 많을 테니까, 때가 되면 이곳에서 얼른 나가라고! 그런데 칼자루는 아내가 쥐고 있어요! 내가 나간 뒤라도 싫어도 집에, 아내에게 전화를 자주 걸고, 저쪽을 화나게 하지 말고, 되도록 이쪽의 감정을 누르고⋯⋯알겠소?"

"⋯⋯"

다음날이다.

오후 2시가 조금 넘자, 어제처럼 보호사가 또 우리 방으로 들어오더니 나에게 말했다.

"박종훈 님, 면회—."

어제는 전화가 걸려오더니, 오늘은 누가 면회를 오다니……보나 마나 미경일 것이다. 이곳에서는 환자의 보호자가 아니면 면회를 허용하지 않았고, 친지일 경우에는 보호자와 함께 와야 된다는 것을 나는 알고 있다. 그녀는 지금 면회실에 앉아 있을 것이다. 왜 왔을까. 이번에는 무엇을 더 탐색하려고 찾아온 것일까.

간호사실 근처의 그 철문(자유의 문)을 보호사가 열었다. 나는 그를 뒤따라 병원의 원무과로 들어섰고, 그가 가리키는 대로 가까운 면회실로 들어섰다.

그녀는 혼자였다. 의자에 앉아 있다가 나를 보자 샐쭉 웃어보였다. 나는 그녀의 샐샐 웃는 웃음이라든가 생글생글, 샐쭉샐쭉 웃는 그런 웃음이 싫다. 그녀와 탁자를 사이하고 마주 앉지를 않고, 그냥 가까운 유리창 앞으로 다가간다. 그리고 그 넓은 유리창 밖을 내다본다. 창밖은 대뜸 겨울 하늘, 드높은 건물 몇 개, 그리고 여느 곳처럼 흔한 아파트 단지가 눈에 들어온다. 마음을 가다듬은 내가 뒤돌아서며 먼저 물어본다.

"요즘에 아버님(장인)은 어떠시지?"

"특실은 입원비가 너무 비싸다, 내 병은 내가 안다면서 일반 병실로 옮기셨어요. 아무도 그런 그분의 고집을 꺾지 못하고……"

"도대체 무슨 암이지?"

"폐암—이래요."

"사위라는 녀석이 문병도 오지 않는다고 섭섭해하시지 않던가?"

잘못된 만남

"……"

"내가 나가던 학원에 그랬던 것처럼 이번에도 교통사고 때문이라고 말했나?"

"……"

"그건 그렇고, 나는 길게 얘기하고 싶지 않아. 어제, 미경의 말처럼 휴양을 온 셈치고 나는 이곳에서 한동안 지내겠다고. 그러나 한 가지 알아둘 것이 있어! 이곳은 그런 휴양소가 아닌 정신병원이라고! 지금 우리 방에는 정신질환자 7명에 알코올 환자 3명……환자들은 이곳을 강제수용소 혹은 인간 폐품 보관소─라고 말하지. 그리고 정신병자들과 함께 지내다 보면 알코올 환자들도 천천히 정신병자가 된다고. 알아둘 것은, 앞으로 나는 어떻게든 이곳에서 살아남을 것이고, 어떻게든 다시 세상으로 나가겠어! 더 이상 할 얘기가 없으니까, 앞으로도 전화를 하지 않겠다고! 그러니까 오늘, 이만 돌아가라고."

나는 여기에서 먼저 자리를 떠나기로 한다. 차츰차츰 감정이 고개를 치켜들었고, 그건 바람직하지 않다는 것을 안다. 나는 더 이상 그녀와 하고 싶은 말도, 할 말도 없었다.

내가 먼저 면회실 밖으로 나서자, 그때까지 그곳 의자에 앉아서 나를 기다리고 있던 보호사가 힐끔 벽시계를 바라다보더니, 앞장서서 나를 데리고 그 철문(지옥문)을 지나 병동 안으로 들어섰다. 그리고 나의 주머니를 만져본 다음에 두 허벅지를 훑어 내렸다. 행여 칼 같은 병동 반입금지 품목을 몰래 숨겨 가지고 들어오지나 않았는지를 검사한 것이다. 마침 근처를 지나치던 영태 씨가 나를 보더니 대뜸 물어본다.

태양의 저쪽

"면회가 벌써 끝났소?"

"만나자 할 얘기도 없고……"

"핫하. 그것 참! 이번에도 그럴 줄 알았다고."

영태 씨가 저쪽으로 가버렸다.

그런 지 1시간쯤 지나서이다.

이번에는 다른 보호사가 우리 방으로 들어오더니 내게 대뜸 말한다.

"박종훈 님은 방을 옮깁니다."

"어느 방으로요?"

"따라오면 압니다."

보호사는 전에 우리 방의 9번 환자를 그랬던 것처럼 나에게 사물함을 챙기라고 말했고, 조금 후에 그것을 자기가 들고 앞장서서 방을 나갔다. 가까이에서 미스터 네!가 나를 보며 어리둥절한 표정을 지어보였다.

나는 보호사를 뒤따라서 방을 나섰다. 그리고 간호사실의 앞을 지나 윗마을로 들어섰고, 그 재활교실·체력증진실과 이웃한 어느 방으로 안내되었다. 들고 온 나의 사물함을 나의 낯선 자리에 내려놓자마자 보호사는 가버렸다.

나는 아직도 멍한 표정이었다.

나를 맞은 새로운 방의 식구들도 그저 그런 표정이었다. 누가 또 새로 왔구나, 그러면서 조금 웃어 보일 뿐 이런저런 아무 말도 물어보지 않았다. 이곳에서는 흔히 있는 일이었기 때문일 것이다.

한동안 그러고 있을 때, 누가 우리 방―그렇다. 이제부터는 아랫마을의 그곳이 아니라 윗마을의 이곳이 우리의 방이다―을 기웃

잘못된 만남

들여다보았다. 바로 영태 씨였다. 마치 갓 시집을 온 며느리가 친
정식구를 만난 기분이었다.

　나는 곧 방에서 나간다. 그리고 함께 가까운 재활교실로 들어가
자, 그가 대뜸 말한다.

　"우선 축하해요!"

　"축하하다니, 그게 무슨 말씀이죠?"

　"사글세(월세) 방에서 전세방으로 옮긴 것을 말이지."

　"그건 또 무슨 말씀이죠?"

　"알다시피, 아랫마을은 한 방에 정신질환자들과 알코올들이 얼
추 7:3의 비율이고, 윗마을은 거꾸로 3:7이라고 하더군. 그렇듯
윗마을에는 장애자들보다 알코올들이 훨씬 더 많고, 그러자 방은
물론 이 동네 분위기가 훨씬 건강하고, 활달하고……그러니 그런
말이 나올 수밖에. 핫핫하."

　"아직 모르겠습니다."

　"혹시 아까 부인한테 방을 옮겨달라고 부탁한 건 아니오?"

　"방장님과 헤어지기가 싫어서라도, 그런 말은 꺼내지도……"

　"알아요, 알아! 종훈 님이 그랬을 리가 없고 말씀야. 그런데 이상
한 것은 종훈 님 부인의 속셈이라고. 전화가 걸려온 지 다음날에
면회를 오고, 면회를 온 지 불과 1시간쯤 지나서 방을 옮기게 만들
고……이거야 원, 머릿속이 헷갈려서! 핫핫하."

　"나도 모르겠습니다."

　"어쨌든 부인이 보통 여자가 아니란 말이지. 이건 병 주었다가,
약 주었다가……"

　"……"

"아랫마을과 윗마을이 10리 떨어진 먼 곳도 아니니까, 또 만나자고. 핫하."

그리고 영태 씨는 아랫마을로 가버렸다.

며칠이 지나서이다.

화장실로 가서 소변을 보고 오다가 로비에서 마침 미스터 네!를 만났다. 그는 나를 보자마자 대뜸 말했다.

"크, 큰일 났어요!"

"왜?"

"우리 바, 방장님이 아무래도 이상해요!"

"차분하게 얘기해 보라고."

"요즘에는 시무룩 전에처럼 말도 하지 않고, 방에서 잘 나가지도 않고……"

미스터 네!는 화장실 쪽으로 가버렸지만, 나는 아직도 그 자리에 서 있었다. 그러다가 퍼뜩 머릿속에 집히는 게 있었다. 나는 곧 그곳에서 멀지 않은 방으로 걸어간다. 얼마 전까지 내가 있던 방이다.

실내를 기웃 들여다보자, 영태 씨는 6번의 자기 자리에 있다. 침구 더미에 팔베개를 하고 비스듬히 누워 있었다. 노크도 없이 나는 그리로 걸어갔다. 그리고 말없이 미스터 네!의 빈자리에 앉았다. 얼마쯤 지나자, 그가 조금 웃으며 말한다.

"어떻게 알고 왔지, 종훈 님은?"

"조금 전에, 로비에서 미스터 네!를 만났습니다."

"세상, 다 그런 거지 뭐."

"무어라고 말씀을 드려야 좋을지……"

잘못된 만남

"이곳에 강제입원을 당한 지 3개월이 가까워지자, 나는 나가겠거니 생각했었지. 그래도 마누라가 이곳에서 풀어주겠거니 은근히 믿었었지. 그런데, 그게 아니었다고. 막상 그날이 왔어도, 그날이 지났는데도 병원에서는 나한테 그만 나가라는 말이 없더라고. 그래도 설마 했었는데, 아직까지도……핫핫하."

"앞으로 어쩌시죠?"

"어쩌기는. 또 3개월을 이곳에서 썩어야지."

"……"

"마누라는 이래저래 혼자서 자유로우니까 좋고, 병원에서는 다달이 입원비가 그 가족으로부터 꼬박꼬박 들어오니 좋고, 이건 '누이 좋고 매부 좋고', 서로가 좋고……그동안 나는 이곳의 장애자들을 보면 집에서나 어디에서나 손가락질 받는 그들이 불쌍해서 청소도 내가 하는 등 나름대로 도와주며 살았었는데, 그게 다 쓸 데 없는 짓이었지. 이제는 그러지 않겠다고. 그까짓 방장 자리도 내놓고, 나름대로 편하게 지내겠다고. 핫핫하."

"……"

"나는 그동안 종훈 님에게, 집의 아내한테 화가 나도 이쪽 감정을 누르고 전화 자주 걸고, 그때마다 고분하게 대화를 하라고 말하곤 했었다고. 그런데 막상 나는 그러지를 못했었지. 때로는 나도 언젠가 미스터 다혈질처럼 감정이 폭발할 때도 있었고……그러니 앞으로 종훈 님은 나처럼 되지 말고……알겠소?"

북소리 · 방울소리

1년은 12개월, 1달은 30(31)일—그것은 바깥세상에서의 셈법이다. 이곳 정신병원에서는 다르다. 강제입원 기간이 적어도 3개월씩이기에 이곳의 1년은 4개월, 그러자 1달은 100일……그동안 새해로 바뀌었다고는 하지만, 이곳에서는 그것을 실감하지 못한다. 왜냐하면 '희망의 새해'라고 해도, 희망이라는 그것부터가 막연하고 애매해서 모든 것이 그저 그렇기 때문이다.

해가 바뀌자 나도 입원을 한 지 1달이, 방을 옮긴 지도 10일이 지났다.

영태 씨의 말대로, 아랫마을보다 이곳 윗마을에는 알코올들이 훨씬 많다. 나의 눈에도 '걸어 다니는 시한폭탄(장애자)'들보다는 '걸어 다니는 휴화산(알코올 환자)'들이 더 많다. '욕쟁이 영감'과 '미스터 다혈질'도 이 동네에 있다. 알코올들은 말이나 표정이 어눌한 장애자들과는 달리, 모든 것이 또렷해서 이곳이 정신병원만 아니라면 바깥세상의 그들과 조금도 다를 바가 없다. 다른 것이 있다면 한쪽은 밖에서 자유롭고, 한쪽은 유리 벽 안에 갇혀 있다는 것뿐이다.

그런데, 이곳의 장애자들은 아랫마을보다 중증 환자들이 더 많다. 언제, 누가 붙여놓은 별명인지는 몰라도 '중얼씨'는 밥 먹는 시간과 잠을 자는 시간만 빼고는 재활교실에서 체력증진실로, 다시 그쪽에서 이쪽으로 오가기를 반복하며 무슨 말인지 알아들을 수 없는 말들을 하루 종일 혼자서 중얼거리며 산다. '빗자루 영감'은 밥을 먹은 후에는 어느 방이거나 지나치다가 문가에 세워놓은 빗자루를 집어 들고 올의 한 가닥을 분질러 입에 물고는 이빨들 사이를 후비며 돌아다니고, 겨울인데도 양말을 벗고 지내는 '맨발이 청춘'은 복도를 지나치다가 자기의 슬리퍼를 벗어놓고 남의 슬리퍼를 신고 돌아다니다가 자기네 방으로 돌아가면, 슬리퍼가 바뀐 환자는 대뜸 누구의 짓이라는 것을 알고 투덜거리며 그 방을 찾아가서 바꾸어 신고 오고……중얼씨나 빗자루 영감이나 맨발이 청춘은 나이가 60대로, 그들은 기폭장치가 이미 고장 나버린 쓸모없는 시한폭탄들인 듯싶다.

우리 방도 출입문의 맞은편은 온통 두꺼운 유리창, 그 한 귀퉁이에 창문이 절반쯤만 열리는, 그나마 쇠줄로 묶인 작은 유리창, 그 가까이에 빨래건조기·냉장고·TV……방의 식구들은 8명—알코올이 7명, 장애자가 1명이다. 이쪽의 5명 중에서 나의 자리는 문에서 가까운 2번이었고, 방의 복도를 사이하고 맞은편으로 6번이 방장, 이어서 2명……7번의 젊은 장애자는 얼핏 아랫마을의 미스터 네!를 닮아서 성격이 온순하고 하루의 대부분을 방 밖으로 나돌

태양의 저쪽

아 다니며 살다시피 해서, 이 방에는 모두가 알코올들만 사는 것 같았다.

　방을 옮긴 지 2일째, 아무래도 내게 말을 처음 건 사람은 젊은 방장이었다. 그는 키가 크고 눈매가 날카로웠지만, 의외로 말씨는 부드러웠다.

　"아랫마을의 어느 방에서 온지는 알고 있습니다. 앞으로 잘 지내자고요. 우리 방의 식구들은 8명, 그래서 아침 청소는 2명씩인데, 1번은 나이도 그렇고 해서 청소에서 빼고, 그랬어도 그 노인 대신에 내가 혼자서 해버리니까, 4일에 한 번씩 해요."

　"알았습니다."

　그동안 나의 생활에도 변화가 있다. 처음에는 밤의 마지막 투약 시간이 끝나고 10시에 잠자리에 들면 조금 후에 곧 잠이 들곤 했었는데, 지금은 그렇지가 않다. 간호사가 나누어 주곤 하는 약에 그동안 익숙해진 때문인지, 나도 남들처럼 잠이 드는 시간이 차츰차츰 늦어지곤 했다. 그러자 어느 때는 이런저런 생각을 하다가 11시, 혹은 12시쯤 잠이 들 때도 있었고, 그러다가 새벽에 문득 깨어나 화장실에 다녀오기도 했다.

　우리 방의 알코올들은 나이가 70대인 노인이 1명, 60대와 50대가 각각 2명씩, 40대 초반(방장)이 1명, 그리고 나—이다. 물론 그것은 아침에 청소를 하다가 그들의 사물함에 나붙은 스티커에 적힌 것들을 보아서 알게 된 것이다. 그리고 엊그제 입원을 한 환자들에 비하면 나도 은근히 '고참병'이라고 여겼는데, 우리 방의 그들에 비하면 나의 1개월은 아무것도 아니었다.

　복도 쪽으로 1번인 환자는 나이가 75세로 성은 김씨—입원을 한 지 1년이 넘은 우리 방에서 제일 웃어른이다. 방의 식구들은 그를 그냥 '어르신'이라고 불렀다. 그는 간식 신청을 할 때나 배분을 할 때 보면 아직도 기억력이 또렷하다.

그의 하루는 단순하다. 커피를 마신 후에 끽연실에 가서 담배를 피우고 방으로 돌아와서는 개켜놓은 침구 더미에 옆으로 비스듬히 기대어 꼬부리고 잠을 자고, 그러다가 조금 후에 일어나서 또 커피, 이어 끽연실, 돌아와서 또 아까처럼 누워 있다가 일어나서…… 하루 종일 그러기를 수도 없이 반복하는데, 그가 하루에 마시는 커피는 적어도 7, 8잔, 담배는 10개비 이상이다.

알고 보니, 그가 잠깐잠깐 낮에 자는 잠은 그때마다 의식이 있는 채로 그냥 누워 있는 것이었다. 어쨌거나 그것이 밤의 그의 잠을 방해했다. 그는 아침에는 으레 복도의 가까운 정수기로 가서 1.5리터짜리 플라스틱 빈 병에 가득히 더운물과 찬물을 섞어 가지고 돌아와서는, 커피를 마신 다음에는 으레 컵에다가 그 물을 따라서 홀짝홀짝 마시고, 밤에도 병에 남은 물이 부족하다 싶으면 또 받아다가 더 마시고 나서야 잠을 자고, 그러다가 어느 때는 새벽 2시쯤에도 혼자 일어나서 벽에 등을 기댄 채 두 발을 모으고 손깍지를 끼고는 조용히 앉아 있기도 했다. 모두가 잠이 든 밤에 불그스름한 비상등 불빛 속에 그러고 앉아 있는 그의 모습이 처음에는 마치 유령을 보듯이 섬뜩하기도 했었지만, 차츰 익숙해지자 이제는 노인이 어쩌다가 저리 됐을까, 오히려 측은한 친밀감이 들었다.

나는 2번, 다음의 3번은 '윤 아저씨'로 그는 올해 69세로서 역시 이곳에 입원한 지 1년이 넘은 사람이었다. 그는 내가 이 방으로 오자마자 은근히 나의 전화카드를 빌려달라고 했고, 다음날에도, 그

태양의 저쪽

리고 이틀이 지나 또 카드를 빌리자고 말하자, 나는 카드 요금보다는 정신적으로 은근히 피곤함을 느꼈다.

"전화카드를 발급받고 1달이 지났어도 저는 여태껏 한 번도 사용하지를 않았었는데, 벌써 아저씨는 3번째로……혹시 카드가 없으신가요?"

"아, 미안, 미안! 이번에 한 번만 더……"

"앞으로도 몇 번이고 좋습니다. 필요하면 그때마다 말씀하세요."

그가 무안해 할까봐 내가 웃으면서 카드를 건네자, 나의 카드를 받아든 그는 부리나케 복도로 나갔고, 공중전화기가 있는 로비 쪽으로 사라졌다.

그가 나가자, 방안에 남아 있는 사람은 방장과 나—2명뿐이었다. 그러자 조금 전에 우리가 주고받던 말들을 맞은편의 자기 자리에 앉아서 다 들은 방장이 싱긋이 웃으며 내게 말한다.

"저 아저씨는 카드가 없는 게 아니라, 자꾸 잃어버려서 그래요. 하하."

"왜죠?"

"입원을 하고 오래 있다가 보면 멀쩡하던 정신이 차츰 희미해지고, 그러다가 보면 전화를 건 다음에 카드를 챙겨오는 것을 그때마다 깜빡 잊어버릴 때도 있고, 그러면 1주일에 1번 다시 발급을 받을 수가 있는데, 그랬어도 어느 사이에 카드에 남아 있는 돈이 바닥이 나고, 그러다 보니 그때마다 아는 사람들한테 전화카드를 빌리고……"

"누구한테 그렇게 전화를 걸죠?"

"물론 부인이나 가족이겠죠."

북소리 · 방울소리

"그때마다 부인의 대꾸가 만족하지를 않자, 또 자꾸자꾸 전화를 거나 보군요."

"내가 알기로, 저 아저씨는 아내가 아예 전화를 받지 않아요."

"그럴 리가……"

"그러자 이번에는 다른 카드로 전화를 걸면 혹시나 받을까, 그래서 이 사람, 저 사람—그때마다 남의 카드를 빌리기도 해요."

"그것 참!"

"세상에 비밀은 없어요! 윤 아저씨와 전에 같은 방에 있었던 환자의 말에 의하면, 저 아저씨는 회사원으로 정년퇴직을 했는데, 부인이 남편을 어느 정신병원에 강제로 입원을 시켰다가, 다시 이 병원으로……그러면서 부인은 남편을 이곳 정신병원에서도 1년이 넘게 이렇듯 감금을 시켜놓고, 남편에게 나오는 적지 않은 퇴직연금을 꼬박꼬박 받아서 혼자 다 쓰며 살고 있고, 그러면서 병원의 남편으로부터 걸려오는 전화를 아예 받지를 않는다는 거요. 세상에는 그런 여자도 있더라고요!"

"……"

"말이 난 김에 박형(나)에게 알려줄 것이 있어요. 이곳 병원에 입원을 오래 하다가 보면 환자들의 방이 이래저래 가끔씩 옮겨지고, 그러다가 보면 그때마다 아는 환자들이 많아지고……특히 1번의 저 어르신은 마음씨가 착해서 담배가 없을 때마다 이 사람, 저 사람이 찾아와서 담배 구걸을 하고, 그러면 그때마다 선뜻 내주고, 저 노인이 없으면 담배 도둑질을 해가고, 그러자 한 주일에 담배 5갑이 부족할 때도 있고……마침 박형이 바로 옆자리니까, 낯선 녀석이 노크도 없이 우리 방으로 들어와서 저 노인의 자리로 접근을 하면 내가 있건 없건 그냥 '방장!' 하고 소리를 치세요!"

"그러면?"

"아마 열에 아홉 명은 도망을 칠 겁니다. 핫핫."

그때, 밖의 복도 어디에서인가 큰 소리로 떠드는 소리들이 들려왔다. 그러자 고개를 갸웃거린 방장이 얼른 복도로 나갔고, 조금 후에 전화를 걸러 갔던 3번이 돌아왔다. 그는 이번에도 전화카드를 내게로 건네며 말했다.

"고맙소."

"별 말씀을 다 하십니다."

"또 싸움질이로군."

"누가 누구하고 저러죠?"

"이런 정신병원에서 만난 어떤 녀석들은 저희끼리 전화번호를 알아두었다가 바깥세상에 나가서도 서로 연락을, 그러다가 어느 병원으로 들어와서 다시 만나면 그때는 자연스레 패거리가 되거든. 그러면 같은 방 또는 다른 방의 환자들을 은근히 괴롭힐 때도 있다고. 내가 오다가 본 건데, 이번에도……보니까 방장이 그리로 가더군."

"복도가 소란스럽자, 방장이 급히 밖으로 나갔습니다."

"조 방장―그는 나이가 41세, 우리 방의 두 늙은이는 입원한 지 1년이, 8번의 함씨와 4번의 정씨, 그리고 방장도 6개월이 넘었고……"

"그렇더군요."

"이 동네에서 그의 별명이 '해결사'라는 것도 알고 있어요?"

"그것까지는 아직……"

북소리·방울소리

"세면장에서 벌거벗고 머리를 감을 때 보면 운동을 많이 해서 그런지 몸이 온통 울퉁불퉁 근육질이더군. 그는 이곳에서 환자들끼리 어쩌다가 싸움이 일어나면 찾아가서 시비를 가려 공평하게 해결해 주곤 해요. 그러자 무엇이 억울하다 싶은 다른 방의 어떤 환자는 그를 직접 찾아와서 하소연을 하고, 그러면 가서 해결해주고……"

"언젠가 다른 방의 환자가 우리 방의 방장을 찾아와서 컵라면을 건네자, 방장이 웃으면서 거절을 하더군요. 그러자 상대방은 그것을 방장의 자리에 그냥 내려놓고 가는 것을 본 적이 있습니다."

"말하자면 그 녀석은 나름대로 방장에게 고맙다며 사례를 하는 것인데, 마지못해 받았어도 방장은 그런 것들을 자기가 가지지 않아요. 빵이나 컵라면 같은 것은 다음 자리인 7번의 '뜸북새'에게 먹으라고 준다고."

"그런데 7번은 왜 별명이 '뜸북새(뜸부기)'—입니까?"

"장애자인 김 군—그 녀석은 나이가 18세이지, 아마? 심심하면 어디서고 혼자 흥얼흥얼 노래를 부르는데, 그 노래는 언제나 똑같아요. 뜸북뜸북 뜸북새 논에서 울고/뻐꾹뻐꾹 뻐꾹새 숲에서 울 때……우리 같은 늙은이들이 어린 시절에 즐겨 부르던 '오빠 생각'이라는 동요인데, 그러나 녀석은 가사를 끝까지 외우지를 못하는지 항상 앞의 한 구절, 또는 두 구절만 반복해서 부른다고. 허허."

그 노래는 나도 알고 있었다. 초등학교 시절, 음악시간에 배웠기 때문이다. 어쨌거나 우리 방의 1번 자리(어르신), 2번(나), 3번(윤 아저씨), 6번(방장), 7번(뜸북새)은 그런 사람들이었다.

오늘은 입원을 한 지 43일째—그러나 나에게는 그동안이 43년처럼 느껴진다.

늘 느껴온 것이지만, 이곳에서는 시간이 멈춘 듯 도대체 가지를 않는다. 아니, 앞으로 나아가기는커녕 거꾸로 흐른다. 벽에 걸려 있는 둥근 벽시계의 초침은 쉬지 않고 돌아가기를 반복하고 있는데, 그러나 분침이나 시침은 그때마다 거꾸로 가고 있다. 처음에는 하루가 24시간이던 것이, 날이 갈수록 하루는 48시간, 72시간……

하루 중에서 점심식사가 끝나고, 저녁의 식사시간 때까지 4시간 동안은 대체로 넉넉한 자유 시간이다. 그러면 기다렸다는 듯이 이곳의 윗마을에서는 '고스톱 화투판'이 벌어지곤 한다. 알고 보니, 화투판은 2군데로서 그들은 자기들끼리 지정된 방으로 모여들어 커피믹스 내기를 하곤 했다.

우리 방의 4번, 5번, 8번은 그 화투판의 단골손님들이다. 그들은 화투판으로 갈 때는 밑천인 커피 봉지들을 10여 개씩 들고 나가는데, 돌아올 때 보면 빈손으로 표정이 시무룩하든가, 아니면 20여 개를 자랑스레 챙겨 들고 개선장군처럼 보란 듯이 환하게 웃으며 방으로 들어오기도 한다. 그런 날, 8번은 식구들의 사물함 위에 전리품인 커피믹스 1개씩을 얹어 놓으며 돌아다니곤 했다.

오늘은 일요일—오후가 되자, 식구들은 저마다 나름대로 시간을 보내려고 밖으로 나갔고, 지금 방에는 나하고 또 한 사람뿐이다.

나는 여느 때의 버릇처럼 침구 더미에 몸을 비스듬히 기댄 채 매트리스 위에 두 다리를 뻗고 누워서, 역시 나처럼 말없이 누워 있는 옆자리의 윤 아저씨를 머릿속에 떠올리고 있다.

북소리·방울소리

그는 지금 무슨 생각을 하고 있을까?

그제 오후에, 전날 신청을 했던 간식이며 담배가 나왔다. 그러자 담배를 타기 위해서 환자들은 간호사실 앞의 그 반달 구멍 앞으로 모여들었다. 그런데, 유리창 안에 앉아서 담배를 배분하고 있는 보호사와 반달 구멍을 통해서 누가 승강이를 하고 있었다. 그는 다름 아닌 우리 방의 3번이었다.

"어제, 내가 담배를 분명히 3갑을 신청했었는데, 왜 1갑만 주는 거요?"

"그렇게 됐어요."

"그렇게 되다니?"

"그건 집에다가 물어보세요."

"혹시 내 간식비가 바닥이 나서 그런다 이거요?"

"글쎄, 댁의 보호자에게 물어보시라니까요. 다음부터는 1주일에 1갑이니까 그리 아시고……다른 사람들도 저렇게 기다리고 있어요. 지금 내가 바쁘니까 그만 가세요."

그러자 그는 담배 1갑만 받아 들고 그만 물러나야 했고, 맥이 풀린 채 방으로 돌아올 수밖에 없었던 그는, 그 광경을 반달 구멍 근처에서 지켜보았던 우리 방의 식구들에게 애써 웃는 표정을 지으며 말했다.

"우리 할망구가 깜빡 잊고 간식비 송금을 잊어버린 모양인가? 어쨌든 할 수 없지. 이제부터는 담배를 하루에 3개비씩만……허허허."

그는 그랬었다. 그러나 그의 표정은 이후로 어두웠다. 때로는 알 수 없는 분노로 잔뜩 일그러져 있었고, 그러다가 누가 무슨 말을 하면 깜짝 놀라며 얼른 밝은 표정으로 바뀌었다. 그의 감정과 표정은 카멜레온처럼 그랬다.

"8번의 함씨가 부럽구먼."

여태껏 말이 없던 그가 문뜩 중얼거리자,

"뭐가 그러시죠?"

고개를 옆으로 돌리며 내가 물어봤다.

"그는 나이가 64세, 집에서 소주를 날마다 1, 2병씩 마시던 사람이에요. 남편의 건강이 걱정이 된 부인은 가족과 의논을, 그러자 서울로 와서 사는 아들이 이 병원을 알아내서 강제입원을 시켰다고. 요즘에도 한 주일에 한 번 정도로 부인으로부터 안부전화가 걸려오고, 그는 간식비가 넉넉하게 남아 있는데도, 고스톱 밑천인 커피믹스가 부족하다 싶으면 집으로 연락, 그러면 집에서는 20개들이 커피 상자를 몇 개도 아닌 10상자씩 택배로 그에게 부쳐줘요. 그의 부인은 그런 여자라고!"

"……"

"그 맞은편 자리의 5번은 이씨로 나이는 57세, 어찌 보면 그 역시 부러운 사람이지."

"왜죠?"

"그는 아내가 작년에 일찍 죽었다더군. 그러자 아무도 없는 시골집에 혼자 있기가 너무 외롭고 쓸쓸해서, 자기 발로 이곳으로 들어왔다고."

"스스로 입원을 했다는 건가요?"

"어느 때, 이곳에 입원을 한 경력이 있는 사람은 이후로는 언제든지 자유롭게 입원, 퇴원을 할 수가 있다고. 말하자면 그는 우리

와는 다른 일반 환자로서, 자기가 그만 병원에서 나가고 싶으면, 그동안의 돈 계산을 하고 내일이라도 당장에 퇴원을 할 수 있다고. 그 사람처럼 들락날락하는 환자들이 이 병원에는 여러 명이 있어요."

그때, 어르신과 뜸북새가 방안으로 들어왔다. 그러자 우리의 대화도 거기에서 멈추었다. 그러나 나는 아직 궁금한 우리 방의 4번 자리—인 그가 누구인지를 어느 정도는 이미 알고 있다. 내가 윗마을로 방을 옮겨온 지 며칠 뒤에 끽연실에서 우연히 그(정씨는 나이가 54세)를 만나자, 그도 나를 대뜸 알아보고 말을 건넸다.

"아랫마을에서 우리 방으로 이사를 온 것 같던데?"

"앞으로 잘 부탁드립니다."

"부탁은 무슨……나는 이곳에 온 지 6개월이 훨씬 넘었소."

"저는 이제 겨우……"

마침 끽연실에 아무도 없어서인지, 아니면 시원스런 성격 때문인지는 몰라도 그는 내가 물어보지도 않은 말들을 쏟아냈다.

"나는 건설노동자요. 그러잖아도 값(임금)이 싼 외국인 노동자들 때문에 국내 노동자들이 죽을 맛인데, 나가 봤자 겨울이라서 일감도 많지가 않고, 기왕에 들어온 김에 이곳에서 겨울이나 나고 나가려고……"

"외국인 노동자들 때문에 골치로군요."

"알고 보면, 그들만 탓할 수도 없다고. 가난한 자기네 나라보다는 우리나라의 임금이 몇 배나 비싸니, 너도나도 이 나라로 몰려오고, 그러자 서로 경쟁을 하느라고 다른 회사들보다 저렴한 가격으로 공사를 따낸 건설사들은 공사비를 한 푼이라도 아끼려고 공사

기간을 단축하려 들고, 그러다 보니 일을 빨리빨리 서두르고, 임금이 싼 그들을 일용직 근로자로 쓸 수밖에."

"여러 가지로 문제로군요."

"겨울이 얼른 지나가겠지."

그는 그랬었다.

나는 옆자리의 윤 아저씨가 걱정이 되었다. 조금 전에 그는 8번 자리의 함씨가 부럽다고 말했었다. 그것은 함씨보다는 한 주일에 한 번씩은 병원으로 안부전화를 걸어오고, 이쪽에서 요구하면 그때마다 커피를 듬뿍 택배로 부쳐주는 그의 부인이 그렇다는 뜻일 것이다. 그럴 것이, 간식비가 부족한 때문인지 3갑을 신청했던 담배가 1갑으로 줄어들고, 앞으로도 그럴 것이라는 보호사의 말에 그는 아내의 무관심에 크게 충격을 받았던 것이 틀림없고, 그러자 오늘따라 느닷없이 그런 말이 나온 것이리라. 그렇지 않았다면, 당장 지금이라도 이곳에서 퇴원할 수 있는 일반 환자인 이씨가 어찌 보면 부러움의 첫 번째 순위일 텐데도 말이다.

그런 지 2일이 지나서 화요일 오후가 되자, 방장이 두툼한 가방을 들고 방으로 돌아와서, 어제 신청을 했던 간식을 식구들에게 배분을 하기 시작했다. 그러다가 3번의 차례가 되자, 난처한 어조로 말했다.

"어쩌죠?"

"무엇이 그렇다는 것이지?"

"어제, 아저씨는 무엇 무엇을 신청하셨죠?"

"담배 1갑, 커피 1상자, 단팥빵 3개, 건빵 1봉지―."

"여기(간식 신청 노트)에도 그렇게 적혀 있어요. 담배는 이따가 간호사실 반달 구멍으로 가시면 되고, 그런데 지금 아저씨에게는 건빵 1봉지만……앞으로도 그럴 거라는군요."

"뭐라고?"

그러나 주문했던 커피와 단팥빵들을 거절당하자 한동안 멍한 표정으로 서있던 그는 할 수 없이 달랑 건빵 1봉지만 힘없이 받아들고 이쪽의 자기 자리로, 조금 뒤에 허청허청 걸어서 복도로 나가버렸다.

그러자 간식 배급을 마친 방장이 혼잣말처럼, 그러나 식구들 모두에게 들으라는 듯이 말한다.

"내가 알기로는, 간식 신청에서 담배는 담배 취급업소, 다른 것들은 이 병원과 계약을 맺은 어느 마트에서 따로 공급을 한다고 들었어요. 그러자 커피만 보더라도 밖에서보다 이곳에서는 1천 원이 더 비싸요. 그래도 그까짓 건빵 1봉지는 비싸봤자……어쨌든 윤 아저씨는 담배에 이어 이번에도 또 굉장히 쇼크를 받았을 겁니다. 그러나 마트 쪽에서 통보가 왔으니, 나로서도 어쩔 수가……"

다음날, 아침나절이다.

커피를 마시려고 내가 복도의 가까운 정수기로 가서 더운물을 컵에 받아가지고 방으로 돌아오자, 옆자리의 3번이 불쑥 물어본다.

"복도가 왜 저렇게 시끄럽지?"

"시끄럽다니요?"

"여러 명이 왁자지껄 떠들며 지나가던데?"

"아뇨! 내가 방으로 들어올 때까지도, 복도에는 아무도 없었습니다."

"아냐, 아냐! 복도에서 떠드는 소리를 내가 분명히 들었다고!"

"잘못 들으셨겠죠."

나는 그만 어이가 없었다. 그렇다면 그가 잘못 들었거나, 내가 잘못 보았거나, 두 사람 중에서 한쪽이 틀렸을 것인데, 아무리 다시 생각해 보아도 나의 두 눈이 옳았다. 더구나 지금은 아침나절, 새벽부터 일어나서 아침 일정을 치르느라고 피곤한 환자들은 대부분 자기네 방에서 부족한 잠을 자든가, 누워 있든가 하지 웬만해서는 밖으로 나돌아 다니지를 않는다. 그런데도 그는 엉뚱한 소리를……그런데, 오후에도 그가 내게 또 물어보았다. 누가 자기의 욕을 하며 방금 복도를 지나갔는데, 나더러 그 소리를 못 들었느냐는 것이다. 그러나 이번에도 그가 잘못 들었다. 방금 문밖의 복도로 지나간 사람은 없었고, 따라서 그에게 욕을 한 사람도 없었다. 나는 갑자기 방안이 답답하다. 이럴 때면 이웃의 체력증진실보다는 그 옆의 보다 넓은 재활교실로 가곤 했다.

마침 재활교실은 텅 비어 있다.

나는 여느 때의 버릇처럼 유리창 앞에 팔짱을 끼고 서서 창밖의 드넓은 하늘과 도시의 한 부분을 그저 내다보고 있다. 그러다가 문득 윤 아저씨를 머릿속에 떠올린다. 복도에서 떠드는 소리가, 누가 자기의 욕을 하며 지나갔는데 못 들었느냐는 등 엉뚱한 소리를 자꾸 하는 그……그렇다면 혹시 그의 귀에만 들리는 착각이 아닐까. 어떤 충격 때문에 갑자기 찾아온 이명(耳鳴)이라는 그런 귀 울음소리……

그때, 저만큼 등 뒤에서 문이 열렸다가 닫히는 소리가 들리고, 조금 후에는 누가 한쪽 구석에 놓인 간이의자를 들고 탁구대 쪽으로 다가가는 소리가 들렸다.

북소리 · 방울소리

조금 후에 나는 돌아섰다. 우리의 방으로 돌아가기 위해서 문 쪽으로 걸었다. 이미 빈 탁구대를 책상으로 삼아 그 위에 책을 펼쳐 놓고 볼펜으로 노트에다가 무엇을 쓰고 있던 나이 40대의 환자가 문득 나에게로 시선을 돌리더니, 이리 와서 앉으라고 손짓을 한다. 그러자 나는 주춤 섰고, 곧 의자를 들고 와서 그의 맞은편 자리에 마주 앉았다.

"나는 당신을 알아요."

그가 웃으며 내게 말을 건넸다. 그는 '미스터 다혈질'이었다. 나도 그를 이미 알고 있었다. 아랫마을에 있을 때에, 언제인가 그가 로비에 있는 공중전화기에서 전화를 걸고 있는 것을 보았었고, 그러자 그의 별명을 '다혈질'이라고 붙여 놓은 것은 나였고, 그러자 영태 씨도 웃으며 고개를 끄덕거렸었다. 그러나 나는 시치미를 떼고 짐짓 물어보았다.

"어떻게 아시죠?"

"전에, 아랫마을의 최영태 씨랑 함께 다니는 것을 몇 번, 근래에는 이곳에서도 가끔씩 본 적이 있어요."

"그분은 우리 방의 방장, 더구나 바로 내 옆자리였습니다. 그분을 잘 아시나요?"

"전에, 나는 그 옆의 방에 있었어요. 자기 방의 식구들, 특히 늙은이나 장애자들을 잘 보살펴 주는 방장이었고, 그러자 참 가슴이 따뜻한 사람이라고 여겨 내가 먼저, 그래서 서로 인사를 나누게 되었다고요. 하하하."

"그랬었군요."

이어서 내가 물어보았다.

태양의 저쪽

"그런데, 내가 가끔 보면 이곳에 와서 지금처럼 무엇을 쓰고 있던데……무엇이죠?"

"아하, 이거!"

조금 후에 그가 말을 이었다.

"이건 잊혀져가는 나의 기억력을 되살리기 위한, 더는 상실을 막기 위해서 하는 작업이에요. 이곳에서 오래 지내다가 보면 자꾸자꾸 전의 기억들이 잊혀져간다고. 어제까지 또렷하던 전화번호들이 오늘은 어느 것이, 다음엔 2, 3개가 갑자기 헷갈린다든가……그러자 오래전에 신문에서 보았든가, 방송에서 들었든가, 어느 의사가 했던 말이 문뜩 떠오르더라고. 인간의 두뇌도 운동을 하지 않으면 녹이 슨다고. 퇴행을 막으려면 자꾸만 활용을 해야 한다고. 신경세포는 늘 하던 일이, 환경이 갑자기 바뀌면 이상 현상을 일으키기도 한다, 그런 현상은 신경을 많이 쓰는 전문직 사람들일수록 더욱 그렇다는……"

"흐흠."

"말하자면, 지하철 1호선을 타고 다닐 때는 어느 역 다음에는 어느 역! 그렇듯 수많은 역들을 차례대로 기억하던 사람이, 이사를 했든가 해서 2호선을 타고 다니면, 2호선의 역들은 차츰차츰 훤히 기억을 하면서도 전에 타고 다니던 1호선의 역들은 차츰 헷갈리며 듬성듬성 잊혀져가거든. 그거야 차츰차츰 그러는 것은 어쩔 수가 없지만, 어느 때부터 갑자기 뭉텅 잊혀지고, 나아가 아예 떠오르지를 않으면 이건 심각한 문제라고!"

"그래서요?"

"더는 비참해 지기가 싫더군! 병을 고치는 병원에서 병을 얻어가

북소리·방울소리

지고 나간다는 것은 말도 안 되지. 그러자 나는 내 나름대로 치료법을 개발했소. 로비에 있는 책꽂이로 가서 처음에는 어느 시집을 들고 왔지. 그리고 어떤 시를 외운 다음에 그것을 노트에 적고, 행간이 틀리면 다시 고쳐서 쓰고……그러다가 차츰 긴 문장인 산문 도서를 가져다가 그냥 베끼고, 그건 글자와 철자법을 더는 빼앗기지 않으려는 몸부림이라고나 할까, 나로서는 슬프고도 눈물겨운 작업이라고, 그런 노트가 벌써 3권째요. 하하하."

"그랬군요!"

전에, 공중전화기로 아내에게 전화를 걸 때는 목소리며 성격이 다혈질이던 그였지만, 이렇듯 이야기를 나누다 보니 차분하고 나름대로 자기 논리가 뚜렷한 사람이었다.

"요즘도 부인께 자주 전화를 거십니까?"

내가 은근히 물어보자, 갑자기 그가 큰 소리로 웃는다.

"하하하. 내가 공중전화를 거는 소리를 언젠가 들었던 모양이로군. 뭐, 그러나 숨길 것도 없지. 내가 그런 놈이라는 것을 이 병원에서 아는 사람은 다 아니까. 우리 앞 세대의 부모들은 가난해도 그놈의 정 때문에, 정으로 몇 십 년을 살기도 했었는데, 요즘에는 노골적으로 사랑보다는 돈!"

"의리보다는 실리!"

"정의보다는 위선!"

"실력보다는 배경!"

"화합보다는 갈등, 동지가 아니면 적!"

"이쪽이 아니면 저쪽!"

이번에도 내가 맞장구를 치자.

"맞아요, 맞아!"

껄껄 웃어댄 그가 말을 이었다.

"우리 커플(부부)은 그렇게 가난하지는 않아도, 대신에 정이 없었다고. 한마디로, 아내와 나는 벌써 헤어졌어야……"

"그런데 왜 지금까지 부부로 살고 있죠?"

"이혼을 하자는 말은 그쪽에서 먼저 꺼냈고, 그러자 되게 자존심이 상한 나는 오기로 거절을 했고, 그러자 그쪽에서는 무슨 생각을 했는지, 어떻게 알았는지 나를 이런 곳으로 보내고……어쨌거나 속담에 '급한 놈이 우물 판다'는 말이 있어요. 이곳에서 하루라도 빨리 나가고 싶은 놈은 바로 나거든. 먼저 풀어주면 이혼해 주겠다며 좋은 말로 슬슬 구슬리고 있는데, 이번에는 잘 될는지 모르겠다고."

"잘 되겠죠."

"이곳에 온 알코올들은 알고 보면 대체로 사정이 나하고 비슷해요. 아내와의 사이가 좋지가 않았다고. 그러나 어쩔 거요! 이곳에서 석방되려면 감방 열쇠를 손에 쥐고 있는 마누라의 비위를 건드리지 말아야, 싫어도 어쩔 수 없이 그래야……싫지만 내가 싸움에서 져야……"

"공연히 작업을 방해한 것 같군요."

내가 웃으며 그만 자리에서 일어서자,

"아니, 아니, 그렇지 않아요! 고마운 건 오히려 나였소. 좋은 말벗이 있다면, 굳이 이까짓 노트도 필요 없어요!"

그가 큰 소리로 말하며 웃어보였다.

나는 방으로 돌아오며 그가 했던 말들을 새삼스레 머릿속에 떠올

린다. 아내와 나는 진작 헤어졌어야 했는데, 그녀가 먼저 이혼을
요구하자 오기로 내가 거절을 했고, 그러자 그녀는 나를 이런 곳으
로 보냈다는, 이곳에서 석방되려면 감방 열쇠를 쥐고 있는 마누라
의 비위를 건드리지 말아야 된다는, 싫지만 아내와의 자존심 싸움
에서 어쩔 수 없이 내가 지는 수밖에 없다는……그렇다면 나는?
미경은 이혼을 하자고 먼저 말하지 않았다. 그러자 나도 먼저 말하
지 않고 있다. 그러나 우리는 이미 헤어졌어야……무엇인가 나름
대로의 그놈의 자존심 때문에, 서로가 먼저 그런 말을 꺼내지 않고
있을 뿐이다. 나의 생각으로는 그랬다.

　이곳에서는 갇혀서 살기 때문에, 밖으로 나가서 산책을 하고 싶
어도, 운동을 하려고 해도 그럴 수가 없다. 저녁식사를 하고 나면,
어떤 환자들은 그나마 운동이랍시고 복도의 이쪽에서 저쪽 끝까
지, 그리고 돌아서서 다시 이쪽까지 빠른 걸음으로 왔다갔다 몇 차
례씩 반복을 하다가 서로 부딪치기도 한다. 또 어떤 환자들은 문
가까이 1개, 저쪽 유리창 쪽에 1개가 바닥에 고정이 된 자전거가
있는 체력증실실로 가서 페달을 밟으며 다리 운동을 조금―다른
사람들을 배려해서 5분 이상은 하지 마십시오, 라는 안내문이 붙
어 있다―하는 것이 고작이다.

　밤의 투약시간이 끝나고 취침시간이 될 때까지는 1시간쯤의 여
유가 있다. 그러면 환자들은 화장실에 다녀오든지 하며 잠을 잘 준
비를 한다. 나는 지금 체력증진실에 있다. 실내는 텅 비어 있고, 나
혼자뿐이다. 운동을 하기 위해서가 아니다. 또 제 시간에 잠을 자
야 하는 일상이 오늘따라 싫어서, 그렇다고 달리 갈 곳도 없어서
이 시간에는 한가한 이곳으로 짐짓 온 것이다.

나는 지금 유리창 근처의 자전거 위에 앉아서 천천히 패달을 밟으며 오늘의 하루를 머릿속에 떠올리고 있다. 오늘은 저녁나절에 우리 방의 3번이 또 이명—그렇다. 그것은 이명이 틀림없다!—현상을 보였다. 누가 복도에서 자꾸 휘파람을 불며 지나다니는데, 나더러 나가서 시끄럽다고 주의를 주라는 것이다. 물론 그런 환자는 없었고, 이번에도 내가 그렇지가 않다고 말하자, 그때마다 자꾸 못들었다니 귀가 어찌 된 것 아니냐고 그는 오히려 나의 귀를 의심했다. 그때, 마침 보호사가 들어와서 1번에게 가족이 면회를 왔다며 그를 복도로 데리고 나갔다.

"이렇게 늦게 면회를 오면 어르신은 언제 들어오죠?"

내가 혼잣말처럼 중얼거리자, 방장이 말했다.

"가족이 집으로 데리고 가서 오늘 밤을 함께 보내고, 아마 내일 저녁에 돌아올 거요."

"말하자면, 1박 2일—휴가로군요."

"어르신은 입원한 지가 오래 됐고, 또 이렇다 할 사고를 친 적도 없자, 병원에서 특별 휴가를……하하하."

그때, 3번이 끼어들었다.

"저 노인(1번)을 내가 좀 안다고. 집안 사정까지는 잘 몰라도, 어쨌든 출가한 딸이 있는데, 아주 효녀라고! 병원비는 물론 간식비도 넉넉하게 보내주고, 저렇듯 2, 3개월마다 병원에 특별 휴가를 신청하고……"

그가 부러운 듯이 말하자, 그런 3번과 더는 이야기를 나누지 말라고 방장이 내게 고갯짓을 해보였었다.

그때, 환자 2명이 각자의 컵을 들고 체력증진실로 들어왔다. 그들은 가까운 의자 위에 나란히 자리하더니, 자전거의 페달을 밟고 있는 나를 아랑곳하지 않고 정수기에서 받아온 듯 컵의 물을 조금씩 마시면서 이야기를 나누었다.

"아직도 뭐가 그렇게 불만이신가?"

"조금 전에도 말했듯이, 이건 불공평하다고요!"

"말해 보소."

"재판에는 판사가 있고, 원고와 피고가, 그리고 그들에게는 각각 변호사가 따르는 법인데, 이건……여러 가지로 유리한 원고에게는 변호사까지 있어도, 피고는 달랑 혼자라 이거예요. 강제입원은 그렇다 치고, 3개월이 지나면 재판장은 원고의 이야기만 듣고 입원기간 연장을 선고하고……공정한 재판이 되려면 피고도 한자리에 참석을 시켜놓고, 그의 의견도 들어봐야 하는 게 아니냐 이거예요. 내 얘기가 틀렸어요, 선배님?"

"그건 그대의 말이 맞아!"

"그런데도 변호사는커녕 피고는 아예 참석을 시키지도 않은 채, 그의 말은 처음부터 무시한 채……이건 말도 안 된다고요!"

"그래서?"

"이건 집단 학대라고요. 나를 이곳에다가 감금한 보호자는 직접 가해자, 병원은 간접 가해자, 이건 남자들에 대한 지나친 역차별이라고요!"

"법이 그런 걸 어쩌겠어."

"그런 불공평한 법도 알고 보면 같은 편이라고요. 내가 이곳에서 나가는대로 법을 고치라고……"

"어떻게?"

"이 병원의 의사가 저쪽, 저쪽 병원의 의사를 이쪽으로 바꾸어 환자의 퇴원 심사를 객관적으로 공정하게 하도록요."

"그래? 그래 봤자……"

"어째서요?"

"서로 친한 병원끼리 짬자미를 해서 입맛대로 하면 어떻게 할 거야?"

"그게 또 그렇게 되나? …… 어쨌거나 내가 이곳에서 나가는대로 법을 모두모두 고치겠습니다!"

"그러자면 우선 이곳에서 나가야 하는데? 그들이 내보내 줘야 하는데?"

"제기랄! 그건 또 그렇게 되나?"

나는 그만 자전거에서 내려왔다. 그리고 그들을 뒤로한 채 문을 열고 복도로 나섰다.

방으로 돌아오자, 1번의 자리는 텅 비어 있었다. 방장의 말대로, 노인은 내일 올 모양이다. 나의 자리로 오자, 그때부터 나도 남들처럼 매트리스 위에다가 담요를 깔고 이불을 펼치며 잠을 잘 준비를 했다.

조금 뒤에, 취침시간이라면서 복도에 방송이 울려 퍼졌다. 방장이 가까운 문 근처로 가서 실내의 형광등을 끄고, 대신에 비상등을 켰다. 실내는 불그스름한 불빛으로 희미했다. 그런 속에서, 옆자리에 나란히 누워 있던 3번이 나에게 들으라는 듯이 작은 소리로 문득 중얼거린다.

"나는 곧 무전여행을 떠날 거라고."

"어디로요?"

"어디기는. 내 마음대로 이리저리 그저 떠나는 거지."

"이 겨울에, 잠은 어디서 자고요?"

"어디기는. 가다가 날이 저물면 아무 집이나 들어가 사랑방에서 하룻밤 자면 되지, 뭐."

"각박한 요즘 세상에서도, 그게 가능할까요?"

"글쎄."

"무전여행을 떠나시려면 우선 이곳에서 퇴원을 해야 그게 가능하고, 그때까지 아저씨는 건강하셔야 해요."

"……"

외박을 나갔던 1번은 다음날 오후에 병원의 우리들 방으로 돌아왔다. 노인은 집에서 들고 온 나름대로의 선물인 커피믹스 2개씩을 식구들의 사물함 위에 골고루 얹어놓고 돌아다녔다.

"댁에 가서서 즐겁게 보내셨습니까?"

내가 넌지시 말을 건네자,

"응."

노인이 고개를 끄덕거린다. 평소에 그는 자기가 꼭 필요한 말이 아니면, 벙어리처럼 누구와도 이야기를 하지 않고 지냈다. 그러나 오늘은 그가 기분이 좋아 보여서 나는 더 물어본다.

"맛있는 것도 많이 드셨고요?"

"쇠고깃국을 끓여주더군."

"따님이 뭐라고 하던가요?"

"그곳에 더 있지 말고, 퇴원해서 우리랑 함께 살자고 하더군."

"그래서요?"

"싫다고 했지."

"싫다니요? 왜 그러셨죠?"

"내가 가면, 딸이 불편하다고!"

그런 그는 깜빡 잊고 있었다는 듯이, 침구 더미 아래쪽에 감추어 두었던 담뱃갑을 꺼내 얼른 1개비를 꺼내더니 곧 복도로 나가버렸다. 보나마나 그는 지금 끽연실로 가고 있을 것이다.

"나, 전화카드 좀 쓸 수 없을까?"

문뜩 이쪽의 3번이 내게 중얼거렸다.

"그러세요."

내가 얼른 카드를 꺼내 건네자, 그것을 받아든 그는 부리나케 복도로 나가더니, 공중전화기가 있는 로비 쪽으로 사라졌다. 그는 또 누구에게 전화를 걸려고 간 것일까. 내가 1번과 나눈 대화를 가까이에서 들은 그는, 그곳 병원에서 그만 퇴원을 하여 우리랑 함께 살자는 딸을 가진 1번이 부러웠을 것이리라, 그러자 나도 어디로인가 또 전화를 해보고 싶은, 그래야 한다는 어떤 조급증이 마음속에서 일렁거리자, 그렇듯 내게 또 전화카드를……

얼마쯤 지나자 1번이 들어왔고, 조금 뒤에 3번도 그랬다. 그는 내게 카드를 돌려주며 이번에도 고맙다는 말을 잊지 않았다. 나는 갑자기 담배가 피우고 싶다! 방을 나서서 끽연실로 가기 위해 곧 간호사실 앞을 지나친다. 그리고 전에 내가 지냈던 그 방을 찾아가서 안을 기웃 들여다보았다. 하지만 영태 씨는 보이지 않았다. 어쩌면 끽연실에 갔을는지도 모른다.

내가 윗마을로 온 뒤로 영태 씨는 2, 3번 짐짓 나를 찾아주었고, 만나면 달리 갈 곳도 없자 이웃인 재활교실로 들어가 앉아서 잠깐씩 이야기를 나누다가 헤어지곤 했었다. 그래 봤자, 병원 이야기 같은

북소리 · 방울소리

일상적인 것이었지만, 그러나 만나면 그때마다 반가웠고, 헤어지면 왠지 섭섭했었다. 그리고 같은 울타리 안에서 이리저리 오가다가 만나면, 그때마다 서로 가볍게 웃으며 지나치곤 했었고……

내가 끽연실 안으로 들어서자, 예측대로 영태 씨는 그곳에 있었다. 그리고 우리 방의 방장도 담배를 피우고 있다가 내가 담뱃불을 붙이고 마침 자리가 비어 있는 그의 옆으로 다가서자,

"윤 아저씨가 갈수록 더해 가는군."

작은 소리로 내게 말했다.

"무슨 방법이 없을까요?"

"이곳의 간호사실에는 소화제나 설사병을 막는 지사제, 반창고 정도라고요. 누가 병이 생기면 원무과 직원이 그때마다 외부의 작은 개인병원으로 데리고 가곤 하는데, 윤 아저씨는 그럴 처지도 못 되고……일단 간호사실에다가 노인의 이명 증상이 날로 심해지는 것 같다고 말을 해놓긴 했는데, 무슨 약을 줄는지……"

담배를 다 피운 방장이 먼저 밖으로 나가버렸고, 조금 후에 내가 담배꽁초를 물통 속으로 던져 넣자, 그때까지 기다리고 있던 영태 씨가 앞장서서 끽연실을 나섰다. 그리고 조금 후에 비좁은 통로를 지나 로비로 나오자, 그는 그곳의 빈 의자 위에 앉으며 물어본다.

"그 방에 무슨 일이 있었던 모양이로구먼."

"옆자리의 윤 아저씨라는 노인이 어느 날부터 갑자기……"

나도 그의 옆에 자리하며 우리 방 3번에게 일어난 증상을 들려주었다. 그러자 영태 씨가

"그것 참!"

어이없는 표정을 지어보이며 말을 이었다.

"그 방의 1번과 3번은 나도 알고 있어요. 우리 병원에서 고참들에 속하는 사람들인데, 1번은 통 말이 없고……"

"어르신이라고 불리는 그 노인은 하루 종일 커피와 담배, 아니면 새우처럼 꼬부리고 잠을 자고, 그러면서도 물을 하루에 1.5리터 이상씩을 마시고……"

"술 생각이 나면, 대신에 물을 그렇게 마시는구먼."

"어쩌면 그럴는지도……"

"1번은 괴짜 영감, 3번은 헛소리 영감─그 틈에 우리 종훈 님이 끼어 있구먼. 핫핫하."

"그런 셈인가요?"

"아랫마을보다 윗마을은 훨씬 건강할 거라고 여겼는데, 알고 보니 그렇지도 않구먼."

그때, 화장실에 가는지 보호사가 영태 씨에게 꾸벅 고갯짓 인사를 하며 우리의 앞을 지나갔다. 그러자 영태 씨가 중얼거린다.

"이곳에서 저 '키다리 보호사'는 키도 크고, 특히 친절하고……"

"알고 보니, 그렇더군요."

나도 그를 알고 있다. 이 병원에 강제입원을 당하고 처음 맞은 면도 시간에, 세면장에서 주어진 짧은 시간 안에 면도를 끝내지 못하자 로비에서는 나의 이름을 방송으로 부르며 면도기를 빨리 반납하라고 독촉을 했고, 조금 후에는 누가 세면장까지 나를 찾아와서 옆에서 말없이 지켜보고 서있던 또 한 명의 보호사─뒤에, 알고 보니 환자들 사이에서 별명이 키다리 보호사로 불리는 바로 그였었다.

"재활교실은 아랫마을에서는 그래도 멀지만, 그곳 윗마을에서는 가깝고, 더구나 종훈 님의 방에서는 바로 이웃인데……어제 무슨 일이 없었소?"

"무슨 일이라니요?"

"점심시간이 끝나자, 방송으로 오늘은 재활교실에서 알코올에 관한 특강(특별강연)을 할 예정이니 한 분도 빠짐없이 꼭 참석하기 바란다, 이어 프로그램 담당인 여직원이 돌아다니면서 다시 알리고……"

"그래서요?"

"그러자 나는 문득 야릇한 생각이 떠오르더라고! 그 소리를 듣고 우리 종훈 님은 무슨 생각을 했을까 하는―."

"저도 들었기에 알고 있습니다."

"그래서?"

"그 여직원이 우리 방을 기웃 들여다보다가 '박종훈 님도 참석하셔요' 말하더군요. 그때, 나는 마침 매트리스 위에 누워 있었고, 그러자 순간적으로 몸이 아픈 시늉을 하며 옆으로 돌아 누워버렸습니다. 그러자 그녀는 다음 방으로 가버렸고……"

이어서 내가 물어봤다.

"그런 프로그램에는 꼭 참석을 해야 합니까?"

"그렇지는 않아요. 강의실은 재활교실과 이곳 로비의 탁자들인데, 병원의 환자들이 워낙 많다 보니 강제로 다 참석시킬 수는 없고, 원하는 지원자들만……"

"음주에 관한 교육은 어떤 내용입니까?"

"그때마다 다르긴 하겠지만, 대체로 비슷비슷하다고. 전에 나도 심심해서 한 번 가서 들은 적이 있는데……음주의 장점들 중에서, 기분이 좋아지며 자신감이 생긴다든가, 성적(性的)으로 왕성해져서

부부관계가 좋아진다든가, 돈이 떨어질 때까지 친구가 많아진다든
가⋯⋯그러나 장점들보다는 실수가 많아진다든가, 건강이 나빠진
다든가, 이런저런 단점들이 훨씬 더 많으니까 결론은 술을 끊으라
는 얘기더라고! 술을 끊으면 술값이 절약되어 돈을 모을 수가 있
고, 빚을 갚을 수가 있고, 성 기능이 훨씬 좋아진다는 등⋯⋯"

"그래서 술을 끊기로 하셨나요?"

"누군 마시고 싶어서 마셨나? 또 누가 술을 줘봐야 끊든가 말든
가 하지. 젠장!"

그가 말을 이었다.

"그런데 알아 둘 것은, 그 프로그램에 한 번 등록을 하면, 그 환
자가 출석을 했는지 안 했는지 그때마다 출석을 부른다고. 말하자
면 꼬박꼬박 개근을 하면 병원생활에 성실하게 적응을 잘한다는
뜻으로 우등상을 주겠다는 뜻인데, 그러면 오래된 환자에게는 특
별히 외박을 허용하기도 한다고. 그러니 종훈 님도 알아서 하라고.
핫하."

"학교에 다닐 때 상을 많이 받아서, 굳이 이런 곳까지 와서 상을
받고 싶지 않군요."

"그건 그렇고⋯⋯요즘에도 부인한테서 전화가 오나?"

"그쪽에서 오지도, 이쪽에서 하지도 않습니다."

"그것 참!"

조금 후에, 우리는 헤어졌다.

며칠 후—.

내가 소변을 보고 나서 윗마을 쪽으로 가고 있는데, 오늘은 또 무

슨 교육이 있는 모양인지 복도가 수런거렸다. 환자들이 한두 명씩
재활교실 쪽으로 가고 있었다. 얼핏 보자, 오며 가며 낯이 익은 장
애자들이 많다. 이만큼 오자, 우리 방의 7번인 뜸북새도 복도로 나
서더니 그리로 가고 있다. 아마 그들을 위한 교육시간인 듯싶다.

　내가 방으로 들어와서 얼마쯤 지나자, 갑자기 재활교실에서 요란
한 소리가 들려오기 시작했다. 방 방 찰그랑 찰그랑! 방 방 찰그랑
찰그랑……그건 타악기 소리였다. 북소리와 방울소리들이었다. 둥
근 테의 한쪽 면에 가죽을 대고, 둘레에 작은 방울을 단 탬버린 소
리였다. 손에 들고 가죽을 치며, 흔들어서 방울을 울리는 소리였
다. 그런데 한 사람이 그러는 것이 아니었다. 적어도 10여 명이 동
시에 북을 두드리며 방울을 울리며 장단을 맞추고 있었다. 말하자
면 그건 탬버린 합주였는데, 이윽고 그 탬버린 장단에 맞추어가며
그들의 합창이 시작되었다.

　뜸북 뜸북 뜸북새 논에서 울고
　뻐꾹 뻐꾹 뻐국새 숲에서 울 때
　우리 오빠 말 타고 서울 가시면
　비단 구두 사 가지고 오신 다더니……

　방 방 찰그랑 찰그랑! 방 방 찰그랑 찰그랑! / 방 방 찰그랑 찰그
랑! 방 방 찰그랑 찰그랑!

　기럭 기럭 기러기는 북에서 오고
　귀뚤 귀뚤 귀뚜라미 뜰에서 울 때

　　　　　　　　　　　　　　　　　　　　　태양의 저쪽

서울 가신 오빠는 소식도 없고
나뭇잎만 우수수 떨어집니다.

방 방 찰그랑 찰그랑! 방 방 찰그랑 찰그랑!……탬버린 장단에
맞추어가며 부르던 그 합창이 뚝 그치더니, 재활교실은 조용해졌
다. 태풍이 휩쓸고 지나간 교실처럼 고요했다. 그 노래는 우리 방
의 장애자인 뜸북새가 평소에 즐겨 부르는 노래였다. 그는 혼자서
는 노랫말을 다 외우지를 못하는지 앞의 1, 2구절만 흥얼흥얼 입
에 올리는, 어쩌면 그곳에 모인 환자들도 비슷한 지적장애자들일
는지 모른다. 그러나 저렇듯 함께 모여서 노래를 부르면 서로서로
덩달아서 그때마다 기억이 되살아나고 되살리며 끝까지……
　방의 매트리스 위에 누워서 그 탬버린 소리와 노래를 듣고 있던
나의 두 눈에는 눈물이 고여 있었다. 나도 모르는 사이에 고인 뜻
모를 눈물이었다. 물론 그 노래의 애잔한 곡조와 가사도 그랬지만,
지금은 갈 수 없는 먼 나라인 나의 어린 시절이, 그래도 지금보다
는 훨씬 즐거웠던 어린 시절이, 그리고 그 시절의 어깨동무였던 연
이가 동시에 문득 머릿속에 떠올랐기 때문이다.
　갑자기 방안이 답답하다. 복도로 나섰다. 마침 음악 교육이 끝났
는지, 그동안 오며가며 낯이 익은 장애자들이 교실을 나서서 흩어
지고, 프로그램 담당인 여직원은 커다란 비닐 가방을 들고 나오더
니 간호사실 쪽으로 가고 있었다. 그 가방 속에는 아까 그들이 두
드리고 흔들던 탬버린 악기들이 들어 있을 것이다.
　내가 재활교실 안을 기웃이 들여다보자, 환자들이 나가버린 실내
에는 아직도 2명이 남아 있었다. 한 명은 빈 탁구대 위에 두 팔꿈

치를 얹어 놓고는 두 손바닥으로 턱을 괴고 있었는데, 그는 우리 방의 뜸북새였다. 그리고 그 옆에 우두커니 서 있다가 내가 안으로 들어서자 얼른 고개를 굽벅 인사를 한 환자는 바로 아랫마을의 미스터 네!였다.

"시간이 끝났는데, 왜 그러고들 있지?"

내가 물어보자, 미스터 네!가 뜸북새를 손가락질하며 말한다.

"얘, 얘가 자꾸 슬프다고 해요!"

"뭐가 슬프지?"

"노래가요!"

"그건 누구에게나 슬픈 노래라서 그래."

"그리고, 자꾸 엄마가 보고 싶데요!"

"……"

미스터 네!가 멍한 표정으로 말없이 앉아 있는 뜸북새의 등을 토닥토닥 두드리자, 이윽고 그가 후닥닥 일어섰고, 곧 그들은 문 쪽으로 걸어갔다. 복도로 나서는 그들은 서로 손을 잡고 있었다. 어쩌면 그들은 이곳 병원에서 사귄 친구인 듯싶었다.

나는 넓은 유리창 앞으로 다가간다. 그리고 여느 때의 버릇처럼 팔짱을 끼고 서서 창밖의 먼 하늘을 바라다본다. 그래! 뜸북새─ 네가 지금 엄마가 보고 싶다면, 나도 오늘따라 문득 연이가 보고 싶구나. 30여 년이 지난 나의 초등학교 시절의 어깨동무였던 그 여자아이가……

유서연─그 애는 같은 마을에 살면서 같은 학교에 다니던, 나이가 나하고 같은 동갑내기 친구였었다. 키가 호리호리 컸다.

야트막한 산들이 병풍처럼 둘리어진, 중간에 삐죽하게 산자락이 내리어진 마을이었다. 그 산자락을 끼고 길게 흘러내리던 산골 물은 저 아래 작은 저수지로 들어갔는데, 그 개울을 중심으로 우리집이 있는 곳은 앞 동네, 작은 돌다리를 건너 연이네 집은 옆 동네로서 이쪽저쪽 50여 채의 집들이 듬성듬성 자리를 했고, 그 저수지를 바라보며 둔덕에는 드넓은 밭들이 펼쳐져 있었다.

연이네는 옆 동네에서 살림이 넉넉한 부잣집이었다. 그러나 동네에서는 흔히 '딸 부잣집'으로 통했다. 그럴 것이, 그 집에는 아들은 없고, 딸만 3명이었기 때문이다. 첫째 딸의 별명은 성격이 온순하다고 해서 '얌전이', 둘째 딸은 겉으로만 얌전한 체한다면서 '새침데기', 막내는 성격이 사내아이들처럼 덤벙거리고 활달해서 '덜렁이'였는데, 나의 친구 연이는 바로 그 집의 셋째 딸이었다. 물론 이것은 우리집의 이웃에 사는 '떠버리 여편네'를 통해서 들은 얘기였다.

그녀는 별명답게 앞 동네는 물론 옆 동네까지 이집 저집의 사정을 두루 꿰고 있었다. 성격이 꺽지고 집도 가난하자 이쪽은 물론 옆 동네까지 돌아다니며 이것저것 궂은일을 거들어 주고 그때마다 수고비로 약간의 돈 아니면 먹을거리를 받아왔기 때문에, 온 마을의 사정을 손바닥을 들여다보듯이 두루 알고 있었다. 그리고 이웃인 우리집을 심심찮게 찾아와서는 "형님! 글쎄 옆 동네의 누구네 집은……" 하면서 우리 엄마에게 이런저런 동네 얘기를 수다스럽게 들려주곤 했는데, 그러면 그때마다 엄마는 그저 웃으면서 들어주기만 했고, 나는 어쩌다가 들은 그때그때의 그 아줌마의 얘기를 통해서 마을의 사정을 어느 정도는 알게 되었다.

분지처럼 아늑한 마을의 입구는 야트막한 '장승 고개'였다. 수레나 택시가 서로 몸을 비비며 오가는 그 고갯길을 넘으면 저쪽보다

사뭇 경사가 진 내리막길이었는데, 그 끝은 자동차들과 버스가 지나다니는 큰 도로와 만났다. 그리고 오른쪽으로 도로를 따라 10분쯤 걸어가면 인근의 여러 마을에서 모여든 아이들이 다니는 초등학교 건물이 자리를 했는데, 그 학교에 다니는 우리 마을의 아이들은 학교까지 40여 분 정도가 걸리는 먼 거리를 날마다 걸어서 다녔다.

우리 마을의 입구인 그 고갯마루 바로 옆에는 장승 2개가 나란히 세워져 있었다. 키가 크고 무섭게 생긴 남자 장승은 '천하대장군'이고, 조금 작은 여자 장승은 '지하여장군'이라고 했다. 그들은 커다란 두 눈을 부릅뜨고 이빨들을 활짝 드러내며 밤낮으로 그렇게 버티고 서서 우리 마을을 지켜주는 수호신들이라고 어른들은 말했고, 그래서 고개 이름도 장승 고개—였다.

장승들이 버티고 서 있는 그 고갯마루는 낮에도 호젓했다. 평소에 그 고갯길을 지나다니는 사람들도 별로 없어서, 비가 내리거나 우중충하게 흐린 날이면 더욱 그랬다. 당장이라도 그 무섭게 생긴 장승들이 다가와서 시비를 걸 것만 같았다. 그러자 마을의 아이들은 모쪼록 혼자서는 그 고갯길을 넘지를 않고, 되도록 2, 3명이 모여서 넘어 다니곤 했다. 그뿐만이 아니었다. 고갯마루 한쪽에는 커다란 바위가 박혀 있었기 때문에, 아이들은 이름만 들어도 기분 나쁜 '장승 고개' 대신에 바위 고개—짐짓 그렇게 불렀다. 그리고 어디서 배웠는지 가곡 '바위 고개'를 소리 높여 부르기도 했다. 어쩌면 그것은 이 고개는 이름도 무서운 장승 고개가 아니라 바위 고개라는 것을 강조하기 위해서였는지도 모른다.

연이와 나는 1, 2학년 때는 같은 반이었다. 그러자 학교에서 집으로 돌아올 때는 늘 같이 다녔다. 연이는 반에서 공부는 잘못했지만, 그 대신에 노래를 잘 불렀다. 음성이 고왔다. 뿐만 아니라 성격도 활달해서 남자아이들과도 잘 어울렸고, 어쩌다가 사내 녀석과 다툼이 벌어져도 결코 지려고 들지 않았다.

2학년 때이다.

그 고갯길을 넘어오다가 오늘따라 문뜩 연이가 나를 다르게 불렀다.

"야, 바보야!"

"뭐? 내가 바보라고?"

나는 어처구니가 없었다.

"내가 왜 바보냐?"

"그건 말야, 넌 오늘도 선생님한테서 공부 잘했다고 되게 칭찬을 받았거든. 그런데 난 그렇지가 못하거든. 너랑 나랑 친구가 되려면 네가 바보가 돼야 해. 그래야 서로 비슷해지거든. 어쩔래?"

"뭐라고?"

그 말을 듣고 처음에는 놀랐지만, 나는 차츰 연이의 그 말이 옳다고 여겼다. 그런 솔직한 연이가 싫기는커녕 정말 좋은 친구라는 생각이 들었다. 이후로 연이는 자주 그런 건 아니었지만, 어느 때는 나를 그렇게도 불렀고, 그러면 나는 오히려 그 말에 기분이 좋아지며 더욱 친근감을 느끼곤 했었다.

연이는 또 이런 일도 있었다.

학년이 같은 대길이는 우리 앞 동네에 살았다. 특히 싸움을 잘했다. 그래서 동네에서는 물론 학교에서도 소문난 아이였는데, 그 녀석이 하루는 학교 공부가 끝나자 어쩌다가 우리랑 함께 바위 고개를 넘어오다가 내가 보는 앞에서 연이를 놀려댔다.

"너, 종훈이랑 연애하지?"

"뭐?"

"연애도 모르냐? 너하고 종훈이랑 둘이서 좋아하는 것이 연애라고."

"무슨 증거로 그런 말을 하냐?"

"늘 이렇게 같이 다니니까 그렇다. 아니냐?"

"너, 말 다했냐?"

"다했다. 어쩔래?"

"이 싸움꾼!"

"말괄량이!"

"뭐라고? 내가 말괄량이라고?"

연이가 성을 내며 당장이라고 녀석에게 달려들 듯 그쪽으로 돌아섰지만 대길이는 이미 저만큼 달아나 있었고, 그러다가 돌아서서

"말괄량이 계집애가 연애한대요. 알라 꼴라리! 알라리 꼴라리!"

놀려대며 휭 고개 너머로 사라졌다.

그날 저녁이다. 연이가 옆 동네에서 우리 동네를 찾아왔고, 대길이네 대문 앞에서 문을 발길로 걷어차며 대길이더러 나오라고 소리쳤다. 그러나 안에서는 웬일인지 아무런 대꾸가 없었다. 집으로 돌아간 연이는 다음날에는 밤에 찾아와서 어제처럼 또 그랬다. 그러자 대길이 엄마가 나와서 왜 그러느냐고 나무라자, 저 애가 나더러 말괄량이라고 놀려서 화가 나서 그런다고, 나와서 사과를 하라고, 그렇지 않으면 내일 밤에도 또 찾아오겠다고……결국 대길이 엄마는 내가 대길이를 야단치겠다고 다짐을 했고, 어쩌다가 그 말

이 대길이 아빠의 귀에도 들어가자, 사내자식이 못나게 여자아이와 싸운다면서 되게 혼을 냈고, 그러자 다음날 학교에 온 대길이는 아이들에게 행여 연이를 건드리지 말라고 '주의 경보'를 내렸을 정도였다.

3학년 때는 반이 갈리었다. 그러자 집으로 올 때는 혼자서 바위 고개를 넘어오곤 했다. 그러던 어느 날, 학교에서 기분이 몹시 좋지 않았던 날이었다. 더구나 당장이라고 비가 쏟아질 것처럼 하늘은 잔뜩 흐려 있었고, 이따금 번개도 번쩍거렸다. 그럴 때마다 머리 끝이 쭈뼛거리며 기분이 으스스 몸이 오싹했다. 고갯마루에 이르자 갑자기 가냘픈 여자의 음성이 들려왔다.

"나는 지하여장군이다아!—박종훈, 너를 잡으러 왔다아!—그러니 나하고 지옥으로 가자아!—."

순간 나는 몸이 그 자리에 얼붙었다. 어쩌다가 지나다니던 행인도 그날따라 없었고, 그러잖아도 날씨마저 어둠침침해서 무서운데 갑자기 가냘프면서도 떨리는 여자의 음성이 들려오고, 더구나 지하여장군이라면서, 내 이름을 부르면서 나를 지옥으로 데리고 가겠다니……

내가 이러지도 저러지도 못하고 엉거주춤 서 있자, 그쪽에서 이번에는 고운 여자의 노래가 들려오기 시작했다. 그건 많이 들었던 목소리였다. 독특한 고운 목소리였다. 연이의 목소리였다.

아니나 다를까, 장승들 뒤쪽에는 그들이 하루 종일 서 있느라고 다리가 아프면 남몰래 잠깐씩 앉아서 쉬라고, 처음부터 누가 가져다가 놓았다는 두 개의 판판한 돌이 땅 위에 작은 의자처럼 나란히 놓여 있었는데, 그곳에서 몸을 일으킨 여자아이가 이쪽으로 깔깔

북소리 · 방울소리

웃으면서 다가왔다. 바로, 연이였다.

"깜짝 놀랐잖아!"

내가 대뜸 화를 내자, 연이가 시침을 떼고 말했다.

"사내가 그까짓 것 가지고 뭘 놀라냐?"

"날씨도 이렇고, 더구나 장승 고개에서, 그럼 안 놀라게 됐냐?"

"너를 놀라게 해주려고 내가 일부러 그런 거다. 그런데 너무 놀랐다니, 미안해!"

연이가 깔깔 웃자, 그만 나도 웃어버렸다. 연이는 그런 짓궂은 아이이기도 했다.

4학년 때도, 서로가 다른 반이었다.

반이 틀리자, 올해에도 혼자 바위 고개를 넘어올 때가 많았다. 은근히 연이가 보고 싶을 때도 있었다. 물론 학교에서는 볼 때도 있었지만, 그때와는 또 달랐다. 고갯마루에 이르자, 누가 주춤 서 있었다. 얼핏 보자, 연이였다. 반가워서 그리로 다가가자, 힐끔 뒤돌아 본 연이가 한쪽 손가락으로 입술을 가리며 조용히 하라고 나에게 주의를 주었다. 발걸음을 조심해 가며 그 옆으로 바투 다가서자, 이번에 연이가 손가락으로 가리킨 것은 고갯길의 흙길 위에 앉아 있는 한 마리의 새였다. 산비둘기였고, 얼핏 보아도 몸이 작은 아직 어린 새였다.

멧비둘기라고도 불리는 그 새는 '구구 구구 구구우—.' 그렇게 운다고 해서 아이들은 그 새를 달리 '구구새'라고도 불렀는데, 지금 연이와 한 발자국쯤 앞에 꼼짝 않고 앉아 있는 새는 그런 산비둘기의 어린 새끼였다.

나는 나도 모르게 그 새에게 다가가려고 했다. 그러자 연이가 손바닥으로 나를 막더니 그 새를 피해서 길 저쪽 편으로 조심조심 건너갔다. 얼떨결에 나도 그랬고, 이만큼 걸어오다가 내가 문득 뒤돌아보자, 어린 새는 아직도 그곳에 고대로 앉아 있었다.

"훈아!"

연이가 내 이름의 끝의 글자를 불렀다. 우리는 서로 늘 그랬었다.

"왜?"

"넌 조금 전에 왜 그 새끼 새에게 다가가려고 했니?"

"그저……"

"못된 녀석들 같았으면 잡아다가 구워 먹으려고, 하지만 넌 집으로 데리고 가서 기르려고 그랬을 거다."

"그랬을지도……"

그러면서 내가 얼른 부른다.

"연이야!"

"왜 그러니?"

"그런데, 그 산비둘기 새끼는 왜 땅 바닥에 그렇게 앉아 있지?"

"그건 말야, 날개에 힘이 없어서 그랬던 거야. 하늘로 날아다니는 연습을 하던 중이었거든. 어미를 따라서 길 이쪽 나뭇가지에서 길 저쪽 나뭇가지로 날아가다가 그만 날개의 힘이 없자 그렇게 땅 위에 내려앉았고, 그러자 이쪽 나뭇가지 위에서 어미 새는 어서 날아올라 내 곁으로 오라고 자꾸 부르고 있었다고!"

"차라리 어린 새끼를 데리고 가서, 그 나뭇가지 위에 올려주면 어땠을까?"

"그것보다는 자기의 힘으로 하는 것이 더 좋아. 새끼들은 그래야 오래 살아!"

"……"

조금 후에, 내가 물어본다.

"지금쯤 그 어린 새는 무슨 생각을 하고 있을까?"

"자기를 보호해준 우리를, 특히 자기를 잡아 가지 않은 훈이, 너에게 고마워하고 있을 거다."

어느 사이에, 앞 동네로 들어가는 갈림길이었다.

"잘 가!"

"너도 잘 가!"

우리는 그곳에서 헤어졌다. 나하고 헤어진 연이는 옆 동네 쪽으로 걸어가고 있었다.

나의 친구, 연이는 그런 아이였다. 평소에는 덜렁거리며 때로는 짓궂기도 했지만, 그렇듯 어린 새를 가엽게 여기며 보호할 줄도 아는 마음이 따뜻한 아이였다. 나이가 같은 동갑내기였지만, 나보다는 어딘가 어른스러운 데가 있는 아이였다. 나는 그 자리에 서서, 연이가 돌다리를 지나 옆 동네로, 그 뒷모습이 보이지 않을 때까지 오늘따라 우두커니 지켜보며 서 있었다.

그 다음 해—그러니까 내가 5학년이 되었을 때, 연이의 모습은 마을에서는 물론 학교에서도 보이지를 않았다. 볼 수가 없었다. 서울—오늘날은 우리 마을도 진작 서울의 변두리 구(區)로 편입이 되었다—에 사는 고모네 집으로 갔고, 그곳에서 학교에 다닌다고 했다. 혼자 사는 큰고모는 집이 쓸쓸하다면서 둘째 조카인 새침데기를 데려가면 어떻겠느냐고 말하자, 연이 아버지는 '망아지를 낳으면 제주도로 보내고, 자식을 낳으면 서울로 보내라'고 했다면서 학비와 생활비는 이쪽에서 보내주기로 했는데, 이번에는 막내인 연이도 그랬다는 것이다.

　물론 이런 말도, 얼마쯤 후에 우리집의 이웃에 사는 그 '수다쟁이 아줌마'를 통해서 들은 말이었다. 나는 그 후로 연이를 한 번도 만난 적이 없었고, 소식조차 모른다. 하기에 어디에서, 어떻게 사는지는 더구나 알지 못했다. 어쨌거나 나하고 나이가 같은 연이도 이미 자기처럼 착한 남자를 만나 결혼을 했을 것이고, 그런 나의 어린 시절의 어깨동무였던 연이가 잘 살기를 바랄 뿐이다. 연이야, 행복해야 해! 알았지?⋯⋯

　그만 뒤돌아서서 재활교실을 나섰다.

　우리의 방 앞으로 몇 걸음 다가가자, 누가 방으로 들어간다. 얼핏 우리 방의 식구가 아니었다. 그가 누구인지 문 앞으로 다가가 안을 기웃 들여다보자, 뒷모습만 보아도 그는 아는 사람이다. 아랫마을에서 바로 내 옆자리였던 뚱뚱이 김씨—였다.

　나는 그가 어쩌나 보려고 그냥 지켜보며 서 있었다. 그는 살금살금 1번의 자리로 기어가더니, 처음에는 그때도 매트리스 위에서 새우잠을 자고 있는 그의 발을 슬쩍 건드렸다. 그래도 노인이 아무런 반응이 없자, 이번에는 두 무릎을 꿇은 채 살금살금 그의 머리맡으로 다가갔고, 손을 뻗어 침구 더미 밑으로 손을 넣으려고 했다. 담배를 훔치려고 하고 있었다.

　"방장!"

　내가 큰 소리로 중얼거리자, 그는 흠칫하며 하던 짓을 멈추었다. 그리고 힐끔 나를 뒤돌아보았다. 그러더니 끝내는 일어섰고, 그리고 밖의 복도로 나가버렸다. 언젠가 우리 방의 방장은 내게 말했다. 누가 담배 도둑질을 하려고 우리 방에 들어오면, 특히 1번 노인을 노리고 들어오면 그렇게 말하라고. 그러면 그는 도망을 칠 것이라고. 그의 말은 맞았고, 도망을 친 그 뚱뚱이 김씨는 지금쯤 나를 원망하고 있을지도 모른다. 그래도 나름대로 아는 사이인데, 어쩌면 그럴 수가 있느냐고, 이 방의 방장이 없는데도 거짓으로 놀라게 만들 수가 있느냐면서 말이다.

그가 사라졌는데도, 조금 전에 누가 1번의 담배를 훔치려고 방으로 들어왔거나 말거나, 3번은 자기 자리에 앉아서 건빵을 입에 넣고 우물거리고 있었다. 평소에는 단팥빵을 좋아하던 그였지만, 그것이 간식 신청에서 거절을 당하자 어쩔 수 없이 지금은 건빵을 씹고 있는 것이다. 내가 옆의 매트리스 위에 자리를 하자, 그가 중얼거렸다.

"건빵 드릴까?"

"아뇨."

"왜? 심심할 땐 이게 최고인데."

"많이 드세요."

"그렇지 않아도 얘기를 하려고 했는데, 마침 잘 왔다고."

"무슨 얘기를……?"

"나는 내일 아침에 떠나요."

"네?……어디로요?"

"삼척에서 강릉을 지나 속초까지 해안을 따라서 여행을 하려고 해요."

"갑자기……무슨 말씀이죠?"

"그리고 돌아와서, 퇴원을 하려고—."

"병원에서 그래도 좋다고 하던가요?"

"내가 나가고 싶으면 나가는 거지, 뭐."

"……"

그러다가 깜빡 잊고 있었다는 듯, 언제 준비를 해두었는지 사물함 옆에 놓인 뻣뻣하고 손잡이 끈이 달린 직사각형의 큰 비닐가방을 집어 들고 문 옆으로 다가갔다. 그리고 그곳에 세워져 있는 비품용 칸막이 나무 궤짝 속에서 자기의 세숫비누며 빨랫비누, 치약이며 칫솔을 꺼내 그 비닐가방 속에 넣은 다음에 자기의 자리로 돌아왔다.

그의 말과 행동이 너무나 자연스러웠기 때문에, 나는 그럴는지도 모른다는 생각이 들었다. 그의 집으로부터 뜻밖에 기쁜 소식이 왔을지도……그렇다면, 그런 그는 얼마나 다행인가!

그러나 그 다음날 아침에, 그는 떠나지 않았다. 이따가 떠나려나 보다 생각했는데, 오후에 밖으로 나갔다가 방으로 돌아온 그는, 그 커다란 비닐가방을 들고 나무 궤짝 앞으로 다가가더니, 어제 저녁 때와는 거꾸로 그 내용물들을 자기의 칸막이 속에다가 하나씩 꺼내 넣기 시작했다.

그 다음날, 그는 아침부터 바빴다. 이번에는 사물함의 뚜껑을 열고 그 안에 들어 있던 내의며 러닝셔츠와 팬티 같은 것들을 꺼내 먼저 비닐가방 속에 담은 다음에, 나무 궤짝으로 가서 자기의 것들을 꺼내 그 가방 속에 얹어 넣기 시작했다. 그래야 순서였다. 이번에는 곧 그가 떠나려나 싶었다. 그러나 그 가방을 나의 사물함과 이웃한 자기의 침구 더미 바로 옆의 그 비좁은 공간에다가 가져다 놓은 그는 조바심치며 자주 밖으로 들락날락, 그러나 오늘도 역시……

나를 복도로 불러낸 방장이 말했다.

"지켜보자니까, 윤 아저씨가 이젠 거의 돌아버린 것 같구먼!"

"어떤 때는 정신이 멀쩡한 것 같다가도, 어떤 때는 전혀 엉뚱한 행동을 하는 것으로 봐서, 아무래도 정신이 들락날락……"

"그러잖아도 우리도 마음이 어수선한 판에, 같은 방에서 저 아저씨가 자꾸 저러니……"

"나는 바로 그 옆자리입니다!"

"박형도 덩달아서 돌아버리면 안 돼요. 어쨌든 좀 더 지켜볼 수밖에―."

그런 다음날 새벽이다.

잠결에 언뜻 방안이 수런거렸다. 눈을 뜨자, 바로 옆에서 두 사내가 선 채로 부스럭거렸다. 불그스름 비상등 조명 아래에서 그랬다. 차츰 야릇한 냄새가 풍겼다. 그건 아무래도 똥 냄새였다.

내가 몸을 일으키자, 방장은 1번 어르신을 일으키더니 데리고 복도로 나갔고, 4번 자리의 정씨가 빨랫비누를 챙겨 들고 뒤따라 나가다가 뒤를 돌아보며 내게 말했다.

"어르신의 사물함에서 여벌로 준 환자복을 꺼내 가지고 세면장으로 와요!"

"알았습니다!"

나는 그가 지시하는 대로 그렇게 했다. 내가 세면장으로 들어가자, 이미 방장은 노인의 몸을 발가벗겨 놓고, 샤워기로 그의 아랫도리를 씻기고 있었다. 옆에서는 4번이 벗겨진 1번의 옷들을 빨랫비누로 대충대충 쓱쓱 문지르며 빨고 있었다. 그리고 그것들을 가까이에 있는 세탁기 속에 집어넣고 작동 스위치를 눌렀다. 세탁기가 돌아가는 소리가 텅 빈 세면장에 가득히 울려 퍼졌다.

조금 후에, 노인의 아랫도리를 씻긴 방장이 몸을 일으켰다. 노인은 이렇듯 늦은 시각이면 식어버리는 수돗물에 몸을 씻기고서도 미안감에 아무 소리도 못한 채 수건으로 몸을 이리저리 닦고 있었다. 내가 챙겨서 들고 간 여벌의 그 환자복으로 노인이 옷을 입은 다음에, 우리는 세면장을 함께 떠났다. 방으로 돌아오자, 실내의 공기가 썰렁했다. 진작 깨어난 8번의 함씨가 바로 발치에 있는 환기를 위한 작은 창문을 열어놓았기 때문이다.

이미 5번도 잠에서 깨어 있었고, 3번과 7번은 아직도 자고 있었다. 자기 자리로 돌아가서 자리에 누운 1번에게 방장이 말했다.

"어르신, 들으세요! 오늘따라 물을 너무 마시더니 설사를 한 겁니다! 앞으로는 적당히 마시세요! 그렇지 않으면, 그 물병을 내가 빼앗을 겁니다! 그러니 알아서 하세요!"

그는 더는 말하지 않았다. 그리고 바로 건넌편의 자기 자리로 갔다. 그가 말한 '오늘따라……'는 시간으로 보면 이미 어제였다. 그가 자리에 눕고 얼마쯤 지나자, 밖의 복도가 수런거렸다. 지난밤부터의 취침시간이 다 지나가고, 모두가 일어나야 하는 새벽 시각이었다. 조금 후에 4번의 정씨가 방에서 나가더니, 얼마쯤 뒤에 옷들을 들고 방으로 돌아왔다. 그건 아까 그가 세탁기 속에 집어넣은 노인의 옷들이었고, 세탁이 끝난 그 옷들을 꺼내어 가지고 온 그는 저쪽의 빨래건조기로 다가가더니 그것들을 널기 시작했다.

며칠이 지나자, 밖으로 나갔다가 한참 뒤에 방으로 돌아온 5번의 이씨는 옷이 바뀌어 있었다. 환자복 대신에, 개인이 입는 보통의 사복 차림이었다. 그가 지금 입고 있는 옷은 입원을 할 때 입고 있었던, 그리고 그동안 병원에다가 맡겨놓았었던 그의 옷이었다. 그

북소리·방울소리

는 그런 일반인의 옷을 입고 방을 들락거렸다. 그는 우리들과는 달리 일반 환자였고, 그러자 자기의 입원과 퇴원이 자유로웠고, 그러다가 이제 그만 퇴원을 결정한 모양이었다.

그런 5번인 이씨를 3번은 어느 때는 물끄러미 지켜보다가, 어쩌다가 그와 눈이 마주치면 슬쩍 고개를 돌리며 딴청을 부렸다. 그리고 그럴 때마다 나하고 그쪽 자리 사이의 그 비좁은 공간에 놓인 커다란 비닐가방을 들어다가 내용물들을 나름대로 다시 점검을 하곤 했다.

다음날, 5번은 그동안에 머물렀던 우리의 방을 나서면서 남은 사람들에게 건강하시라는 말을 남기며 가버렸다. 퇴원을 한 것이다. 그의 빈 자리에는 그 다음날로 7번 뜸북새 또래의 장애자가 대신 들어왔다.

며칠 후, 4번의 정씨가 새벽 기상 시각에 자리에서 일어나지를 않았다. 덮고 자던 이불을 머리끝까지 뒤집어쓰고 그렇게 꼼짝도 하지 않고 누워 있었다. 그가 몸이 아픈가보다 싶었다. 그러나 그는 아침은 물론 점심식사도 굶은 채 고대로 자리에 누워 있었다. 변화가 있다면, 지금은 이불을 목까지 내려 얼굴은 보이고 있다는 것뿐이다.

방장이 또 그런 그의 자리로 다가간다. 이번에는 그의 손에 컵라면이 들리어 있다.

"형님, 그만 일어나세요! 이런다고 무엇이 해결됩니까?"

"……"

"굶는다고 해결될 문제라면 나도 당장 그러겠습니다. 내가 컵라면에 더운물을 부어왔으니까, 우선 이거라도 먼저……그만 일어나요, 어서요!"

그의 말에, 4번은 몸을 일으켜 앉았다. 그리고 방장이 가져온 그 컵라면을 건네받더니, 함께 가져온 나무젓가락으로 휘휘 저으며 라면을 먹기 시작했다. 이곳에서는 나무젓가락도 보호사의 허락—그것도 뾰족하게 끝을 만들면 자칫 흉기로 사용될 수 있기 때문일 것이다—이 있어야 한다. 환자들이 라면을 가지고 그 반달 구멍으로 가서 보이면 그때마다 나무젓가락을 안에서 내어주곤 했고, 방장은 이미 그렇게 했기 때문이었다.

그때, 복도에서 누가 우리의 방을 들여다보며 큰 소리로 중얼거렸다.

"정 박사, 그만 나오라고! 가서 한 판 치자고! 그러면서 사는 거지, 뭐! 얼른 나오라고!"

어쩌면 '정 박사'는 고스톱 판에서 정씨의 애칭인 듯싶었고, 울화통이 터지는 일이 있더라도 화투를 한 판 벌이다가 보면 차츰 풀린다는, 그렇듯 풀자는 뜻인 듯싶었다. 이미 라면의 국물까지 다 들이마신 정씨는 벌떡 일어나서 이부자리를 개켜 머리맡에 퍽퍽 포개어 놓고, 사물함 속에서 커피믹스 한 움큼을 꺼내들고는 자리를 떴다. 그리고 복도로 나가서 어디로인가 사라졌다. 보나마나 그는 지금 고스톱 판으로 간 것이다.

"어찌 된 거죠?"

내가 물어보자, 복도로 또 나를 슬며시 불러낸 방장이 말했다.

"저 형님(4번의 정씨)은 그저께가 나가는 날짜예요! 그런데 막상 퇴원을 못했고, 그러자 속에 불이 나서 저렇게……"

"왜 퇴원을 시키지 않았죠?"

"어제, 저 형님과 따로 만났어요. 그랬더니, 그가 말하더군. 병원에서는 보나마나 이번에도 보호자인 자기의 노모를 설득했을 게 틀림없다는 거였지. 노동판에서 오랜 세월 술을 마신 아드님이 술에서 벗어나려면 한두 달 가지고는 안 된다고. 그러니 조금 더 이곳에서 치료(금주)를 하면 나을 거라고. 그런 식으로 3개월, 6개월……이번에도 보나마나 틀림없이, 그동안 아드님이 아주 좋아졌으니까, 한 기간만 더 치료하면 술에서 벗어날 것이라며 그런 식으로 또 은근히 설득을, 그러자 자식이 술에서 완전히 벗어나 건강해질 것이라는 그 말에, 나이 80세가 훌쩍 넘은 늙은 어머니는 오히려 감사해하며……"

"이제 어쩌죠?"

"또 3개월을 이곳에서 썩는 수밖에!"

"그렇다면 9개월째로……"

"저 형님은 그래요!"

그런 방장은 저쪽으로 가버렸고, 나는 방으로 들어왔다.

그때도 3번은 그 비닐가방을 가져다가 매트리스 위에 올려놓고 내용물들을 꺼냈다가 다시 나름대로 차곡차곡 담고 이었다. 오늘도 그의 일상은 그러했고, 그것이 나름대로의 유일한 즐거움이 된 듯싶다. 그는 또 그 비닐가방을 들어다가 나의 한쪽 팔을 뻗으면 닿을 듯한 그 자리로 가져다가 놓았다.

나는 오늘따라 배가 불룩한 그 비닐가방이 싫다! 왠지 그것을 보면 마음이 어수선하게 흔들린다. 야릇한 불안감이 마음속에서 일렁거린다. 이제라도 당장 길을 떠나려는 피란민 혹은 나그네의 짐보따리를 보는 것 같다.

"혹시 커피 한 잔 마실 수 없을까?"

옆에서 3번이 내게 은근히 물어봤다. 자주 그런 건 아니었지만, 간식 신청에서 커피도 거절을 당하자, 그 맛이 생각날 때면 바로 옆자리인 내게 그는 그런 식으로 은근히 요구를 하곤 했다. 그러면 나는, 얼마나 커피가 마시고 싶으면 저럴까 싶어, 그때마다 말없이 나의 사물함 속에서 커피믹스 1개를 꺼내 그에게 건네주곤 했었다.

그는 컵을 들고 복도에 있는 정수기로 갔고, 그곳에서 더운물을 받아 아예 그 커피를 타서 들고 방으로 돌아왔다. 그리고 그것을 홀짝홀짝 마시고 있는 그에게 내가 넌지시 말했다.

"아저씨!"

"왜 그러우?"

"저 비닐가방을 꼭 저기에다가 놓아야 됩니까?"

"왜, 거기에다가 놓으면 어때서?"

"다른 데다가 놓으면 안 될까 싶어서요."

그러자 그는 그 이유를 물어보지도 않고, 선선히

"그러지 뭐."

그것을 앉은 채로 이쪽에서 들어 올리더니 저쪽 옆으로 옮겨놓았다. 그곳은 거꾸로 4번의 자리와 보다 가까웠다.

그런데 그것이 문제가 되었다.

마침 방으로 들어온 4번의 정씨가 자기의 사물함 속에서 믹스커피 한 움큼을 꺼내 들고 다시 방에서 나가려다가 말고 주춤 매트리스 위에 멈추어 섰고, 조금 전에 3번이 옮겨놓은 바로 눈앞의 그 비닐가방을 성난 시선으로 잔뜩 지켜보고 있었다. 그러던 그는 조금 후에 그 비닐가방을 한쪽 손으로 번쩍 들어 올렸고, 그것을 가지고 몇 걸음 걸어가서 비품용 나무 궤짝 앞에다가 던지듯 내려놓고는 휑 복도로 나가버렸다.

그러자 3번은 정씨가 옮겨다가 궤짝 앞에 던져놓은 자기의 그 비닐가방을 얼른 들어다가 다시 제자리에 놓은 다음에 혼잣말처럼 중얼거렸다.

"괜히 나한테 불평을 하는구먼."

"공연히 나 때문에 이렇게 됐군요."

내가 나름대로 멋쩍어 하자, 그는 엉뚱한 말을 한다.

"정씨, 저 사람—화투판에서 오늘은 보나마나 많이 잃었다고. 그러자 화가 나서, 밑천인 커피를 또 가져가려고 들어왔다가 저 비닐가방이 눈에 띄자, 그것에다가 화풀이를 한 거라고. 저것이 무슨 죄가 있담!"

"……"

그러나 내 생각으로는 그렇지가 않다. 나름대로의 퇴원 날짜에 이번에도 그것이 좌절되어 가뜩이나 신경이 날카로운 그의 앞에 그놈의 '퇴원의 상징'인 그런 보따리가 눈에 들어오자 순간적으로 눈에서, 마음속으로부터 또 불이 일어나고, 그러자……

"그 보따리, 도로 이쪽으로 가져다가 놓으세요."

"내버려 둬."

"그랬다가 또 가져다가 던져버리면 어쩌시려고요?"

"아냐. 정씨는 평소에 그런 사람이 아니었는데. 착하고……"

그때, 누가 복도에서 우리의 방을 기웃 들여다보았다. 얼핏 보자, 아랫마을의 영태 씨였다. 내가 나가자, 그가 말했다.

"담배 한 대 얻으러 왔다고. 핫핫하."

"조금 기다리세요!"

나는 나의 사물함의 뚜껑을 열었다. 이어 그 안에서 담배 1갑을 꺼냈다. 그리고 복도로 나가자, 그는 저만큼 걸어가서 기다리며 서 있었다. 나는 그리로 다가갔다. 함께 간호사실 앞을 지나서 로비, 비좁은 통로를 지나고 세면장을 지나 끽연실 앞이었다.

나는 꺼내온 담뱃갑의 한쪽을 찢고 두 개비를 꺼내어 하나는 그에게로, 또 하나는 내가 입어 물었다. 그리고 안으로 들어가기 전에, 그 두 개비를 뽑아낸 담뱃갑을 그의 주머니 속에 넣어주며 안으로 들어갔다. 둘이는 오늘따라 아무 말이 없었다. 담배를 다 피우고 나서 로비까지 나오자, 그가 넌지시 물어본다.

"오늘, 그 방이 몹시 저기압이었던 모양이로구먼!"

"분위기가 이건 초상집입니다."

"……"

"나는 지옥이라는 그곳이 차라리 여기보다는 훨씬……"

"그나저나 담배를 한 개비도 아니고 한 갑씩이나 주다니……"

"어느 때부터인가 이래서는 안 되겠다싶어 나름대로 자제를, 그러자 1주일에 담배 2갑, 커피 1상자면 되었고, 월요일이나 목요일—어느 한 날만 간식 신청을 합니다. 그러나 처음에는 멋모르고 간식 신청을 할 때, 그때마다 담배와 커피를 주문했었고, 그러다가 보니까 내 사물함 속에는 그때에 남은 것들인 담배 2갑과 커피 1상자가 여유로 남아 있습니다. 지금 그 담배는 그 2갑 중에서 1갑입니다."

"그렇다면 안심하고 피워도 되겠구먼. 핫핫하."

"그런데……그 미스터 다혈질이 요즘에는 안 보이더군요."

"이곳에서는 보이던 사람이 한동안 안 보이면 퇴원을 한 거라고
봐야……"

"그가 그랬으면 좋겠습니다!"

그런 다음날 저녁나절이다.

복도에서 누가 우리의 방을 기웃 들여다본다. 그는 환자복 대신
에 사복을 입고 있었고, 한쪽 손에는 배가 불룩한 비닐가방이 들리
어 있다. 얼핏 퇴원을 하는 환자였다. 마침 문가의 자리에 앉아 있
던 방장이 얼른 일어나 그리로 다가가서 그와 악수를 나누었다. 그
들은 평소에 친했던 모양이었고, 그러자 퇴원 인사를 하러 온 듯싶
었다.

방장이 퇴원 환자를 저만큼 따라가며 배웅을 하고 다시 방으로
들어왔을 때다. 내 옆의 자기 자리에 앉아 있던 3번이 슬며시 몸을
일으켰다. 그는 그 배가 불룩한 자기의 비닐가방을 집어 들더니,
마침 자기 자리에서 커피를 마시고 있는 1번에게로 다가가서 웃으
며 악수를 청한다. 의아한 표정인 1번은 그냥 아무 말 없이 악수를
나누었고, 그러자 3번은 이번에는 나에게, 그리고 마침 비어 있는
다른 식구들의 자리들을 휘둘러본 다음 방장에게로 다가가서 웃으
며 악수를, 그리고 복도로 나섰다.

방장이 내게 눈짓을 했다. 우리가 복도로 나가자, 3번은 이미 저
만큼 걸어가고 있었다. 우리는 말없이 그런 그의 뒤를 이만큼 떨어
져서 따라가고 있었다. 3번은 간호사실로 들어가더니 얼마쯤 지나
서 나왔고, 곧 몇 걸음 떨어져 있는 그 철문 앞으로 다가갔다. 차츰
시간이 흘러가자, 그는 들고 있던 그 비닐가방을 자기 옆에 내려놓

고는, 그리고 또 그 철문을 지켜보며 서 있다. 그 철문이 열리기를 기다리며 서 있듯이 그랬다. 우리는 우리대로 그런 그가 어쩌나 보려고 이만큼 뒤에 서서 말없이 지켜보며 서 있었다.

그때, 철문이 열리며 보호사가 안으로 들어왔다. 그는 바로 옆에 짐 보따리를 내려놓고 서 있는 그가 누구인지를 대뜸 알아보았고, 그의 한쪽 팔을 잡더니 말없이 간호사실로 데리고 갔다. 방장이 그들을 뒤따라 들어갔고, 나는 3번이 놓아둔 그 보따리를 집어 들고 간호사실 문밖으로 다가가서 그들을 기다리며 서 있었다.

조금 후에, 간호사실의 문이 열리더니 방장이 나왔고, 복도에 서 있는 나에게 말했다.

"박형은 그 보따리를 들고 먼저 방으로 가요. 나는 조금 더 있다가 윤 아저씨가 나오면 데리고 갈 테니까."

"저 안에서 윤 아저씨는 지금 무엇을 하고 있죠?"

"아마 지금쯤 신경안정제 주사를 맞고 있을지도……"

"……"

내가 방으로 돌아오고 얼마쯤 지나서 방장이 들어왔다. 혼자였다.

"윤 아저씨는……?"

"환자 보호실에서 안정을 취하고 있으니까, 좀 더 있다가 보호사가 데려다가 준다면서 나더러 가라더군. 간호사의 말이니까 따를 수밖에."

밤이다.

나는 지금 재활교실의 그 커다란 유리창 앞에 서 있다. 그리고 여느 때처럼 팔짱을 끼고 서서 그 유리창 밖을 내다보고 있다. 창밖의 세상은 불빛으로 환하다. 오늘따라 교회당의 십자가들이 눈에 많이 들어온다. 이쪽에 1개, 그 뒤쪽에 1개, 그리고 저쪽에 1개, 그 뒤쪽에도 또 1개……그런데 그 십자가의 불빛들이 다르다. 3개는 모두 붉은색인데, 저 먼 쪽의 색은 왠지 혼자서 하얀 십자가이다.

나는 지금 우리 방의 3번을 생각하고 있다. 내가 아랫마을에서 윗마을의 방으로 옮길 때만 해도 그는 그렇지가 않았었다. 방의 식구들의 나이며 그들의 성(姓)이며 입원 시기까지 기억을 했던 사람이 지금은 어쩌다가 저렇게……

갑자기 나는 지금이 밤인지 새벽인지 분간이 되지를 않는다. 유리창 밖은 불빛들이 밤이면 그렇듯 환했고, 새벽에도 그랬었기 때문이다. 고개를 흔들어댔다. 차츰 지금이 조금 전에 하루의 마지막 투약시각이 끝난 때라는 것과, 그리고 간호사실에서 방으로 돌아온 3번이 그때까지도 잠을 자다가 일어나자, 나는 그런 그에게 얼른 믹스커피를, 방장은 복도로 나가 정수기로 가서 더운물을 받아 오고, 그러자 4번인 정씨는 냉장고로 가서 자기의 앙꼬빵을 꺼내 들고 와서 3번에게 건네고……조금 전까지 그랬었던, 지금은 그런 밤이었다.

나는 휙 돌아서서 재활교실을 나섰다. 잠깐 멈칫 하다가 방으로 돌아가지를 않고, 대신에 간호사실 쪽으로 걸어갔다. 그 앞을 지나서 로비에 다다르자, 공중전화기는 마침 한가했다. 나는 그 앞에 서서 호흡을 가다듬었다. 순간 영태 씨와 미스터 다혈질의 얼굴과 그들의 말들이 함께 떠올랐다. 나는 주머니 속에서 전화카드를 꺼냈다.

"밤에, 어쩐 일이죠?"

수화기에서 미경의 목소리가 이어졌다.

"왜요? 그곳에서 무슨 일이 있었어요?"

나는 애써 침착하기로 한다. 그리고 되도록 부드럽게 말하기로 한다.

"요즘에 장인어른은 어떻게 지내시지?"

"아버지는 일반 병실에 있다가 다시 중환자실로 옮기셨어요."

"왜?"

"갑자기 병세가 악화돼서……"

"그동안, 그런 일이 있었구면."

"그건 그렇고……종훈 씨는 어때요? 그곳에서 잘 지내고 있죠?"

"덕분에, 휴양을 온 셈치고 겨울을 잘 지냈다고."

"……"

"이곳에 입원한 지 2달이 넘었어. 머잖아서 봄이라고!"

"벌써 그렇게 되나요?"

"바깥세상에서는 1년이 하루처럼 빠르지만, 이곳에서는 하루가 1년이더군."

"그래서요?"

"그만 이곳에서 나가고 싶다고!"

"……"

그쪽에서는 한동안 말이 없었다. 나름대로 무엇인가 생각하는 모양이었다.

"분명하게 말해 줘. 약속을 지킬 거지?"

"알았어요. 입원 기간이 3개월이니까, 그렇게 할 게요."

"그러면 그렇게 알고, 그날을 기다리겠어!"

우리는 거의 동시에 전화를 끝냈다. 나는 그 자리에 잠시 멍한 표정으로 서 있었다. 누가 가까이 다가오더니 나의 등을 토닥거렸다. 얼핏 뒤돌아보자, 영태 씨였다.

"종훈 님이 먼저 전화 걸기를 잘했다고. 핫핫하."

그러면서 자기도 어디로 전화를 걸려는지, 내가 전화통에 걸어놓은 송수화기를 집어 들었다. 그러자 나는 자리를 비켜 주며 말없이 그 자리를 떠났다.

방으로 돌아오며 나는 조금 전에 내가 미경과 나누었던 대화, 그중에서도 그녀의 마지막 말을 떠올렸다. '입원 기간이 3개월이니까, 그렇게 할 게요.'라던 그 말이……그렇다면 이제 1개월만 참고 견디면 나는 이곳에서 풀려나게 된다. 아니, 나는 나의 입원 날짜를 기억하고 있었고, 그렇다면 앞으로 그날까지는 정확하게 28일이 남아 있다.

취침 시각이 되자 여느 때처럼 방장은 밝은 형광등을 끄고, 대신에 불그스름 희미한 비상등을 켰다. 침구를 펴고 잠자리에 누운 나는 잠이 오지를 않는다. 아까 무엇에 쫓기듯이 그 재활교실에서 나오다가, 무엇에 등을 떠밀리듯 방향을 틀어 로비의 공중전화기로 가서 미경에게 전화를 한 것이며, 그녀로부터 퇴원 날짜를 지키겠다는 언약을 받았다는 사실—그것이 사실인데도 왠지 실감이 나지를 않는다. 아니, 그건 사실이다! 이제 나는 오늘 밤이 지나가면, 28일이 아닌 27일—이 남았다는 기쁨과 함께, 그러자면 0시까지는 아직도 두어 시간을 더 기다려야……그것도 기다림이다. 비록 2시간 정도지만, 그것도 오늘 밤 따라 기나긴 지루함이었다.

제비 한 마리가 왔다고, 봄이 온 것은 아니다—라는 서양 격언이 문뜩 머릿속에 떠오른다.

내일은 맑음—이라는 일기예보는 가끔 틀릴 때도 있다. 갑자기 천둥과 번개를 동반한 궂은 날씨로 뒤바뀌는 경우가 있다. 나의 경우는 그들과는 조금 다를지 몰라도, 앞서 영태 씨의 경우는 물론이고, 우리 방에서도 바로 얼마 전에 4번의 정씨도 그랬었기 때문이다.

그러자 나는 이런 사실은 혼자서만 알고 있기로 했다. 퇴원을 하는 그날까지 그 누구에게도 말하지 않기로 했다. 그동안 친해진 방장에게도, 그리고 이 병원에서 오랫동안 서로 마음을 열다시피 가깝게 지내온 영태 씨에게도……

그렇게 며칠이 지나갔다.

갑자기 방안의 공기가 썰렁하다. 아니, 진작부터 그랬었다. 아니나 다를까, 저쪽의 유리 벽 아래쪽 한 귀퉁이의 환기를 위한 작은 유리창이 절반쯤 열려져 있었다. 바로 그 앞의 자리인 8번의 함씨가 오늘도 그렇게 열어놓은 것이다.

요즘 들어 그는 갑자기 이상해졌다. 밑천인 커피믹스를 한 움큼씩 들고 고스톱 판을 찾아가는 대신에, 자주 이불을 머리 위까지 덮어 쓰고 자기 자리에 누워 있었다. 그러다가도 갑자기 무엇이 답답한 듯 몸을 벌떡 일으켜서 바로 발치의 그 작은 유리창을 벌컥 열어놓곤 했다. 평소에도 바깥공기를 들이기 위해 하루에 가끔씩 그는 그랬었지만, 요즘에는 더욱 자주 그러는 것 같았다.

"아저씨, 추워요!"

여태껏 덮고 있던 이불을 확 밀어 젖히며 몸을 일으켜 앉은 그에게, 바로 이웃 자리인 7번의 뜸북새가 오늘따라 하소연을 하자, 그가 대뜸 큰 소리로 말했다.

북소리·방울소리

"이 녀석아, 춥긴 뭐가 춥다고 그래!"

"그럼 아저씨는 안 추워요?"

"너도 이불 덮고 있으면 되잖아!"

"누워 있는 거 싫어요!"

"이 방의 공기는 너무 탁하단 말이다. 우리 방에서는 썩은 냄새가 난다고! 썩는 냄새보다는 추운 것이 낫다고! 추워도 바깥공기가 더 낫단 말이다. 알아?"

큰 소리로 말한 그는 곧 그 유리창을 쾅 소리가 나게 닫더니, 문쪽으로 걸어와서 복도로 휭 나가버렸다. 그러자 뜸북새도 그랬다. 그는 함씨가 그러거나 말거나 나름대로 어디로인가 놀러가는 모양이었다.

방안의 분위기가 침울하다.

맞은편 자리의 방장이 나를 건너다보며 중얼거린다.

"요즘에 저 아저씨, 완전히 저기압이에요."

"이유가 뭐죠?"

"이곳에서 환자가 갑자기 저러면 아무래도 퇴원을 둘러싸고 보호자들과……"

"평소에 과묵하고, 그러면서도 웃음을 잃지 않던 분인데……"

"놀라운 것은, 저 분이 요즘에 담배를 다시 피우기 시작했다는 사실이라고!"

"그동안 저 아저씨가 끽연실에서 담배 피우는 것을 한 번도 본 적이 없었는데……"

"그는 이곳에 입원을 하고부터 스스로 담배도 끊었다고 했고, 그것을 지금까지 잘 지켜왔는데, 그저께 끽연실에 혼자 쭈그리고 앉아서 담배를 피우다가 마침 우연히 나한테 들켰다고. 그랬다고 서로가 죄가 될 건 없지만, 오히려 놀란 쪽은 나라니까!"

"……"

"몇 개월 이상을 스스로 끊었던 담배를 다시 피울 정도로 요즘의 저 양반 기분이 그러니까, 박형도 알고만 있으라고요."

우리가 그런 말들을 주고받거나 말거나, 나의 바로 옆자리에서는 3번이 지금도 그 보따리를 풀었다가 다시 챙겨 넣고 있었다. 무엇 때문인지는 몰라도, 그 철문 앞에서의 소동 이후로 그는 평소에는 아침저녁으로 그랬던 것을 요즘에는 하루에 한 번, 그러다가 이틀에 한 번꼴로 그랬다. 그 횟수가 줄어들었다는 것뿐이다.

다음날 오후—.

오늘은 어제 신청했던 간식이 나오는 날이다. 간식 배급이 끝나자, 자기의 자리에 앉아서 커피를 다 마신 1번이 내게 불쑥 말한다.

"담배 한 대 꿔 줘! 이따가 나오면 줄 게."

그의 말마따나, 한두 시간 후면 간호사실의 그 반달 구멍에서 이번에는 담배가, 그런데 당장 담배는 떨어져서 없고, 그때까지는 담배가 피우고 싶어 도저히 견딜 수가 없었던 모양이다. 그는 며칠 전에도 이 시각쯤 내게 담배 1개비를 꾸어달라고 말했었고, 조금 후에 담배가 나오자 꾸어간 그 담배 1개비부터 내게 얼른 갚았었다.

내가 주머니에서 담뱃갑을 꺼내 웃으면서 한 개비를 그에게로 건네자, 그는 그것을 들고 부리나케 복도로 나갔다. 그리고 얼마쯤 뒤에 끽연실에서 돌아온 그는 절반은 남겨 가지고 왔고, 그 담배꽁초를 자기의 사물함 뚜껑 위의 한쪽에 놓아두었다. 아껴두었다가

북소리 · 방울소리

조금 후에 또 피울 모양이었다.

여느 때처럼 침구 더미에 머리를 기댄 채 꼬부리고 옆으로 누워서 한동안 잠을 자던 그는 갑자기 일어나서 밖으로 나갔고, 얼마후에 그 반달 구멍에서 담배를 받아가지고 돌아왔다. 그런데 그는 먼저 번처럼 꾸어간 담배를 갚지 않는다. 그런 눈치도 보이지 않았다.

"어르신!"

내가 웃으며 부르자, 그는 대답 대신에 왜 그러느냐는 표정으로 나를 물끄러미 바라다보았다.

"담배, 안 갚으세요?"

"내가 언제 꾸었는데?"

"아까요."

"내가?"

고개를 갸웃거린 그가 이내 말한다.

"갚았다고!"

"그건 며칠 전에 그러셨고, 이번에는 안 갚으셨다고요."

"갚았는데……?"

"아까 1개비를 꾸어드렸더니, 끽연실로 가서 절반만 피우시고, 남겨온 그 담배꽁초가 어르신 사물함 뚜껑 위에 지금도 있는데요."

손가락으로 그것을 가리키자, 그는 그 담배꽁초를 물끄러미 바라다보았고, 그러더니 비로소 얼른 담배 1개비를 꺼내 내게로 건넸다.

나는 지금 그에게 꾸어준 담배 1개비가 아까워서 굳이 돌려받은 것이 아니다. 이미 나이가 70세도 훨씬 넘겨 어르신 대접을 받던,

그러면서도 아직 젊은 환자들 못잖게 정신이 또렷했었던, 바로 며칠 전만해도 그랬었던 그가 오늘은 딴청을 부리자, 헷갈리는 그의 의식을 나름대로 일깨우고 지켜주기 위해서였다. 나는 그가 앞으로도 또 꾸어달라고 하면 그럴 것이고, 그것을 오늘처럼 또 그럴 것이다.

디―데이(D―day) 20일!

그것은 공격 개시 예정일―을 뜻한다. 그 계획 실시 예정일까지 이제 20일이 남았다는 뜻이다. 그러나 나에게는 뜻이 사뭇 다르다. 내가 이 병원에서 퇴원을 하는 그날이 이제 20일밖에 안 남았다는 뜻이었다.

대학시절, 군대에서 복무를 하던 때에도 나는 이런 초조함을 느낀 적이 있었다. 제대를 할 날짜가 가까워질수록 그날이 어서 오기를 기다렸고, 하루하루가 길고 지루했었다. 요즘의 나의 마음도 그러했다. 어쩌면 그때보다도 하루가 더 그랬다. 길고 지루한 것은 같았지만, 왠지 초조함은 그때보다 더했다. 1분은 60초가 아니라 120초, '디―데이'가 가까워질수록 어쩌면 1분은 180초, 240초, 300초……

날이 갈수록, 그날이 하루 또 하루씩 가까워질수록 밤에 나의 잠드는 시각은 늦어졌다. 이런저런 생각을 하다가 0시를 넘기기가 일쑤였다. 그러면 화장실로 가서 소변을 보고 돌아와 잠을 자곤 하는 것이 버릇이 되었다.

우리 방의 8번은 요즈음 이상한 버릇이 또 생긴 듯하다. 오늘 밤에도 소변을 보러 화장실에 가려고 내가 복도로 나서자, 그는 가까운 정수기 근처에서 등을 벽에 기댄 채 쭈그리고 앉아서 컵에 받은

북소리 · 방울소리

물을 마시며 복도의 천장을 물끄러미 지켜보고 있었다. 무엇이 이 늦은 밤에 그를 잠 못 들게 하고 있는지 모르겠다. 방의 환기를 위한 작은 유리창문을 오래도록 열어놓곤 하자, 춥다고 하소연하는 뜸북새에게 그가 했던 말이 떠오른다. 우리 방에서는 썩은 냄새가 난다던, 썩는 냄새보다는 추운 것이 낫다던, 추워도 바깥공기가 더 낫다던 그……

내가 로비에 이르자, 지금은 자기의 방에서 모두가 잠을 자는 시각이기에 그곳은 텅 비어 있곤 했었는데, 오늘 밤 따라 젊은 환자 한 명이 그곳에서 혼자 왔다 갔다 거닐고 있었다. 얼핏 근처의 방에서 나온 듯싶었고, 어쩌면 그는 장애자인지도 모르겠다. 내가 화장실에 들렀다가 다시 로비로 나왔을 때, 그는 벽 쪽으로 붙여서 밀어놓은 탁자들 위로 기어 올라가더니, 그 위에 벌렁 누워버렸다. 마치 여름밤에 평상 위에 누워 있는 사람처럼 그랬다. 나의 눈에는 왠지 그런 그가 불안하고 위험해 보인다.

간호사실의 유리창 앞으로 다가가서 그 안을 들여다보자, 보호사 한 명이 저쪽에 서 있었다. 내가 한쪽 손을 들어서 흔들어보이자, 그는 곧 복도로 나왔다. 키다리 보호사였다. 나는 그에게 말없이 그 탁자들 쪽을 손가락질해 보였다. 그러자 보호사는 알았다는 듯이 나에게 빙긋 웃으며 고개를 숙여 보이고는 그리로 다가가며 큰소리로, 그러나 친절하게 말한다.

"얼른 아래로 내려와요! 그러다가 굴러 떨어지면 어쩌려고 그래요!"

그래도 그 환자가 꼼짝도 하지 않자, 키다리 보호사는 환자의 한쪽 팔을 잡아 일으켰고, 그를 부축하며 아래로 조심조심 끌어내렸다. 그런 다음에 그를 데리고 근처의 방으로 가고 있었다.

그 키다리 보호사를 나는 알고 있다.

간호사들은, 특히 보호사들은 어느 환자가 어느 날에 입원을 했고, 그런 그가 지금은 어느 방에서 지내고 있는지, 그러다가 어느 때 퇴원을 하면서 대신에 또 어떤 환자가 또 새로 들어왔는지를, 그들의 이름까지 훤히 꿰고 있다. 그렇다면 그는 내가 첫 면도 시간을 지키지 못하고 어릿거렸을 때를 기억하고 있을 것이며, 그러다가 지금은 어느 방으로 옮겨 지내고 있으며, 그러다가 탁자 위에 올라가 누워 있는 어느 환자를 일러준 것이며……그가 나에게 빙긋 웃어 보이며 고개를 잠깐 숙여 보였다는 것은 고맙다는 뜻이었다고, 나는 애써 그렇게 생각하기로 한다. 그러면서 그 첫 면도 시간에, 독촉을 하지 않고 말없이 기다려 주었던 착한 그에게, 나로서는 이것으로 갚았다는 생각도 든다.

우리 방 앞으로 조용히 다가가자, 8번은 아까 그곳에 없었다. 내가 방으로 들어가자, 그는 저만큼 자기 자리에 앉아 있었다. 언뜻 보자, 1번의 그도 잠을 자지 않고 일어나 등을 벽에다가 기대고 두 무릎을 세워 두 팔로 안은 채 그렇게 앉아 있었다. 이쪽이나 저쪽이나 마치 조용히 명상을 하며 앉아 있는 두 명의 수도승들처럼 보인다. 아니, 불그스름한 비상등 불빛 속에서 그들은 얼핏 유령처럼 보이기도 했다.

새벽에 전에 없었던 이상한 꿈을 꾸었다.—나는 어느 희미한 실내로 들어간다. 그러자 그 안에는 아무것도 없고, 침대 하나만 달랑 놓여 있다. 그리고 그 위에는 누가 하얀 홑이불을 뒤집어쓰고 누워 있었는데, 내가 방으로 들어가서 머뭇거리니까, 여태껏 자리

북소리·방울소리

에서 꼼짝을 하지 않던 그가 갑자기 몸을 일으켰다. 그리고 아무 말이 없이 침대에서 내려오더니 내 곁을 빠른 걸음으로 휙 지나쳐 문 밖의 복도로 나가버렸다. 나는 그가 누구인지 모른다. 그곳이 어디인지도, 내가 왜 이런 곳에 와 있는지도 모른다. 밖으로 나가 버린 그는 실내로 다시 들어오지 않았다. 기다려도 돌아오지를 않고……그러다가 내 옆자리의 3번이 크게 잠꼬대를 하는 소리에 나는 언뜻 잠에서 깨었다. 꿈속에서 얼핏 보았던 그는 누구인가? 지나간 밤에, 불그스름한 비상등 불빛 속에 앉아 있던 8번과 1번이 유령처럼 보이기도 했던 그 기억이 그런 꿈을 꾸게 만들었는지도……

그런 지 2일이 지나간 오후에, 내가 침구 더미에 기대어 비스듬히 누워 있는데, 누가 우리 방을 기웃 들여다본다. 얼핏 보자, 아랫마을의 영태 씨이다. 내가 얼른 복도로 나가자,

"이번엔 담배 달라고 온 건 아니니까, 안심하라고. 핫핫하."

그가 이어 말한다.

"오늘따라 심심해서 그냥 놀러왔다고."

"잘 오셨습니다."

그가 앞장서서 가까운 재활교실로 들어간다. 뒤따라 들어가자, 빈 교실에는 저쪽의 작은 유리창문을 열어놓고, 그 앞에 환자 두 사람이 플라스틱 의자 위에 앉아서 이야기를 나누고 있다. 우리는 이만큼 떨어져서 유리벽 앞에 의자를 가져다가 놓고 마주 앉았다.

"생각해 보니까, 우리 종훈 님이 이곳에 들어온 지도 꽤 됐더라고?"

놀러왔다고 하더니, 그는 그렇지도 않았다.

"두 달이 훨씬 넘었습니다."

"언젠가 늦은 밤에, 내가 마누라한테 전화를 걸러 나가니까, 앞서 종훈 님이 전화를 막 끝냈더라고."

"기억이 납니다."

"물론 아내한테 전화를 걸었을 테고……그때, 그쪽에서는 뭐라고 합디까?"

처음에는 누구에게도 말하지 않기로 마음을 먹었었는데, 이쯤 되면 그에게 숨길 것도 없다. 그날 밤에, 공중전화로 미경과 주고받던 말들을 고대로 들려주었다.

"그럼 되었구먼."

"그쪽에서 말은 그랬지만, 누가 압니까! 이곳에서는 나가야 나왔구나 하는 그런 곳이니까 말입니다."

"하긴 그렇기도 하지만……"

조금 후에, 그가 말을 이었다.

"일단 그쪽에서 그날에 퇴원을 시키겠다고 약속했으면, 그렇게 믿는 수밖에."

"혹시 병원 쪽에서 안 된다고 거절을 할지도 모르잖습니까?"

"내가 알기로, 병원에서는 환자가 입원 기간 동안에 무슨 큰 사고를 쳤다든가, 자주 말썽을 부렸다든가……그런 경우가 아니면, 대체로 보호자의 의견을……"

"그럴까요?"

"생각해 보라고! 이렇게 많은 환자들에게 의사는 단 2명뿐, 그러자 1주일에 겨우 한 번꼴로 이곳저곳 많은 병실들을 관광객이 구경하듯 건성건성 둘러보고 나가버리곤 하거든. 그렇다면 특히 알코올들에게는 각 방마다 소주 궤짝을 들여보낸 다음 누가 마시고 안 마시는지를, 누가 술주정을 부리는지를, 그래서 그런 자들에게만 입원 기간을 강제로 연장시키는 게 올바른 처방이라고 보는데, 아닌가?"

"흐흠."

"그러니까 병원에서도 환자의 보호자가 그만 내 환자를 퇴원시키겠다고 똑 소리가 나게 말하면 할 말이 없다고 보는데? 더더구나 제날짜에 그러겠다고 하면……"

"……"

"내가 볼 때, 종훈 님의 와이프(아내)는 보통 여자가 아니더라고! 아랫마을에 있을 때, 종훈 님이 전화를 받으러 나갔다가 금방 돌아왔고, 그러자 바로 그 다음날 그쪽에서 면회를 왔고……그러다가 전화도 면회도 없이 이쪽을 오랜 동안 내버려 두며 애를 먹이다가, 그날 밤에 이쪽에서 먼저 전화를 거니까 퇴원을 제날짜에 시키겠다며……손바닥 위의 공깃돌을 놀리듯이 이건 병을 주었다가, 다음번에는 약을 주었다가, 다시 병을 주었다가, 이번에는 약을 줄 차례거든. 핫핫하."

"……"

"내 생각에, 그쪽에서는 약속을 지킬 것 같구먼. 그렇게 알고, 그날을 기다리라고."

"그래도 될까요?"

"이렇게 마음이 나약해서야……하긴 어마어마한 큰 죄를 짓고 형무소에서 사는 천하의 도둑놈들, 그러다가도 사면이다 복권이다 하며 풀려나는 놈들도, 이런 정신병원에 들어와서 지내다가 보면,

마음이 병아리처럼 되고 말 거야. 핫핫하."

"······"

"그 약속을 믿으라고!"

"고맙습니다!"

그가 먼저 자리에서 일어섰다. 나도 그랬다. 함께 복도로 나오자 그가 말한다.

"난 끽연실에 들렀다가 오는 길이었다고. 담배를 피우다가 종훈 님 생각이 문뜩 나기에 이리로······난 간다고."

그는 간호사실 쪽으로 걸어갔고, 복도에서 모서리를 돌아가기 전에 뒤돌아보며 내게 손을 흔들어 보였다. 나도 그랬다.

그가 가버렸어도, 나는 그 자리에 그대로 서 있었다.

고마운 사람······

이런 곳에서, 오늘도 나에게 그렇듯 관심을 가지고 짐짓 찾아주어 희망을 주고 간 사람이었다. 자기도 마음이 복잡하고 착잡한 사람이 짐짓 나를 찾아주고 희망을 주고 간 그런 사람이었다.

나는 집에서 맏자식이었다. 나의 위로 형도 누나도 없었다. 그래서 어린 시절부터 형이나 누나를 가진 아이들을 부러워할 때도 많았었다.

형님······

나이를 떠나서, 오늘따라 영태 씨가 꼭 그렇게 느껴졌다. 못된 형이 아니라, 아우의 마음을 그때마다 읽고 말벗이 되어주곤 하는 그런 따뜻한 형님······

어느덧 디─데이 7일─.

이제 1주일만 기다리면 나는 이곳을 떠난다.

그런데, 이번에는 또 다른 느낌이 든다. 이번에는 5일—이라는 그 산봉우리이다. 어쩌면 마지막 5일이라는 그 산의 정상(頂上)은 등반가들이 그동안의 보다 낮은 산들을 넘고 넘어 마지막 목표지점인 가파른 산의 꼭대기에 오른 그런 기분일 것이다. 그 정상을 넘어서면 이후부터는 보다 쉬운 내리막길……

그래서인가, 요즈음의 잠에서는 꿈을 자주 꾼다.

와글와글 시끄럽게 떠들며 사람들이 떼를 지어 어디로인가 몰려가고 있다. 그런데 그 군중 속에 언뜻 늙은 여인의 얼굴도 섞여 있다. 뜻밖에 그 여인은 어머니였다. 이번에는 그들 틈에서 또 낯익은 얼굴이 언뜻 비치고 지나간다. 친구인 동우이다. 조금 있다가 이쪽을 보니까 그곳에서도 누가 나하고 잠깐 시선이 마주친다. 역시 아는 얼굴이다. 언젠가 한번 만난 적이 있는, 장인어른인 김 회장의 아들이며 나의 처남인 영호—씨이다. 와글거리며 군중은 밀려가고……그러다가 문득 잠에서 깨었다.

그 야릇한 꿈—나를 이곳으로 보낼 때 도장을 찍은 2명의 보호자들 중의 한 사람은 아내인 미경, 또 한 사람은 틀림없이 어머니일 것이다. 그런 어머니는 지금 어떻게 지내고 있는지, 또 동우는 보나마나 그동안 나에게 전화를 2번씩이나 했었는데, 그랬어도 3개월 동안이나 연락이 끊기자……그런데 그동안 내가 보고 싶은 두 사람은 그렇다 치고, 꿈속에서 느닷없이 처남의 얼굴이 비친 것은 또 무엇 때문일까. 장인이 일반 병실에 있다가 중환자실로 옮겼다는 말을 공중전화를 통해 미경으로부터 들었을 때, 사위인 나는 걱정이 되어서라도 적어도 한 번쯤은 면회를 가야 도리였다. 그러나 이런 곳에서 그런 생각을 한들……나의 이런 입장도 모르고, 그는 면회는커녕 코빼기도 비치지 않는 그런 나를 몹시 안 내켜 하며 지금도 욕을 하고 있을 것이리라—그런 생각이 들 때도 있었다. 이래저래 그런 생각들이 이렇듯 야릇한 꿈으로……

기다림이란 그리움이다. 마음 설렘이다. 그리고 기다림이란 초조함과 안타까움과 왠지 모를 불안함이다.

저 산 너머에는 사람들이 사는 마을이 있겠지. 빨리 그곳으로 가서 그들을 만나봐야지. 그리고 이런 것 저런 것, 하고 싶은 것들을 해야지. 그러나 지금 나는 그럴 때가 아니다. 그럴 처지가 아니다. 나는 아직 산 이쪽에 있잖는가. 저 가파른 산을 넘어가지도 않았는데, 벌써부터……그건 그때 가서 생각하기로 하자! 지금은 당장 저 산을 넘어가는 것이 문제이다.

드디어 마지막 5일—이라는 그 산의 정상에 올랐다. 그런데 그 기쁨도 잠깐이었다. 이제부터는 내려가는 길인데, 그리하여 훨씬 쉬울 것 같았는데 그렇지도 않았다. 산의 턱밑에서 바라본 정상까지가 초조감이었다면 내리막길은 불안감이었다.……그동안 미경의 마음이 변한 것은 아닐까. 나를 이곳에다가 좀 더 가두어 두기로 마음먹은 것은 아닐까. 어제까지 풀어주기로 마음을 먹었었는데, 갑자기 마음이 바뀌어……그럴 리가 없다. 아니, 혹시 그럴는지도……

이윽고 내일이면 나는 이곳을 떠나는 날이다. 이곳에서 풀려나는 날이다. 그런데도 하루 종일 불안하다. 그렇게 하루를 보내다가 이윽고 밤이다. 오늘의 마지막 투약시간이 지나고 얼마쯤 지나서이다.

나는 지금 공중전화기 앞에 서 있다. 그리고 미경에게 전화를 건다. 혹시 그녀가 전화를 전혀 받지를 않는다면, 혹시 샤워를 하고 있을는지도, 혹시 나의 전화임을 알고서도 짐짓 받지를 않는다면……조금 후에, 전화가 연결이 된다.

"여기는 병원인데……"

"나예요."

"내일이 이곳에서 나가는 날인데……그래서 전화를 했다고."

"알고 있어요."

"언제 올 건데?"

"오전 중에 갈 거예요."

"되도록 빨리 왔으면 좋겠어!"

"집에서 그곳까지 가는 시간이 있으니까……어쨌든 오전 중에 가겠어요."

"알았어. 그렇게 알고 기다리겠다고!"

나는 그 자리를 떠났다. 그리고 우리 방 앞으로 걸었다. 뒤에서 인기척이 들렸다. 언뜻 뒤돌아보자, 방장이었다. 화장실에 다녀오는 것 같았다.

방 앞에서, 나는 방장에게 잠깐 기다리라고 말했다. 그리고 방으로 들어가서 사물함의 뚜껑을 열고, 그 안에서 남아 있는 담배 1갑을 꺼내 주머니 속에 넣은 다음 다시 복도로 나가서 아직도 어리둥절하게 서 있는 그에게 말한다.

"내일 오전에, 나는 떠납니다."

"조금 전에 로비에서 전화를 걸더니, 그게 확인 전화였어요?"

"오전 중에 오겠다더군요!"

"축하해요, 박형!"

"여태껏 이런 말을 내비치지 않았던 것은, 그러잖아도 우리 방의 분위기가 초상집 같아서 감추고 살았었는데, 그래서 모쪼록 이별은 짧게 하려고 마음먹었었는데, 아무래도 방장님한테는 떠나기 전 날 밤에라도 이처럼……"

나는 주머니 속에서 가지고 나온 담배 1갑을 꺼내 그에게로 건네며 웃으면서 말했다.

"이건 그동안 남아 있던 것입니다. 받아두세요."

담배를 받아든 그가 중얼거린다.

"최고의 신경안정제를 1갑이나 주다니……고마워요, 박형!"

"그동안, 여러 가지로 고마웠습니다!"

"그건 내가 할 소리! 알다시피 우리 방의 식구들은 나이들로 보나 정신적으로나 모두……그런 속에서 박형이 우리 방으로 오자, 그동안 나는 좋은 친구가 생겨서 그나마 다행이었다고요. 나가서 건강해요!"

"방장님도 건강하세요!"

우리는 곧 방으로 들어왔다.

다음날 아침나절이다. 초조하게 복도를 거닐고 있는 나에게 방장이 말한다. 집으로 전화를 해보란다. 공중전화기로 가서 전화를 걸자, 미경이 말한다.

"조금 아까 병원에 도착했고, 방금 원무과에 들러 이것저것 계산이 끝났어요. 그러니 기다려요."

내가 우리의 방 앞으로 다가가자, 그곳에 서있던 방장이 물어본다.

"어찌 되었어요?"

북소리·방울소리

"지금 병원의 원무과에 와 있다는군요."

"그럼 됐어요!"

그가 앞장서서 방 안으로 들어갔다. 그리고 저쪽 TV쪽으로 걸어 가더니, 그 뒤에서 손잡이가 달린 작은 비닐가방을 들고 와서 내게 로 건네며 말한다.

"이 속에다가 사물함 속의 것들을 담아 가요."

"방장님은……?"

"나는 또 구하면 되니까."

바로 그때, 보호사가 방으로 들어오더니 말한다.

"박종훈 님은 짐을 챙기세요!"

"……"

나는 사물함을 열고 그 속의 것들을 주섬주섬 그 비닐가방에다가 꺼내 담기 시작했다. 커피 상자 1개는 얼른 옆의 3번의 자리에 놓 아주었다. 얼떨결에 그것을 받아든 3번은 멍한 표정이다. 그 옆의 4번은 하도 어이가 없는지 역시……언뜻 이쪽을 보자, 1번은 그러 거나 말거나 커피를 홀짝거리며 마시고 있었고, 저쪽을 보자, 8번 은 이불을 뒤집어 쓴 채 꼼짝도 하지 않고 누워 있다. 비닐가방을 들고 방을 나서며 힐끗 뒤돌아보자, 저만큼에서 방장이 말없이 손 을 흔들어 보였다.

앞장을 선 보호사가 나의 빈 사물함을 간호사실 앞에 내려놓더니 곧 그 철문 앞으로 다가가서 문을 열고 나를 기다리고 있었다. 나 는 잠깐 아랫마을 쪽을 바라다보았다. 내가 처음에 이곳에 왔을 때 지냈었던 그 방을……그러나 누가 나오지도 들어가지도 않았다.

그 철문 밖으로 나서자, 저만큼 미경이 서 있었다. 이미 모든 절차를 끝내고, 그곳에서 나를 기다리고 있었다. 보호사가 저쪽으로 가더니 조금 후에 옷들을 꺼내 가지고 내 앞에 가져다가 놓았다. 내가 이 병원에 들어올 때에 입고 있었던 옷들이었다. 나는 지금까지 입고 있던 환자복을 훌훌 벗어 놓고 나의 옷들로 갈아입었다. 그러자 보호사는 그 환자복을 챙겨 들고 저쪽 철문 쪽으로 다가가더니 곧 문을 열고 그 안으로 들어갔다. 곧 철문이 닫혔다. 나는 그것을 그때까지 지켜보고 있었다.

미경이 앞장서서 엘리베이터 쪽으로 걸어갔다. 내가 그 뒤를 따라갔다. 문이 열리자 그 안으로 함께 들어갔다. 그곳에는 병원이 아닌 저 위층의 사람들 두세 명이 타고 있었다. 1층까지 내려오자 우리는 내렸고, 곧 건물의 드넓은 복도로 나섰다. 그 복도를 지나서 이윽고 건물의 현관문을 나섰다.

비로소 나는 '풀려났구나!' 마음이 놓였다.

이미 그녀는 저만큼에서 나를 기다리고 있었다. 지나가는 택시를 세워놓고 그랬다. 그리로 다가가서 차에 뒷좌석에 들고 있던 나의 짐 보따리를 던져 넣고 탔다. 이미 그녀는 운전석 옆의 좌석에 앉아 있었다. 차는 곧 떠났다. 나는 힐끔 창밖을, 그리고 방금 지나온 그 건물의 저 위층(그동안 내가 갇혀 살던 그곳)을 올려다보았지만, 이미 보이지 않았다.

우리를 태운 택시는 넓은 도로를 달리고 있었다. 앞좌석의 그녀나 뒷좌석에 앉아 있는 나는 한동안 아무 말이 없었다. 얼마쯤 후에 내가 불쑥 물어보았다.

"장인어른은?"

조금 후에, 그녀가 뒤에서도 들릴 정도로 말한다.

북소리·방울소리

"돌아가셨어요."

"뭐라고?"

이어 내가 묻는다.

"언제?"

"2주일 전쯤에요."

"……"

조금 후에, 내가 또 물어본다.

"그렇다면, 연락을 해줬어야……?"

"이미 장례를 끝냈어요."

"……"

"이런저런 절차가 번거로울 거 같아서 연락을 안 했어요. 미안해
요."

"……"

얼마쯤 지나서 그녀가 말한다.

"그리고, 그동안에 집을 옮겼어요."

"우리가 살던 집을……?"

"그래요."

"왜?……왜 그랬지?"

"아버지가 돌아가시자, 그 넓은 집에서 엄마가 혼자서 외롭
고……둘이서 의논 끝에 한 곳으로 합치기로, 그렇게 됐어요."

"……"

"그 대신에, 종훈 씨의 방은 2층―전에 살던 곳보다는 서재가 훨
씬 넓어요. 지내기가 좋을 거예요."

"……"

기다리고 있는 것들

야트막한 산허리에 돌 축대를 쌓고 자리한 2층집들이 내리막 골
목길을 따라 이쪽과 저쪽으로 두세 겹으로 들어선 동네이다. 집들
은 저마다 나무들이 두세 그루씩 심겨진 작은 정원을 가지고 있어
서, 재벌들은 아니어도 꽤나 살림이 넉넉한 사람들의 동네라는 느
낌이 들었다.

김 회장의 아담한 2층집도 그곳 골목길가에 자리하고 있었다. 대
문으로 들어가 작은 정원을 지나서 현관문으로 들어서면, 이쪽의
안방 쪽으로는 커다란 TV와 소파들과 탁자가 놓인 드넓은 거실,
저쪽으로 식탁이 놓인 주방이 있고, 2층으로 오르는 계단 옆으로
는 화장실과 그 이쪽으로 또 하나의 방이 있다. 그리고 계단의 층
계참을 돌아 2층으로 오르면 그곳에도 방이 2개가 있는데, 특히
벤치가 놓인 정원이 내려다보이고 탁 트인 하늘이 두 눈에 들어오
는 드넓은 베란다가 시원스러웠다. 그 베란다에도 탁자와 소파가

놓여 있었다.

미경의 말대로 나의 서제는 드넓었다. 전에 살던 그 아파트의 서제에 있던 침대와 책상이며 작은 책꽂이 등을 다 들여놓았는데도 남은 공간이 훨씬 여유로웠다. 한쪽은 유리창이었다. 그 우유빛의 유리창문을 열면 저만큼 돌 축대가 보이고, 그 위는 이웃집 정원이었다.

이집에 들어온 지 2일째, 아침나절이다.

나는 아직 침대에 누워 있다. 어젯밤에는 병원의 병실이 아니라서 집도 방도 낯이 설은 데다가 이런저런 생각이 떠올라서 어쩔 수 없이 새벽녘에야 잠이 들었고, 조금 전에 잠에서 깨었다. 그런 나는 지금 어제의 일을 생각하고 있었다.

병원에서 택시를 타고 이곳 골목길을 올라온 우리는 대문 앞에서 내렸다. 미경이 버저를 누르자 집안에서 대문을 열어 주었고, 나는 그녀를 따라 안으로 들어갔다. 현관으로 들어가자 우리를 맞이한 사람은 이모님이다. 전에, 아파트에 살 때에 언젠가 우리집에 들러 나를 위해 국과 찌개를 만들어 주고 돌아간 나이가 60대의, 왼쪽 입언저리에 검은 점이 또렷한 여인이었기에 나는 대뜸 그녀를 알아보았다. 장모님은 외출을 했는지 보이지 않았다.

나는 미경을 따라 2층으로 올라갔다. 그녀는 내게 나의 서재를 일러주고는 자기는 급한 일이 있는지 아래층으로 내려가서 외출해 버렸다. 책상 위에는 나의 노트북과 휴대전화와 지갑—그 위에는 따로 1만 원짜리 지폐 2장과 100원짜리 은전 3개가 놓여 있었다—이 있었는데, 그것들은 내가 병원에 입고 갔던 옷들 속에 들어 있던 것들이라는 것을 알 수 있었다. 나는 지갑 속의 내용물들

태양의 저쪽

을, 다음에는 전기 충전이 되고 있는 휴대전화를 들고 이리저리 확인을 해보았다. 그동안에 친구인 동우로부터 2번, 내가 몸을 담고 있었던 학원에서 1번 전화가 걸려왔었다는 것을 알았다.

그때, 누가 2층으로 올라왔다. 이모님이다. 내가 방문 밖에 서 있는 그녀에게 무슨 말을 하기도 전에, 그쪽에서 먼저 말을 꺼냈다.

"그동안 병원에서 고생이 많았지?"

"저야 고생이랄 것이 있습니까. 이렇게 이모님을 뵙게 되어서 반갑습니다."

"점심때가 지났는데, 얼른 내려와서 식사해요."

"고맙습니다."

조금 후에 층계를 내려가 주방으로 들어서자, 이모님은 밥과 국과 김치를 비롯한 반찬 두어 가지를 나를 위해 식탁 위에 차려주었다.

"장모님은 어딜 가셨습니까?"

"자네의 장모는 집보다는 밖으로 나돌아 다니는 시간이 더 많은 사람이라고."

"미경은 요즘에도 회사에 나갑니까?"

"그 애는 아침에 나갔다가 밤에야 들어오고, 일요일에는 친구들과 등산을 가느라고 바쁘고……그러자 집안에는 나 혼자 있을 때가 많았는데, 이제 박 서방이 퇴원을 했으니까, 그래도 내가 덜 심심하겠구먼."

이모님이 웃어보였다. 나는 그런 이모님이 고마웠다. 아직은 낯이 설어 서먹한 이 집안 분위기에서 내가 의지할 사람은 오직 그녀뿐이라는 생각이 들었기 때문이다. 식사가 끝나자 이모님이 말했

기다리고 있는 것들

다.

"저 찬장 속에는 컵라면이며 국수랑 커피도 들어 있으니까, 언제든지 꺼내서 먹으라고. 그리고 내가 물병과 컵을 그 방에다가 가져다 줄 테니까, 2층에서 여기까지 내려오지 말고, 그걸 마시라고."

"고맙습니다, 이모님!"

이모님은 그렇듯 내게 첫날부터 이것저것 신경을 써 주었다.

조금 후에 나는 2층으로 올라왔고, 서재 대신에 베란다로 가서 소파 위에 앉았다. 그런 나는 다시 서재로 들어가서 휴대전화를 가져왔고, 우선 내가 몸담고 있었던, 강남지역에 있는 그 학원으로 전화를 걸었다. 조금 후에 원장이 전화를 받았고, 내가 누구라는 것을 알자, 대뜸 말했다.

"박 선생, 그러잖아도 궁금했습니다!"

"죄송합니다!"

"언제 퇴원을 했어요?"

"어제 오후에……"

"박 선생이 교통사고로 입원을 했다는 말을 부인으로부터 듣고, 그 병원이 어디에 있느냐고 물어봤더니 다시 연락을 하겠다고, 그러고는 소식이 없고……문병도 못 가보고, 미안합니다!"

"아닙니다. 오히려 이래저래 내가 미안합니다. 학원은 잘 돌아갑니까?"

"새 학기가 시작됐으니까, 강사진도 새로 짰고……"

"잘 됐군요."

"그러나 박 선생이 오시면 우리로서는 대환영입니다. 그러잖아도 학부모들이 박 선생 소식을 물어보는 사람들도 있었고, 오신다면 박 선생을 위해 특별 교실을 따로 열 수도 있습니다. 하하하."

"그동안에 공백 기간이 있었고, 아무리 중학과정이라도 아이들을 가르치자면 우선 나름대로 준비를 해야 하기 때문에……"

"역시 박 선생다운 말씀! 어쨌거나 한 번 만나서 이야기하자고요. 틈이 나면 언제든지 연락을 주세요! 꼭요!"

"그러지요."

그리고 우리는 전화를 끝냈다. 학원에서는 학생들을 모으기 위해 선전용 전단지를 가정이나 거리에 뿌리고, 그 광고지를 보고 아이들은 학원을 선택한다. 그리고 학원의 강의를 듣다가 마음에 들지 않으면 다른 곳으로 옮기기도 한다. 나는 반에서 성적이 최하위권 학생을 1년 동안에 최상위권으로 올려놓은 경력이 있다. 그러자 그 소문이 입에서 입으로 학부모들 사이에 퍼졌고, 그러자 학생들이 내가 몸담고 있는 학원으로 모여들고……학원은 어떤 강사를 확보하느냐에 따라서 사정이 달라진다. 따라서 학원 강사의 몸값은 전단지 광고보다는 '입소문'으로 학생들이, 학부모들이 결정을 하는 경우도 많다.

나는 원장을 빠른 시일 안에 만나지 않기로 한다. 아무래도 2주일 정도는 걸릴 것 같다. 준비도 있긴 하지만, 우선 지진을 만난 듯, 폭격을 당한 듯이 무너져 있는 내 마음부터 안정을 시키고 정리를 하는 것이 순서이기 때문이다. 더구나 내가 내일이라도 원장을 만나면, 그는 다른 강사를 이런저런 이유로 내보낼 수도 있다. 그런다면 그 강사는 당장 어디로 갈 것인가. 나 하나 살자고, 남을 희생시키고 싶지는 않았다. 이건 앞서 몸을 담았었던 몇 군데의 학원도 마찬가지였다.

그나저나 나는 당장 마음이 불안하다. 이제라도 장모님이 들어오면 만나서 무슨 말을 해야 좋을지, 무슨 말부터 꺼내야 좋을지 모르겠다. 그러면 장모님은 무어라고 내게 말할는지도 궁금하고, 또 미경에게는 무슨 말을 할 것인가도……

시간이 갈수록 집에 있기가 더욱 거북스럽다. 그렇다고 이 시각에 어디로 외출을 하기도 그렇고, 그건 외출을 했다가 다시 돌아와서도 마찬가지일 것이다. 장모님을, 미경을 만나 무슨 말이든 이야기를 나누기 전에는 그 불안감과 초조감은 계속될 것이다.

내가 저녁밥을 먹은 후에도, 장모님과 미경은 집에 들어오지 않았다. 나는 베란다의 소파 위에 앉아 있었다. 유리창 너머는 어느새 밤이다. 멀리 시내의 불빛들 속에서 십자가 2개가 보인다. 모두 붉은빛의 십자가이다. 그 정신병원의 재활교실 유리창 밖에서도 4개의 십자가가 보인 적이 있었다. 3개는 붉은빛, 1개는 하얀빛의 십자가였다는 생각이 든다. 지금쯤 그들은 무엇을 하고 있을까. 1번의 어르신은 커피를 마신 후에 끽연실로 가고 있을지도, 3번의 윤 아저씨는 싸서 놓았던 짐 보따리를 다시 풀고 있을지도, 8번의 함씨는 발치의 유리창문을 열어놓고 이불을 뒤집어쓰고 누워 있는 것은 아닌지, 그리고 방장은, 4번의 정씨는, 7번의 '뜸북새'는…… 아랫마을의 영태 씨는, 그 옆자리의 미스터 네!는……퇴원을 하려고 그 철문 앞에 섰을 때, 나는 잠깐 동안 내가 앞서 지내던 아랫마을의 그 방을 멀리서 바라다보았었다. 행여나 영태 씨가 문 밖으로 나왔으면 바랐었다. 그러나 그의 모습은 보이지 않았고, 그러자 작별 인사도 하지 못하고……

장모님과 미경은 10시가 넘어서야 집에 돌아왔다. 모녀가 밖에서 만나 저녁식사까지 하고 들어온 듯싶었다. 잠시 아래층이 부산스러웠다. 미경은 2층으로 올라와 보지도 않았다. 그렇다고 내가 먼저 아래층으로 내려가서 그녀들을 만나자고 하기도 멋쩍었다. 내일로 미루기로 했다. 새벽녘에 아래층의 화장실을 다녀와서 겨우 잠이 들었고……

나는 지금 소변이 마려웠다. 침대에서 일어나 아래층으로 내려갔다. 화장실을 다녀나오는데, 마침 외출을 하려고 현관문 앞에서 신을 신고 있는 장모님과 마주쳤다. 그러자 나는 허리를 굽혀 인사를 한 다음에

"어젯밤에는 늦게 들어오셔서, 찾아뵙지 못했습니다. 죄송합니다."

말하자, 장모님은 나를 빤히 바라보다가

"됐네. 알아서 하게!"

말을 남기고 현관문을 나가버렸다.

무엇을 알아서 하란 말인가? 나는 화장실 앞에 고대로 서 있었다. 그러자 저만큼에서 이쪽을 지켜보며 서있던 이모님이

"저놈의 성미는 못 고친다니까! 가뜩이나 모든 것이 낯설어서 서먹한 박 서방에게 먼저 윗사람이 따뜻한 말은 못해줄망정……쯧쯧."

큰 소리로 말하며 혀끝을 찼다.

"이모님과 장모님은 자매인데도, 성격이 다르신 것 같습니다."

"자매는 무슨 놈의 자매!"

불쑥 말을 한 이모님은 무엇 때문인지 얼른 말을 돌렸다.

"그나저나 앞으로 박 서방은 이집에서 지내자면 꽤나 애 먹겠구

　　　　　　　　　　　　　　　　　　기다리고 있는 것들

면."

나도 어색함을 피하기 위해서 엉뚱한 말을 한다.

"미경이는 언제 이곳으로 이사를 왔습니까?"

"언제부터인가 그 애는 저쪽 아파트보다는 이곳에서 자는 날이 많더니, 어느 때부터인가는 아예 여기서 살더구먼. 알고 보니 박서방이 병원에 입원을 하자 그렇게 된 것이더군. 그러다가 어느 날인가, 그 애 어미가 나더러 방을 2층으로 옮기라는 거야. 할 수 없더군. 그러자 이틀쯤 지나서 이삿짐이 오고, 미경이는 내가 지금까지 지내던 저 1층 방을 자기가 쓰고……그리고 얼마쯤 뒤에, 김 회장이 일반 병실에서 중환자실로 옮기고……"

"……"

나는 그동안에 그런 일이 있었다는 것을 알았다.

오후에, 베란다의 소파 위에 앉아서 어머니에게 전화를 걸었다. 전화를 받자마자 어머니는 대뜸 울먹이며 말했다.

"너냐? 거기가 어디냐?"

"어제, 퇴원을 했습니다. 별일 없으시죠?"

"나야 그렇지만, 너는 그동안 얼마나 고생을 했냐?"

"잘 지내다가 나왔습니다. 하하."

"네 처한테서 느닷없이 전화가 걸려오지 않겠니. 학원에 무슨 문제가 있는지 네가 요즘에는 부쩍 술을 자주 마신다더구나. 이래서는 안 되겠다 싶어 용단을 내렸다면서, 너를 병원에 입원을 시켜 한동안 휴양을 시키는 게 좋겠다고. 마침 마땅한 병원을 알게 되었고, 그러자면 아무래도 어머니의 협조가 필요하다면서……"

"그래서요?"

태양의 저쪽

"우리집으로 오겠다기에, 집을 찾기에도 그렇고, 더구나 집도 초라하고……이래저래 알기 쉽게 우리 마을의 저 장승 고개에서 서로 만나기로 했다. 그랬더니 다음날 택시를 타고 찾아왔고, 택시를 세워놓고 나한테서 병원 입원에 필요한 서류라면서 종이를 내밀어 도장을 받아가지고는, 그 택시를 타고 다시 되돌아가더구나."

"그랬었군요."

"내가 너무 쉽게 도장을 찍어준 것은 아닌지 뒤늦게 후회도 됐지만……"

"아뇨. 잘하셨습니다. 하하."

"그렇다니 다행이다."

이어 어머니가 엉뚱한 말을 한다.

"그나저나 네 처가 보기와는 다른 것 같더라. 처음에는 부잣집 딸이라서 오만하고 건방져 보이더니, 너를 끔찍이나 생각하더구나. 그러니까 너를 그렇게……"

"어머니가 보고 싶습니다!"

"그건 나도 마찬가지다!"

아우와 제수씨 등 집안 식구들의 이야기를 조금 더 나누다가 내일 만나기로 하며 전화를 끝냈었다.

퇴원 후 3일째―.

점심식사를 하고 집을 나선 나는 은행에 들러 통장에 남아 있는 돈 70만 원을 모두 현금으로 찾았다. 그런 다음에 지금 어머니를 만나러 가고 있었다.

어제, 전화 통화에서 어머니는 말했었다. 요즘에 너의 제수는 임신 중이라서 네가 집에 오면 이것저것 신경이 쓰일 테니 차라리 밖

기다리고 있는 것들

에서 만나자. 그런데 내가 길눈이 밝지를 못하니 멀리 찾아갈 수는 없고, 더구나 요즘에는 오래 걷기도 힘이 든다면서, 차라리 집에서 가까운 장승 고개에서 만나 얼굴이나 보자는 것이다. 나도 그러기로 했었다.

어느 때부터인가, 그곳 지하철역 앞에서 우리 마을까지는 마을버스가 다닌다. 이쪽 동네와 저쪽 동네를 잇는 돌다리 앞이 버스 종점이었고, 큰 도로의 정류장에서 멎은 버스는 길을 꺾어서 곧바로 장승 고개를 넘어 그 종점까지 가버린다.

버스에서 내린 나는 조금 후에 그 고갯길을 걸어서 오르기 시작했다. 초등학교에 다닐 적에 6년을 오르내리던 길이었다. 몇 년 동안은 연이(유서연)와 함께 그랬었다. 그렇듯 내게는 정다운 길이었다.

고갯마루에 오르자, 가까이에 장승 두 개가 오늘도 그 자리에 서 있었다. 커다란 눈망울들을 부라리며 버티고 서서 우리 마을을 지켜주고 있었다. 그 장승들 뒤에는 판판한 돌 의자들도 그대로였다. 바로 앞에 연이가, 그리고 조금 떨어진 곳에는 산비둘기의 어린 새끼가 흙길 위에 내려앉아 있었다. 그러나 지나간 추억이었다. 지금 그곳에는 연이도, 산비둘기의 어린 새끼도 보이지 않았다.

조금 후에 앞마을 쪽에서 누가 오르막길로 들어서더니 고갯마루를 바라보며 천천히 걸어서 올라오기 시작했다. 어머니의 모습이었다. 나는 고갯마루에 서서, 그런 어머니를 지켜보고 있었다.

이윽고 고갯길을 다 오른 어머니는 말없이 두 손으로 나의 두 손부터 덥석 잡았다. 그런 여인의 두 눈에는 눈물이 그렁거렸다. 나는 어머니의 손을 잡고 장승들 뒤의 그 돌 의자로 가서 나란히 앉왔다.

"네 처는 잘 있냐?"

"그럼요."

"결혼은 두 집안 형편이 서로 비슷해야 무난한 건데, 엄청 큰 부 잣집으로 장가를 갔으니, 아무래도 이것저것 처갓집 눈치가 보일 때도 있고, 그러다 보니 자존심이 강한 네가 홧김에 술을 입에 대 고……"

아들은 아무리 나이를 먹었어도 어머니의 눈에는 늘 어린 자식이 다. 또 그런 자식의 마음을 누구보다도 정확하게 꿰뚫고 헤아리는 것이 어머니였다. 우리 어머니도 그런 여인이었다.

"그랬다고 너무 마시지 마라. 또 그런 곳(병원)에 가서야 되겠니."

"알겠습니다."

"그런데 참……"

문득 생각이 난 듯 어머니가 말을 이었다.

"넌 서연이라는 애를 기억하냐? 너랑 초등학교에 같이 다니고, 옆 동네에 살던 여자아이를……별명이 덜렁이라던가? 언젠가 우 리 동네 개구쟁이 녀석 대길이네 집을 찾아와서 발길로 그 집 대문 을 뻥뻥 걷어찼던 아이!"

"알고말고요! 그런데 갑자기 왜 그 애 얘기를 꺼내셨죠?"

"그 애가 우리집에서 자고 갔었다."

"네?……언제요?"

"아마도 네가 결혼을 하고 조금 지나서일 것이다. 밤늦게 소낙비 가 내렸고, 누가 대문 밖에서 네 이름을 큰 소리로 부르며 찾더구 나. 누군가 하고 나가봤더니, 뜻밖에도 그 애였는데, 아무리 나이

기다리고 있는 것들

를 먹었어도 어릴 적의 티가 많이 남아 있어서 곧 알아보았다."

"밤에, 연이가 왜 왔었죠?"

"우선 방으로 데리고 들어왔다. 그 애는 어디선가 술을 마셨고, 아무래도 조금 취해 있더구나. 아마 술김에 옆 동네의 자기 집을 찾아갔었고, 그곳에서 식구들한테 싫은 소리를 들었던 모양이고, 그러자 뛰쳐나와 자기 집으로 돌아가려던 길에, 마침 비가 내리자 우산도 빌릴 겸 네 생각도 나자 그렇듯 우리집을 찾아온 것 같더구나."

"그래서요?"

"이곳에서 자고 가라고 그 애를 붙잡았다. 그랬더니 그 애는 문득 너의 소식을 물어보더구나. 얼마 전에 결혼을 했다고 말해 줬다. 그러자 그 애는 종훈이는 머리가 좋아서 크게 성공을 할 거라고, 좋은 색시를 만나 재미있게 살 거라며 웃더구나. 그러더니 조금 후에 무엇이 서러운지 갑자기 훌쩍거리며 울기 시작했고, 그러다가 어느 결에 옷을 입은 채로 내 곁에 누워서 잠이 들었지."

"그래서요?"

"나도 낮에 한 집안일이 힘에 부쳤던지 그만 깜빡 잠이 들었는데, 얼마쯤 뒤에 눈을 떠 보니까 그 애가 보이지를 않았어. 처음에는 화장실에 갔거니 생각했는데, 한참을 기다려도 들어오지를 않더구나. 궁금해서 나가봤지 뭐냐. 하지만 그 애는 화장실에 없었고, 대문을 보니까 빗장이 열려져 있었어. 이미 비는 그쳤고, 그러자 화장실에 들렀다가 그냥 장승 고개를 걸어서 넘어가버린 것 같더라고."

"그런 일이 있었군요."

우리는 잠시 말이 없었다. 조금 후에 어머니가 문득 물어본다.

"넌 우리 동네에 사는 수다쟁이 여편네—를 기억하냐?"

"그럼요. 그런데 그 아줌마가 어때서요?"

"그 여편네한테서 들은 얘긴데……네 친구 서연이는 초등학교 4학년인가 5학년 때 고모네 집으로 가서 그곳에서 학교를 다녔고, 그러다가 고모가 죽자 그 애는 다시 이미 결혼을 한 작은언니네 집으로 옮겨 갔다더구나. 그러자 서연이 아버지는 이쪽의 큰 밭은 큰딸과 데릴사위의 몫으로, 외지(外地)의 돈 많은 사람이 별장을 짓겠다고 자꾸만 조르던 저수지 저쪽에 있는 밭을 팔아서는 남은 두 딸에게 유산으로 갈라주고……그리고 얼마 후에 치매에 걸린 영감님은 어느 날 집을 나가서는 돌아오지를 않았단다. 경찰서에 실종 신고를 했어도, 아직까지 찾지를 못했다지 뭐냐."

"영감님은 어찌 되었을까요?"

"벌써 그때가 언젠데……어쩌면 이 근처의 산으로 들어갔다가 길을 잃고, 이리저리 헤매다가 어느 으슥한 곳에서 죽었을지도……우리 마을의 산들이 보기와는 달리 깊고 험한 곳이 많거든."

"그러면 지금 그 집에서는 누가 삽니까?"

"맏딸과 데릴사위와 조카들, 그리고 서연이의 늙은 어머니……그래도 우리 마을에서는 살림이 넉넉한 집이라고 소문난 집이었었는데, 네 친구 서연이는 그런 집의 막내딸이었는데……술을 마시고 밤에 문득 고향집을 찾아올 정도로 몸이 망가져버리고, 어쩌다가 그렇게 되었는지 참으로 안 됐더구나!"

"……"

3월이지만, 아직 바람이 차갑다.

기다리고 있는 것들

"그만 일어나세요, 어머니."

"그러자꾸나."

우리는 곧 장승들 옆을 지나 고갯길로 나섰다. 나는 어머니에게 30만 원을 건네며 말했다.

"돈 많이 벌면 더 드릴 게요. 우선 이걸 받아 두세요."

그 돈을 헤아린 어머니는 조금 뒤에 20만 원을 되돌려주며 말했다.

"내가 어림으로 따져보아도 석 달……그동안 너는 한 푼도 벌지를 못했다. 나에게는 10만 원만 주고, 네가 가져다가 쓰거라."

"저는 또 있습니다."

"그래도 가져가거라! 나는 돈이 없어도 그럭저럭 먹고 사니까……무슨 말인지 알겠니?"

나는 어머니가 내민 그 돈을 마지못해 받았다. 그리고 그곳에서 헤어졌다. 고갯마루에서 저 아래의 도로를 바라보며 언덕길을 내려오다가 문득 뒤돌아보자, 어머니는 아직도 그곳에 서 있었다. 내가 손을 흔들어 보이자, 어머니도 그랬다. 내가 먼저 뒤돌아섰다. 그리고 언덕길을 내려가기 시작했다.

큰 도로 근처에 버스정류장이, 그 옆에 편의점이 눈에 띄었다. 이곳에서 마을버스를 타면 되었다. 누가 담배를 입에 물고 옆으로 지나쳤다. 그러자 문득 무엇이 나를 미련처럼 잡고 늘어졌다. 끝내 나는 문 옆에 작은 탁자와 플라스틱 의자가 놓인 그 편의점으로 들어가서, 니코틴 함량이 가장 낮은 0.01mg인 담배와 가스라이터를 사서 들고 편의점 밖으로 나와 그 의자 위에 앉았다. 그 병원에서 나는 니코틴 함량이 훨씬 높은 담배를 피웠었다. 그곳에는 그것밖에 없어서였다. 갑자기 담배를 끊으면 자칫 금단현상이 올 수도 있다. 몇 년 전에도 그랬었던 것처럼 가장 순한 것을 피우다가 담배를 또 끊기로 했다.

멀리 초등학교가 자리한 저쪽에서 어린 학생들 몇 명이 이쪽으로 걸어오고 있었다. 얼핏 3, 4학년쯤 된 아이들인 듯싶었다. 살펴보았어도 나랑 연이의 모습은 보이지 않았다. 그 아이들 틈에 없었다. 장승 고개에서, 어린 산비둘기 새끼를 걱정하던 그 착한 연이가 어쩌다가……담배를 피우면서 나는 어머니로부터 들은 연이에 관한 얘기를 떠올리며 기분이 무거웠다.

그 우울한 이야기를 지우기 위하여 나는 애써 다른 생각을 하기로 한다. 어머니를 보았으니 다음엔 동우를 만나기로 한다. 내게 전화를 2번씩이나 했었는데도 회답이 없는 나, 그것도 3개월 동안이나 그런 나를 그는 지금쯤 잊은 건 아닌지, 아니라면 어떤 생각을 하고 있을까 모르겠다. 그다음에는 돌아가신 장인의 아들이며 나의 처남인 영호 씨를……그동안에 병원으로 문병은커녕 장인의 장례식에도 참석하지를 못했던 나는 죄송할 정도가 아니라 지금도 가벼운 죄의식까지 느끼고 있었다. 뒤늦게라도 그를 만나 사죄를 해야 한다. 그래야 도리였다. 그래야 내 마음이 가벼워지고……

내가 동우와 만난 것은 2일이 지나서이다.

전에 우리가 가끔 만났었던 그의 직장 근처의 음식점이었다.

만나기 바로 전까지, 나는 그동안 뜻밖의 교통사고를 당해서 이제야 만나게 된 것이라고 어물 슬쩍 거짓말을 하려고 했었다. 그러나 동우가 어떤 녀석인가. 그게 쉽게 통할 것 같지가 않았다. 그러자 아예 솔직하기로 마음을 먹었다. 그동안에 있었던 나의 요약된

기다리고 있는 것들

이야기를 다 듣고 난 그가 대뜸 물어본다.

"그래서 지금 소감은 어떠냐?"

"적군의 포로수용소에 갇혀 있다가 풀려난 기분이다."

"네가 정신병원에서 되게 혼이 나갔던 모양이로구나! 거긴 저승이고 여기는 이승이니까, 그런 의미에서 한 잔 하자고!"

"그러자!"

"너도 생각해봐라! 내가 너한테 전화를 건 것이 헤어지고 며칠 후인데, 그리고 아무런 회답이 없자 또 걸어본 것은 바로 그 다음 날인데, 그래도 전화를 받기는커녕…… 네가 교통사고를 당했어도, 죽지 않았다면 병원에서라도 뒤늦게 전화를 했을 텐데……나는 나름대로 이런저런 생각을 해봤다. 네 결혼식 날, 네 마누라의 인상을 잠깐 눈여겨봤었는데, 입과 눈이 서로가 따로 놀았어. 같이 웃고 같이 우는 것이 아니라, 웃는 입에, 성난 눈이었거든."

"뭐라고?"

"눈은 마음의 창문—이라지 않나. 유리창을 활짝 열고 바라다보는 것이 아니라, 문틈으로 밖을 살피는, 어딘가 마음이 밝지가 않은 그런 느낌이었다고."

"하하하하. 그래서?"

"웃기는. 앞으로 네가 자칫 피곤할 거라는 생각이 들더구나."

"이래저래 모두가 내 탓이다. 속담에도 '송충이는 솔잎을 먹고 살아야 한다'고 했는데……"

"그건 그렇고……그곳에서 무슨 생각을 하며 시간을 보냈냐?"

"퇴원이 가까워질수록 이런저런 생각이 들더구나. 도대체 인간이란 무엇인가, 법이란 무엇인가, 운명이란 무엇인가……"

"그래서?"

"세상에 태어난 아기들은 모두가 예쁘고 착한데, 악의 터널 같은 이 세상을 지나다가 보니까 어쩔 수 없이 그 악에 오염이 되어, 죽을 때는 대체로 몸도 마음도 지치고 추한 모습이라는……"

"나는 성악설을 믿는 쪽이라고! 인간은 태어날 때부터 악의 유전자를 지니고 나왔고, 그래서 그런 인간들을 착하게 만들려고 이 세상에 종교와 윤리가, 그것만 가지고는 도저히 안 되니까 보다 현실적이고 강압적인 법이 생겨났다고! 그런데, 그 법이라는 것은 완전하냐? 그것 역시 인간들이 만든 법이기에, 그 법을 집행하는 과정에서 편파적 또는 편의에 따라서 '귀에 걸면 귀고리, 코에 걸면 코고리'로 불공정한 오류가 많다고!"

"흐흠."

"과거에 법은 강자를 위한, 강자에 의한, 강자의 것—이었다고. 군주의 통치수단인 독재정치를 수호하기 위한 도구였다고. 그러자 악덕 군주를 타도하기 위하여 혁명이 일어나고, 그러나 그 혁명은 새로운 독재의 시작이고……우리는 오늘날도 그런 역사적인 모순과 반복 속에서 살고 있다고!"

"한 나라의 왕족으로 태어나면 모두가 행복할 거라고 생각하지만, 어떤 왕자는 불행했고, 어떤 공주는 슬펐고……"

"어떤 독립운동가는 감방에서 일찍 죽고, 어떤 매국노는 행복하게 오래오래 살고……인간은 저마다 타고난 팔자라는 것이 있다고."

"운명이란 도대체 뭐야?"

"속담에도 '팔자는 독 속에 숨어도 못 피한다'는 말이 있다고. 그

기다리고 있는 것들

렇다면 속담이란 무엇이냐? 옛날부터 입에서 입으로 전해져 내려오는 민중들 사이의 격언인데, 시대의 변화에 따라 이치에 맞지가 않는 것들은 차츰 사라지고, 옳다고 여긴 것들은 지금까지도……그런 속담들이야말로 모든 사람들이 공감하는 진리라고!"

"운명은 극복할 수 있다고 하지 않는가?"

"극복하면 그게 원래에 타고난 그의 팔자지."

"앞으로 너의 운명은 어떨 것 같나?"

"오늘날은 AI, 즉 인공지능—시대라고! 인공지능 로봇이 세계의 바둑 최고 고단자들을 차례로 다 이기고, 더 새로운 인공지능이 그 승자인 로봇을 아예 전승으로 이겼단 말씀야! 그러자 이런 생각이 들더군. 인공지능에다가 인간들의 사주팔자를 입력시키면 어떨까 하는……이름난 점쟁이도 남들의 팔자를 2, 3십 년 동안 2만 번 이상을 봐준 후에야 비로소 그동안의 통계를 통해서 '족집게 점쟁이'가 된 거라고. 그러니 하루에도 저 혼자서 스스로 수십만 번씩이나 반복하고 학습하는 인공지능 앞에서 인간 점쟁이들은 아예 게임이 안 되고, 앞날이 답답한 인간들은 버튼 하나만 누르면 그런 로봇에게 앞으로 자신의 운명을 정확하게 미리 알아보게 되고……어때냐?"

"하하하하."

"왜 웃냐?"

"너다운 발상이라서 웃었다."

"웃을 일이 아니라고. 세상을 변혁시킨 발명가들도 처음에는 미친놈 소리를 들었단 말이다. 그건 그렇고……갈 때, 택시 타고 가거라."

그가 20만 원을 내게 건네며 말했다.

"속담에 '입은 거지는 얻어먹어도, 벗은 거지는 못 얻어먹는다'는 말이 있다고. 3개월 동안이나 돈 한 푼 벌지를 못한 놈이니, 우선 아쉬운 대로 그걸 보태 써라. 그건 처음부터 솔직하게 말을 해준 너에 대한 나의 작은 보답이라고 생각해도 좋다."

"고맙다."

"사자성어에 '거자일소(去者日疎)'라는 말이 있다고. 떠나간 자는 날이 갈수록 멀어진다는, 죽은 사람에 대한 슬픔은 시간이 지날수록 차츰차츰 잊혀진다는 뜻이야. 앞으로 전에처럼 가끔씩 만나자고!"

"아웃 오브 사이트, 아웃 오브 마인드―시야에서 멀어지면, 마음에서 멀어진다는 영어 속담도 있지. 그래, 그러자고!"

조금 후에, 우리는 자리에서 그만 일어섰다. 그리고 음식점을 나섰고, 그가 먼저 집으로 가기 위해 택시를 타고 멀어져갔다. 나도 조금 후에, 택시를 탔다.

고마운 녀석, 고마운 친구!―그는 나에게는 언제나 그랬다.

나는 달리는 차 속에서, 앞으로는 되도록 집에서 식사를 하지 않고 밖에서 해결을 하기로 했다. 우선 그때마다 신경을 써주는 이모님에게 미안스러웠고, 그것보다는 식사를 하다가 장모님과 마주치는 것을 피하기 위해서였다. 그만큼 나는 벌써부터 장모님을 부담스러워 하고 있었다. 왠지 그만큼 주눅이 들어 있었다.

집에 들어오자 이모님이 현관의 마루에 서서 나를 기다려 주었다. 그녀를 따라 2층으로 오르려다가 버릇처럼 안방 쪽을 힐끗 바라다보자, 누가 방문을 빠끔 열고 우리 쪽을 내다보다가 이내 방문

　　　　　　　　　　　　　　　　　기다리고 있는 것들

을 닫았다. 보나마나 장모님이었다.

2층으로 오르자, 이모님이 물어본다.

"식사는?"

"밖에서 먹었습니다."

내가 베란다의 탁자 쪽을 잠깐 지켜보자, 눈치를 챈 이모님은

"저 재떨이는 전에 형부가, 아니 자네의 장인이 담배가 피우고 싶으면 아래층에서 이곳으로 올라와서…… 혹시 몰라서 갖다놓은 것이니, 박 서방도 그렇게 하라고."

친절하게 일러주고는 가까운 그녀의 방으로 들어갔다.

나는 유리창을 조금 열어놓고 소파 위에 앉아서 담배를 피워 물었다. 역시 이모님은 고마운 사람이었다. 이집에서 이모님이 없었다면 나는 얼마나 외로울까 싶다. 그런데, 조금 전에 이모님은 돌아가신 김 회장을 '형부'라고, 이어 '자네의 장인'이라고 말했었다. 얼마 전에도, 이모님과 장모님은 같은 자매이면서도 성격이 다른 것 같다고 내가 말하자, 자매는 무슨 놈의 자매냐며 말한 적이 있었다. 그렇다면 이모님은 도대체 누구인가?

다음날 아침나절에, 누가 방문을 두드렸다. 미경이었다. 퇴원한 지 며칠 만에 처음으로 본 얼굴이었다. 그런데도 그녀가 다짜고짜 말한다.

"종훈 씨는 어젯밤에 담배 피웠어요?"

"베란다의 소파 위에 앉아서 그랬지. 그런데 그걸 어떻게 알았지?"

"앞으로는 집에서 담배 피우지 말아요! 엄마가 싫어해요!"

"내가 그곳에서 담배 피우는 것을 장모님이 보셨나? 아니면 짐

짓 이곳까지 올라와서 재떨이를 살펴셨던가?"

"어쨌든 보았으니까 내게 말했겠죠. 피우고 싶으면 종훈 씨의 방에서 방문 닫아놓고 피우든가 해요."

"……"

"그리고, 종훈 씨는 학원에 연락을 해봤나요?"

"그건 왜 물어보지?"

"그러면 계속해서 이렇게 놀고 있을 건가요?"

나는 이미 그곳으로 전화를 해봤었다는 것은 말하지 않고, 짐짓 말을 돌렸다.

"동양에서 서양으로 여객기를 타고 가도 시차 때문에, 북극에서 갑자기 온대지방으로 오면 기후변화로 몸에 이상현상을 느끼는 법이거든."

"그래서요?"

"적응 기간이 있으니까, 어느 정도 시간적인 여유를 달라고."

"어쨌든 이곳은 엄마의 집이에요. 우리는 지금 엄마의 집에 얹혀 살고 있다고요."

"더부살이를 하고 있다는 말인데……그래서?"

"그러니까 알아서 해요!"

그리고 그녀는 휑 나의 서재에서 나가버렸고, 곧 층계를 밟는 발소리가 콩콩콩콩 들려왔다.

그 다음날 비슷한 시각에, 내가 소변을 보러 아래층으로 내려가다가 층계참에 이르렀을 때다.

"속담에 '겉보리 서 말만 있으면 처가살이 안 한다'고 했어. 이건 염치가 있어야지!"

그건 카랑카랑한 장모님의 목소리였다. 혼잣말처럼, 그러나 위층에서도 들릴 정도로 크게 그런 말을 내뱉은 장모님은 현관문을 열고 밖으로 나갔다. 외출을 하는 모양이었다.

그 소리를 들은 나는 층계참에 그대로 서 있었다. 조금 후에 아래층으로 내려가 화장실에 들렀다가 나오자 이모님이 내게 말한다.

"장모가 한 얘기를 자네도 들었나?"

"들었습니다."

"한쪽 귀로 듣고, 한쪽 귀로 흘리게나."

"얼핏 염치가 없다는 것은 내가 그렇다는 것이겠고, 그런데 그 속담은 무슨 뜻입니까?"

"옛날에, 못 먹고 못 살던 '보릿고개' 시절에도, 부자들은 귀한 쌀밥을 먹었지만 백성들은 쌀보리를 먹고, 그나마 가난뱅이들은 찧어도 껍질이 잘 벗겨지지가 않는 그런 껄끄러운 겉보리를 먹고 살았다지. 가난뱅이들일수록 집에 자식들은 많고, 그러니 그까짓 서 말을 가지고 며칠이나 먹겠나. 어쨌든 그런 겉보리가 조금만 있어도 이 눈치, 저 눈치 보며 처갓집에 얹혀살지 않는다는……"

나는 위층으로 올라와서 외출복으로 갈아입고 아래층으로 내려왔다.

"어디에 가려고?"

"밖에 나가서 바람 좀 쏘이고 싶어서……"

"나가지 말고, 식탁에 앉게나. 나도 오늘은 박 서방한테 할 말이 있으니까!"

"?"

이모님은 횡 밖으로 나갔다가 얼마 만에 돌아왔다. 그녀의 손에는 의외로 술병이 들려 있었다. 술은 소주였다. 이어 가스불 위에다가 찌개를 데우고, 식탁 위에다가 몇 가지 반찬과 밥을 차려주었고, 술잔도 두 개를 가져다가 놓더니 나하고 마주 앉았다.

"지금은 모두 저세상으로 떠나갔지만, 자네의 장인은 나의 형부, 그의 부인은 나의 언니였다네."

"그러셨군요!"

"그런데 언니가 10여 년 전에 큰 교통사고를 당했고, 불행하게도 하반신 마비가 되어 집안에서도 휠체어를 타고 옮겨 다니는 불구자가 되었지. 마침 나는 혼자 사는 몸이었고, 그러자 형부가 내게 부탁을 했다고. 처제가 우리집에 들어와서 함께 사는 게 어떠냐고. 불구자인 언니도 가엽고, 이래저래 그때부터 이집 식구가 되어 집안 살림을 내가 맡아서 하게 되었지. 그러다가 조카인 영호는 결혼을 해서 아파트로 분가를 했고……"

이미 술 한 잔을 스스로 따른 그녀는 나의 잔에도 따라주며 말을 이었다.

"오늘은 여기 앉아서 술을 마셔도 되네. 자네 장모를 신경 쓸 거 없어. 이따가 늦게 들어올 거니까."

"……."

"자네의 장인은 술을 좋아했지. 그러자 밤에는 식탁에 이렇게 마주 앉아서 나랑 술을 마실 때도 있었고, 그러면 휠체어를 탄 언니는 가까이에 자리하고 그런 우리의 모습을 흐뭇한 시선으로 바라보며 좋아하고……"

"그러면 미경이는 누굽니까?"

"그런데 김 회장이 어쩌다가 일을 저질렀지 뭔가! 자기 사무실에

기다리고 있는 것들

서 일하는 여직원을 건드렸고, 그러자 그녀가 임신을 했고, 그러나 나이가 열댓 살이나 어린 그녀는 무엇 때문인지 김 회장에게 책임을 지라고 매달리며 이듬해에 출산을 했는데, 그 아이가 바로 미경이라고."

"그렇다면 언니는 그런 사실을 모르셨나요?"

"형부는 어쩔 수 없이 언니 모르게 두 집 살림을 했고, 언니는 뒤늦게 그런 사실을 눈치를 챘고, 그러나 어쩌겠어! 알면서도 모르는 체……그러자 형부는 언니에게 미안해서라도 아주 잘했지만, 몸도 마음도 편치가 않았던 언니는 무슨 합병증으로 3년 전에 죽었다고. 불쌍한 언니였다고!"

이모님은 이미 비어 있는 잔에다가 술병을 기울여 술을 따라 홀쩍 마셨고, 어서 마시라며 나에게도 술을 권했다.

"그렇다면 미경이네는 언제부터 이집에서 살게 되었나요?"

"언니가 죽은 지 반년쯤 지났을까, 그 여자는 기다렸다는 듯이 미경이를 데리고 이집으로 밀고 들어왔고, 곧 김 회장에게 졸라서 미경이를 영호의 사무실에서 일하도록 만들었고……작년에는 미경이를 결혼시키겠다면서, 인물이 멀끔해 보이는 사내 녀석을 집으로 데리고 와서 김 회장에게 소개를 시키더라고. 나는 주방에 있었고, 미경 어미와 그 녀석은 저쪽 거실의 소파 위에 나란히 앉아서, 마주 앉은 김 회장과 이런저런 이야기를 나누던 도중에 부동산이 어쩌고저쩌고……결국 김 회장이 안 내켜 하더니 뒤에 자네를 사위로 맞아들이더라고."

"회장님은 무엇이 안 내키셨기에……?"

"그가 돌아가자, 사윗감으로 마음에 들더냐고 그러잖아도 내가 회장님한테 슬쩍 물어봤었지. 그랬더니 회장님이 혼잣말로 '녀석이 진사 앞에서 문자 쓰고 있네!'라며 웃더군. 우리 회장님이 어떤 사람인데, 그의 앞에서 부동산이 어쩌고저쩌고……"

"그런 일이 있었군요."

"속담에 '날아온 돌이 박힌 돌을 뽑는다'는 말이 있지. 이집으로 들어오자 미경 어미는 내가 나이를 몇 살은 더 먹었는데도, 그런 나를 차츰차츰 식모 취급을 하면서 안주인 행세를 하더군. 그러자 나도 제 따위가 뭔데 하며 속이 뒤틀렸지. 그러다가 회장님이 중환자실로 병실을 옮기자, 나더러 이집에서 나가주었으면 하고 은근히 속내를 내비치더군. 말하자면 전처의 동생이 꼴 보기 싫다는 것이지. 그러자 나도 오기가 생기더군. 누가 이기나 해보자며 오늘날까지 버텨왔지. 끝내는 그쪽에서 그동안의 가정부 월급이라며 돈 1천만 원을 줄 테니까……"

"그래서요?"

"속담에 '팔은 안으로 굽는다'고 했던가, 분가를 했어도 친조카인 영호는 나하고 가끔씩 전화 연락을 주고받고 해왔거든. 그 사실을 알게 된 영호는 우선 보증금과 월세를 자기가 드리겠으니 그 집에서 나오라, 그러다가 차츰 전세방으로 옮겨드리겠다고 하더군. 그러자 나도 이집이 더는 싫고, 이리저리 방을 알아보다가 모든 게 결정이 나서, 곧 그쪽으로 이사를 간다고."

"그렇다면 언제쯤……?"

"나의 짐이라고 해봤자 몇 가지가 되어야지. 이미 그쪽으로 다 옮겨놓았으니까, 내일이나 모레쯤 나가기로 했다고."

"그렇게 빨리 떠나시다니요!"

"나는 그렇다 치고, 내가 떠나고 나면 박 서방이 걱정일세. 말이란 '아' 할 때 다르고 '어' 할 때 다른 법이거든. 깐족거리며 남의 속을 뒤집어놓는데 선수인 그들 모녀가 보나마나 이번에는 박 서방을……딸보다 어미가 더하고, 그 눈총과 등쌀에 박 서방이 어떻게 견딜는지 모르겠네."

이모님의 말은 사실이었다. 2일이 지난 오전에, 이집을 떠나갔다. 그러자 기다렸다는 듯이 그날 오후에, 나이가 50세 안팎의 가정부가 새로 들어왔다.

내가 영호 씨를 만난 것은 다음날 저녁이었다. 내가 먼저 전화를 걸었고, 장소는 우리가 전에 만난 적이 있는 그 음식점이었다. 만나자마자 나는 장인의 문병도, 장례식에도 참석하지 못한 것을 아들인 그에게 사과부터 했다. 그런데, 의외였다. 크게 나무랄 줄 알았는데, 오히려 그가 엉뚱한 말을 한다.

"정신병원에 갇혀 있는 사람인데, 그러고 싶어도 그럴 수가 없는 게 당연하지."

"그걸 어떻게 아셨죠?"

"처음에는 나도 그런 사실을 몰랐지. 그러자 자네가 괘씸하더라고! 아버지가 일반 병실에서 중환자실로 옮기고 며칠 뒤에, 미경이에게 호통을 쳤다고. 사위라는 녀석이 아무리 그런 놈이라고 해도, 마누라인 네가 먼저 그런 남편을 질책해야 하지 않느냐고. 그랬더니 비로소 실토를 하더군. 그이는 이런저런 이유로 지금 정신병원에 들어가 있다고 말야."

"……"

"중환자실로 옮기실 때, 아버지는 내게 자네를 물어보시더군. 그분도 궁금하셨던 거야. 그만큼 아버지는 박 서방, 자네를 좋아하셨다고!"

"죄송합니다!"

"아버지의 지시로 미경이를 사무실에 데리고 있게 되자, 솔직히 나는 불쾌했지. 나를 염탐하고 감시하려고 그 여자(계모)가 일부러 사무실에 딸을 첩자로 심어놓은 것이라는 느낌이 들더라고. 그런데 사무실에서 미경이는 어디에서 전화가 걸려오면 어떤 전화는 꼭 복도로 나가서 받더라고. 이래저래 은근히 호기심이 발동을 했지. 그래서 심부름센터의 직원에게 부탁, 그 애가 누구와 만나는지 알아보라, 그랬더니 어느 멀끔한 녀석을 자주 만나고, 검은색 고급 승용차를 타고 다니는 그 녀석은 어떤 날 밤에는 미경이를 아버지의 그 2층집 근처까지 태워다 주고 돌아가고……나는 이번에는 그 녀석이 어떤 자인지 알아보라고 의뢰를 했지."

"그랬더니요?"

"그 녀석은 3층짜리 건물을 가지고 있는 부동산 개발업자였고, 미경이 뿐만 아니라 그 엄마와도 만나고, 그러더니 어느 날은 그 녀석을 사윗감으로 아버지에게 소개를 시키고……"

"그가 사윗감으로 집에 왔었다는 사실을 형님은 어떻게 아셨습니까?"

"어떻게 알기는. 이모님이 내게 전화로 그런 말을 해주시더군. 그 사설탐정이 내게 건네준 몇 장의 사진들과 이모님이 말한 그의 용모와 특징을 비교를 해보니까, 틀림없는 그 녀석이었다고!"

"그 사내와 미경이는 지금도 만나요?"

"그건 나도 모른다고. 이후로 그 직원과의 고용계약이 끝났으니

　　　　　　　　　　　　　　　　　기다리고 있는 것들

까."

"미경이는 그 남자를 어떻게 알았을까요?"

"어쩌면 미경이 엄마가 그를 먼저 알았고, 그러다가 딸에게 소개를 시켰는지도 모르지. 그건 그렇고……"

자기의 빈 술잔을 내게로 건네고 술을 따라준 그가 불쑥 이런 말을 했다.

"아버지가 돌아가시기 며칠 전에, 그 여자는 벌써 변호사를 고용해서 내가 관리하고 있는 5층짜리 그 상가건물과 시골에 있는 숨겨진 작은 땅까지 어떻게 알아내서 가압류 신청을 해놨고, 이를 알게 된 나도 변호사를 통해서 아버지가 살던 그 2층집까지 가압류를……그 여자는 나의 아버지인 남편이 오래 살지 못할 것이라는 것을 알고, 이후에 있을 유산 분배에서 자기와 딸의 몫을 챙기기 위해 그렇듯 선수를 친 것이고, 그러자 이에 맞서서 나도……이건 민사소송이라서 시간이 꽤 오래 걸릴 것이지만, 어쨌거나 그쪽과 이쪽은 서로가 동지가 아닌 적—이라는 것을 자네도 참고로 알아두었으면 좋겠다고."

우리는 조금 더 술을 마시다가 그 음식점을 나와서 헤어졌다. 내가 집으로 돌아오자, 오늘따라 거실의 소파 위에 장모님이 앉아 있다가 큰 소리로 말했다.

"자네, 이리 와서 좀 앉게."

"?"

의아해하며 내가 그리로 가서 마주 자리를 하자, 장모님이 대뜸 물어본다.

"오늘도 술 마셨나?"

"그렇게 됐습니다."

"이건 술 끊으라고 정신병원에 보냈더니, 끊기는커녕 담배까지 배워가지고 나오고……그나저나 오늘은 누구하고 마셨나?"

"처남을 만나서……"

"영호를? 그 녀석을 왜 만났지?"

"장인어른의 장례식에 참석을 못했던 것을 만나서 사과를 하려고, 이쪽에서 먼저 전화를 했었습니다."

"그렇다 치고, 그 녀석과는 전부터 친했었나?"

"한 번 만난 적이 있었고, 오늘이 두 번째입니다."

"그래서 영호가 무슨 말을 하던가?"

나는 장모님에게 말려들고 싶지가 않다. 자칫 그들 사이의 분쟁에 휘말릴 수도 있다. 하지 말아야 할 말들은 빼기로 하고, 그건 나만 알고 있기로 한다.

"장인어른이 일반 병실에서 중환자실로 옮겨가실 때, 박 서방을 찾으시더라는……"

그러자 장모님이 얼른 말을 돌렸다.

"그건 그렇고……그 녀석이 나하고 미경이에 관한 얘기를 물어보지 않던가?"

"무슨 말씀인지……?"

"요즘에는 어떻게 지내며, 무슨 말들을 하는지 기억했다가 자기한테 알려달라고 말이지."

"그런 말은 없었습니다."

"그렇다면 다행이고……어쨌든 오늘은 그랬다 치고, 앞으로는 영호를 만나지 말게!"

기다리고 있는 것들

"왜죠?"

"그 녀석은 위, 아래의 예의도 모르는 버릇없는 놈일세. 이건 장모가 사위에게 하는 명령이라고 봐도 좋네!"

"……"

"앞으로 이집에서 우리랑 함께 살려면……알아서 하게!"

그러고 자리에서 일어난 장모님은 휑 안방으로 들어가 버렸다.

2층의 서재로 올라온 나는 그 자리에 우둑 멈추어 섰다. 그러면서 조금 전의 장모님과의 만남과 그 주고받았던 얘기 대신에, 엉뚱하게도 문득 다른 생각이 떠오른다.

─ 침대 하나만 놓인 어느 희미한 방, 하얀 홑이불을 뒤집어쓰고 누워 있던 그 사람, 내가 들어가자 몸을 불쑥 일으켜 침대에서 내려온 그는 휙 문밖으로 나가버렸고, 아무리 기다려도 다시 돌아오지를 않았던 그 야릇한 꿈……

그것은 내가 그 병원에서 그래도 퇴원이 가깝다고 여겨지던 때에, 처음으로 꾸어본 꿈이었다. 그 하얀 홑이불을 뒤집어쓰고 침대 위에 누워 있던 그는 누구였을까? 아까 처남은 아버지가 중환자실로 옮겨가실 때 박 서방을 찾더라고 말했었다. 그리고, 그 노인은 자네를 좋아하셨다고……퇴원을 하던 날, 미경은 아버지가 2주일 전에 이미 돌아가셨다고 말했었다. 그렇다면, 그 날짜와 그 꿈은 서로 비슷한 시기였고, 어쩌면 장인어른이 임종을 하던 그 순간일는지도 모른다는……

나는 이집이 싫다. 미경이도 장모님도 싫다. 아니, 장모님이 더 싫었다.

집에 있으면 언제, 무슨 일이 일어날는지 불안하다. 그렇다고 밖

　　　　　　　　　　　　　　　　태양의 저쪽

으로 나가면 막상 갈 곳이 마땅찮다. 그래도 집보다는 차라리 그쪽이 더 낫다 싶다.

다음날부터 나는 아침 일찍 집을 나와서 이 도시의 거리를 이리저리 배회하며 살았다. 어떤 때는 내가 몸담았었던 그 학원의 문 앞까지 갔다가 이내 뒤돌아서기도 하고…… 때로는 그런 내 모습이 이리저리 떠돌아다니는 한 마리의 외로운 들짐승 같기도 했다.

밤이 찾아오면, 도시의 거리는 불빛들로 가득하지만, 나의 눈에는 어둠침침하게 느껴질 때도 있었다. 수많은 사람들이 자유롭게 오고가며 지나쳤지만, 나의 눈에는 그렇지도 않았다. 때로는 그들 모두가 환자들처럼 보일 때도 있었다. 그리고 이 거리는 정신 병동, 나아가 이 사회는 하나의 거대한 정신병원처럼 보였다.

거리에서, 늦은 밤이면 내 마음은 더욱 썰렁해지곤 했다. 이런 시각이면 새들도 둥지를 찾아가서 지친 날개를 접고 편히 쉬는데, 나에게는 나를 반갑게 맞아줄 그런 보금자리가 없다. 어느 때는 공원의 벤치 위에 길게 누워 있는 노숙자가 부러울 때도 있다. 비록 잠자리는 그렇지만, 어쩌면 그의 마음은 나보다도 훨씬 평안할지도 모른다는……

며칠을 그렇게 보낸 어느 날 저녁 무렵에, 거리에 서 있는데 어디선가 전화가 걸려왔다. 처남인 영호 씨의 전화였다. 문뜩 자네 생각이 떠올라 전화를 했다면서, 시간을 낼 수 있으면 앞서의 그 음식점에서 만나 저녁식사를 같이 하자며 웃었다.

이 시각에, 이런 나에게 전화를 주다니……나는 그런 그가 고마웠다. 그렇게 하기로 얼른 동의를 했다. 장모님의 얼굴이, 앞으로 영호를 만나지 말라던 명령(?)이 머릿속에 떠오른 것은 그 뒤였다.

우리는 1시간쯤 지나서 만났고, 술을 곁들인 저녁식사를 함께 하며 이야기를 나누었다.

"우리가 만난다는 것을 미경이도 알고 있나요?"

"아버지가 돌아가시자, 나는 그 애를 나의 사무실에서 쫓아냈다고. 자넨 그런 사실을 모르고 있었나?"

"나에게 말을 해주는 사람이 없었으니까……오늘, 처음 듣습니다."

"같은 침대에 나란히 누워서 잠을 자는 부부 사이인데도 그렇단 말인가?"

"각자가 방을 따로 쓴 지 오래됐습니다."

"그것 참! 부부는 같은 방에서 지내야 미운 정이라도 드는 법인데……이제는 모든 것을 알 만하네!"

그가 술잔을 들어 술을 훌쩍 마셨다. 나도 그랬다.

"이런저런 것들을 종합해 볼 때, 내가 보기로는 미경이와 자네 사이는 거의 끝장이 난 것 같은데……누가 먼저 이혼하자는 말을 꺼내느냐, 그것만 남은 것 같다고. 아닌가?"

"미경이는 왜 그런 말을 내게 꺼내지 않을까요?"

"그랬다가는 혹시 자네가 엉뚱하게 위자료를 요구할는지도 모른다는 생각도……내가 그동안 데리고 있어봐서 아는데, 그 애는 나름대로 잔머리를 굴릴 줄도 알고 똥고집도 세더라고. 차라리 자네가 먼저 이혼하자는 말을 하면 마지못해 동의를 하는 모양새가 이래저래 주위 사람들이 보기에도 낫다는 나름대로의 계산이……"

"……"

"그 녀석과 결혼을 못하게 되자, 미경이는 그까짓 결혼 안 하고 혼자 살겠다며 나름대로 아버지에게 반항을 하다가, 결국에는 자네와……"

"왜죠?"

"끝까지 그랬다가는 훗날, 유산 분배에서 혹시 자기에게 불리하지나 않을까 겁이 났을 수도……어쩌면 제 어미가 그때마다 미경이를 뒤에서 조종을 했는지도 모르지. 그 여자는 그러고도 남을 사람이니까!"

그가 나에게 술잔을 건네며 웃으면서 말한다.

"그런데 자네는 그런 미경이를 아직도 사랑하는 모양이지?"

"무슨 근거로 그런 말을……?"

"그러니까 사내가 이런저런 수모를 당하면서도 먼저 이혼하자는 말을 꺼내지 않고 있지 않은가."

"한마디로, 나는 나름대로의 자존심 때문입니다. 처가에서 마련해준 아파트에서 떳떳하지 못하게 살더니 결국에는 마누라한테 이혼을 당했다는 것이, 오죽 못 났기에 아내에게 휘둘리며 살다가 견디다가 못해 먼저 이혼을 요구했다는 그것보다는 그래도 덜 창피스럽고 낫다는 생각 때문입니다."

"으하하핫!"

한바탕 크게 웃어댄 그가 갑자기 웃지 않고 말한다.

"이건 사내들끼리의 얘기인데, 혹시 자네가 미경이와 헤어지고 싶다면, 내가 어느 정도 도움을 줄 수도 있다고. 그 사설탐정이 나에게 건네준 몇 장의 '몰래카메라'로 찍은 사진들 중에는, 미경이와 그 녀석이 어느 모텔 앞에 서 있는 그런 것도 한 장 끼어 있다고. 그것이 필요하면 언제든지 연락을 주게나."

기다리고 있는 것들

우리는 오래도록 술을 마셨고, 서로 헤어져서 내가 집으로 돌아
왔을 때, 문을 열어준 가정부와 함께 장모님이 마루 위에 서 있었
다.

"오늘도 마셨는가?"

"그렇습니다."

"또 영호랑 마셨는가?"

"그랬습니다."

신발도 벗지 않은 채 현관에 서서 내가 말하자, 장모님은 어이가
없다는 듯이 나를 노려보다가 또렷하게 말한다.

"내가 그 녀석과는 만나지 말라고 했었는데, 자넨 나의 말을 무
엇으로 아는가?"

"처남과 매부가 만나는 것이 그렇게 잘못된 것입니까?"

"뭐야?"

그때, 현관문이 열리며 미경이 안으로 들어섰다. 외출을 했다가
이제야 돌아오는 것 같았다. 그러자 그녀들이 다 들으라는 듯이,
나도 모처럼 내가 하고 싶었던 말을 내비친다.

"장인어른이 돌아가셨을 때, 미경은 그런 사실을 병원에 있는 나
에게 굳이 알리고 싶지 않았을지도 모릅니다. 혹시 그랬더라도, 장
모님이 그러면 안 된다고 그런 딸을 나무라셨어야⋯⋯그게 어른으
로서의 도리가 아닙니까!"

"뭐, 뭐라고? 누구 앞에서 또박또박 말대꾸야?"

"제 말이 틀렸습니까?"

"자네, 지금 나한테 반항하는 건가?"

"반항이 아니라 사실이 그렇다는 말씀입니다!"

옆에 미경이 서 있거나 말거나, 나는 2층의 나의 서재로 올라갔고, 그리고 침대 위에 누워서 곧 잠들어 버렸다.

시간이 얼마나 지났는지 모른다. 잠결에 누가 나의 몸을 거세게 일으켰다. 얼핏 2명의 건장한 사내들이었다. 그들에게 나는 비실비실 집 밖으로 이끌려 나왔으며, 강제로 승용차의 뒷좌석에 태워진 채 어디로인가 끌려가고 있었다.

기다리고 있는 것들

아름다운 이별

    앞서의 정신병원에서 퇴원을 한 지 2주일 만에, 나는 이곳의 다른 정신병원에 또다시 강제로 입원을 당했다. 그날 밤—나의 서재에서 잠을 자다가 흐릿한 의식 속에서 엉겁결에 당한 일이었다. 그러고 이곳에 온 지 벌써 2주일이 지났다.

    정신병원들은 그 내부 구조가 서로 비슷한 듯싶다. 두꺼운 유리창이며 한쪽에 드리워진 쇠창살들이며 쇠줄로 묶여서 절반쯤만 열리는, 실내의 환기를 시키기 위한 작은 유리창문이며……그뿐인가? 내가 배정되어 있는 우리 방의 식구들은 6명—문 앞에서 보면, 실내의 잠자리도 이쪽에 가로로 나란히 매트리스가 4장, 비좁은 통로를 사이에 두고 발치에 길게 2장이 깔려 있고……그리고, 끽연실에는 가스라이터가 쇠줄로 묶여서 벽에 박힌 못에 길게 매달려 있는 등……

    저쪽(앞서의 그 정신병원)과 조금 다른 점은, 식사시간에 배식은 환자들 중에서 선발된 식구들이 했고, 간식 신청과 배급시간은 보호사가 길게 늘어선 모든 환자들에게 담배와 함께 나누어 주었다. 그리고 어느 방은 아주 넓어서 아예 3팀씩이나 그곳으로 모여 '고스톱 화투판'이 벌어지고……

크게 다른 점이 있다.

알코올 환자들은 드러내고 말들은 안 했지만, 나처럼 이미 다른 정신병원에 입원을 한 적이 있다가 이 정신병원으로 다시 입원을 당한 전과자(?)들이 많았다. 눈치들이 그랬다. 이곳에 있는 정신질 환자들도 경증 환자들보다는 증세가 심한 중증 환자들이 더 많다. 그리고 이런저런 위험한 환자들을 다루기 때문인지, 보호사들과 간호사들은 하나같이 무뚝뚝했다. 사무적인 말 이외에는 일절 환자들과 대화를 나누지 않았다. 그리고, 누군가로부터 얼핏 들은 말로는, 강제입원 기간이 저쪽은 3개월인데, 이곳은 6개월이라는……

물론 이곳에도 공중전화기가 있다. 그러나 환자들이 집으로 전화를 걸 수 있는 시간이 따로 정해져 있었다. 저녁식사시간 후의 1시간인데, 그런 만큼 전화기 앞에는 언제나 환자들이 길게 줄을 서 있고, 통화시간도 2분으로 제한이 되어 있었다. 전화기 옆에는 보호사가 벽시계를 바라보며 버티고 서 있다가, 2분이 지나면 어김없이 송수화기를 걸어놓는 쇠걸이를 내려 강제로 전화를 끊어버렸고, 집으로 통화를 하던 환자들이 그쪽과 큰 소리로 언쟁을 벌인다 싶으면 그때도 역시 마찬가지였다.

무엇보다도, 이 건물에는 여자 환자들도 많이 있다는 점이다. 남자 환자들은 3층, 바로 아래층인 2층에는 여자 환자들이 따로 수

　　　　　　　　　　　　　　　　아름다운 이별

용이 되어 있었다. 물론 3층과 2층은 철문들로 막혀 있어서 서로 대화를 나누기는커녕 만날 수조차 없다. 그러나 그녀들의 목소리들은 3층에서도 이따금씩 들을 수가 있었다.

3층의 끽연실 문의 맞은편 벽은 한쪽이 열쇠로 잠겨져 있는 비상구, 나머지는 튼튼한 쇠창살들이 15cm쯤의 간격으로 길게 내려져 고정이 되어 있었다. 그 쇠창살들 바로 뒤에는 위, 아래층으로 연결되는 계단들이, 그리고 층계참에는 환기를 시키기 위해 늘 열려져 있는 유리창문, 그 아래가 바로 2층의 여자 환자들의 끽연실이었다. 그래서인지 담배를 피우기 위해 그곳에 모인 여자 환자들의 목소리는 물론이고, 때로는 깔깔거리는 웃음소리와 노랫소리들이 이곳 3층의 끽연실까지도 이따금씩 들려오곤 했었다.

어느 날, 심심했는지 나이가 40대인 우리 방의 1번인 방장이 맞은편 문가에 자리한 5번인 나에게

"아무래도 어느 집(정신병원)을 다녀온 것 같은데……"

넌지시 물어본다. 그러자 나는 굳이 숨길 것도 없다.

"어떻게 알았죠?"

"척 보면 알지! 처음으로 이런 곳에 온 자들은 어딘가 겁에 질려 표정들이 불안한데, 종훈 씨는 그러기는커녕 아주 침착하더라고."

이런저런 이야기를 나누다가 우리는 그 시기가 다를 뿐 전에 같은 병원에 있었다는 것을 알았다. 그는 저쪽 병원의 '욕쟁이 영감'도, '키다리 보호사'도 알고 있었다.

"저쪽에 있을 때는, 늦은 밤에 잠이 안 오면 복도로 나가서 조용히 왔다 갔다 거닐어도 보호사들이 모르는 체 눈감아 주기도 했는데, 여긴 밤 10시 이후에는 화장실에 오가는 것만 허용하고 일절

외출금지!"

"그 병원의 키다리 보호사는 환자들에게 친절했었죠."

"여기는 어느 날 갑자기 보호사들이 예고도 없이 들이닥쳐 환자들을 복도로 내보낸 다음에, 그들의 사물함 속을 뒤져보기도 한다고."

"반입금지 품목을 감춰두지 않았나를 검사하는 것이군요."

"그렇소."

"저쪽과 비교할 때, 이곳은 바다 밑바닥처럼 분위기가 무겁고 어둡게 보이더군요."

"같은 정신병원이라도 자유의 등급이 있더라고. 이곳에 와 보니까, 저쪽은 천국처럼 느껴질 때도……이럴 바엔 차라리 어떤 녀석을 죽도록 두들겨 패고, 교도소로 가서 살고 싶기도 하다고. 그곳에서는 어느 때는 잠시나마 마당으로 나가, 햇빛도 볼 수 있으니까!"

"나는 아직 이 건물이 어떻게 생겼는지도 모릅니다."

"남자들은 3층, 여자들은 2층—병원의 원무과와 면회실과 작은 강당 같은 것들은 모두 1층에 있소. 우리의 바로 위층에는 일반 환자들이라서 외출이 자유롭다고 들었소."

"이곳의 환자들은 몇 명이나 됩니까?"

"남자들이 50여 명, 여자들이 30여 명쯤 된다는데, 이따금 무슨 특별강연시간이면 1층의 강당으로 함께 모이기도……그 외에는 끽연실이나 각 방의 환기 창문을 통해 여자들의 목소리만 들릴 뿐, 일절 얼굴도 볼 수가 없다고."

그 후로 우리는 이곳에서 마치 고향 사람이라도 만난 듯 친밀감을 느끼며 지냈다.

방장의 말로는, 그의 옆자리인 2번도 역시 알코올 환자로서 아내가 화투 도박판에 잘못 걸려들어 살림을 축내자 홧김에 술을 마시고 몇 번 손찌검을, 그러자 앙심을 품은 그녀가 어떻게 알았는지 그를 이번에는 이곳으로 보냈다는 것이다. 3번도 그 이유는 말하지 않았지만, 정신병원이 이번이 두 번째라고 했다.

나는 4번이 누구인지를 알고 있다. 나이가 20대인 그는 정신질환자였다. 공중전화를 걸 때마다 집에 가서 살고 싶다고 하소연을 하자, 그게 엄마에게 받아들여져서 퇴원을 시켰는데, 1주일쯤 지나자 다시 이곳으로 보내졌다. 집에서 또 자꾸만 사고를 치자, 아버지가 병원으로 연락을, 그러자 이곳의 보호사들이 차를 타고 달려가서 그를 강제로 데려왔다. 나하고 이웃인 6번도 정신질환자이다. 평소에 방에 있을 때는 조용하다가도, 복도로 나가기만 하면 "나는 영국의 옥스퍼드 대학을 졸업, 미국의 하버드대학원으로 진학을 하려다가……"라는 말만 큰 소리로 중얼중얼 되풀이하며 복도를 왔다갔다 돌아다니다가, 끽연실까지 찾아와서 저 혼자 지껄이다 또 나가버리곤 하는……

이곳으로 온 지 3주일이 지난 어느 날이다.

"아우님!"

"형님!"

우리는 서로 그렇게 부르며 그 자리에 우뚝 멈추어 섰다. 나는 끽연실에서 나오던, 그는 그곳으로 막 들어가려던 때였다. 그는 최영태—바로 영태 씨였다.

나는 그가 끽연실에서 나올 때까지 문밖에 서서 기다렸다. 그리고 그가 나오자, 우리는 복도를 잠시 말없이 함께 걸었다. 그 복도를 사이하고 이쪽과 저쪽에는 환자들의 방들이 나란했다. 이곳에는 어디로 들어가서 이야기를 나눌 곳이 없었다.

"아우님은 언제 이곳에 들어왔지?"

"3주일이 넘었습니다. 형님은요?"

"3일 동안 간호사실의 환자 보호실에 있다가, 어제 방을 배정받았다고."

"그랬군요."

"오늘 아침 배식 시간에 지나치다가 아우님을 얼핏 본 것도 같은데, 혹시나 내가 잘못 본 건 아닌가 생각이 들더군. 나도 이젠 체력이 떨어졌는지, 환자 보호실에 있을 때의 약기운이 아직 덜 풀린 때였거든. 그러다가 이렇게……"

간호사실을 지나자, 앞에서 쇠창살들이 우리를 가로막았다. 저쪽의 끽연실처럼 한쪽은 비상구, 그 옆의 쇠창살들 사이로 계단들이 보였다. 우리는 뒤돌아섰다. 바로 그 옆은 엘리베이터였다. 그러나 그것도 쇠창살문을 나서서 한 걸음쯤 다가가야 탈 수 있었다.

"저 곳으로 내가 들어왔던 모양이지?"

"나도 그랬습니다. 이곳에서 밖으로 드나드는 문은 저 엘리베이터뿐입니다."

"우리 방의 식구들 중에서, 건넌편 자리의 환자가 담배를 피우느냐고 내게 물어보더군. 그렇다고 말하자, 한 개비를 주기에……그런데, 앞서 어떤 녀석이 담배를 훔치다가 들켰는지, 주먹으로 얻어맞더군."

"우리가 있던 저쪽에서는 좀도둑들에게 관대했지만, 이곳은 다

아름다운 이별

릅니다. 그랬다가는 당장 매를 맞습니다. 그만큼 모두가 사납습니다. 나는 또 있으니까, 우선 이걸 피우세요!"

나는 환자복 속에서 담뱃갑을 꺼내 그에게 건네주었다. 10개비가 넘게 들어 있었다.

"고마워, 아우님! 담배가 나올 때까지, 아껴서 피워도 되겠구먼. 핫하."

비로소 그가 조금 웃어보였다. 목소리, 노랫소리에는 저마다 독특한 빛깔이 있다. 비록 짧은 웃음이었지만, 그 웃음은 저쪽 병원에 있을 때는 엷은, 그러나 오늘은 짙은 회색이었다. 지금은 어딘가 텅 비고, 기가 꺾여 있었다.

끽연실이 멀지 않은 곳까지 되돌아오자 그가 옆의 방을 가리켰고, 그 방의 환기 창문 바로 앞이 자기의 자리라고 일러주었다. 알고 보니, 우리 방의 건넌편 쪽의 그다음 방이었다. 나도 방과 나의 자리를 일러주며 그만 헤어졌다.

다음날 아침나절에, 그가 문 앞에 서서 우리 방을 기웃 들여다보았다. 나는 얼른 일어나서 그와 함께 끽연실로 갔다. 담배를 피우고 그곳에서 나온 우리는 어제처럼 복도를 걸었다. 나는 그에게, 그곳에서 퇴원 후에 있었던 이야기를 숨김없이 말해주었다.

"듣고 보니, 아우님은 이번에는 장모님한테 당했구먼."

"아무래도 그런 것 같습니다."

"그렇다면 큰일이로군! 딸을 말려야 할 장모까지 그렇다면, 이곳에서 풀려나기가 쉽지가 않겠구먼. 아내가 면회를 오지도 않고?"

"면회는커녕 전화도 없습니다."

조금 후에, 그가 말을 돌렸다.

"아우님이 퇴원을 하고나자, 나도 그제야 정신이 번쩍 들더군. 그때부터 남은 기간인 1달 동안 더욱 낮은 자세로 마누라한테…… 그런데, 6개월 만에 퇴원을 하고 집에 돌아가 보니까, 너무 어이가 없어서 눈이 확 뒤집히더라고!"

"왜죠?"

"전에도 말했듯이, 살고 있는 아파트가 은행에 담보로 잡혀 있었는데, 내가 그곳에 갇혀 있는 동안 마누라가 그 집을 팔아서 은행 빚을 갚고 남은 돈으로 다세대 주택으로 나앉았지 뭐야. 그것도 월세로 말이지. 미치고 환장하겠더군."

"그래서요?"

"더욱 화가 나는 것은, 알고 보니 그렇게 하도록 일을 꾸민 자는 마누라가 아니고, 이번에도 그 사기꾼 처남 녀석이었다고. 무슨 사업을 벌였는데, 이번에야 말로 '땅 짚고 헤엄치기'라면서 자기 누님을 달콤한 말로 또 설득을……끝가지 나를 피해 다닐 수가 없다고 여겼는지, 이놈이 안주로 치킨 2마리와 소주 3병을 사서 들고 우리집을 찾아와서 헤헤 웃으며 무릎 꿇고 사과부터 하자, 속담에 '웃는 얼굴에 침 못 뱉는다'는 말이 있듯, 우선 같이 앉아서 술을 마셨다고. 그러다가……나는 남매들 중에서 큰녀석과 달리 그 밑의 딸은 돈이 없어 대학에 못 보냈는데, 처남 녀석은 누님한테까지 사기를 쳐서 돈을 벌어다가 자기 자식 2명을 모두 대학을 졸업시켰다는 생각이 문뜩 떠오르자, 결국 그 녀석을 주먹으로 몇 대…… 그러자 마누라가 이번에도 동생 편을 들고, 그러자 더욱 화가 치민 나는 소주 1병을 병째로 꿀꺽꿀꺽, 그러고도 다른 병에 남아 있는 소주마저……그러고 쓰러진 것까지는 기억이 나는데……정신이

아름다운 이별

들고 보니까, 이번에는 이곳이더군. 그 정신병원에서 퇴원을 한 지 10일 만에……핫핫하."

"……"

함께 끽연실로 갔다. 그곳으로 들어간 우리는 말없이 담배만 피웠다. 주위에 서서 담배를 피우던 환자들 중에서 누구인가 저녁식사시간이 가깝다고 말을 하자, 밖으로 나온 우리는 곧 헤어졌다.

그러고 2일이 지나서, 나는 오후에 그의 방을 찾아갔다. 그동안 우리는 서로 얼굴들을 보지 못하자 궁금했기 때문이다.

그의 자리 바로 앞은 유리창이었고, 그는 그 앞에 서서 팔짱을 낀 채 창밖을 내다보고 있었다. 내가 말없이 그리로 다가가서 옆에 나란히 서자, 벌써 누구라는 것을 안 그가 말했다.

"창밖의 경치가 그래도 볼만해서……이 건물은 산허리를 깎고 지어서 그런지 창밖으로 가까운 곳에는 크게 자란 나무들이 제법 많고, 까치며 참새들, 또 산비둘기인지 이름 모를 새들도 이따금씩 날아다니더라고."

"복도 건너 우리 방의 저쪽 창밖으로는 도로와 가게, 주택들만 보이는데, 여긴 다르군요. 산사(山寺)처럼 아주 조용하고……밑의 환기 창문이 열려 있는데, 춥지 않습니까?"

"날씨가 변덕스럽긴 하지만, 계절이 4월이라서 그런지 그래도 역시 봄은 봄이더라고. 낮에는 열어놓고, 저녁에 닫는다고. 아무리 매연가스가 많은 도시라고 해도, 방안의 썩은 공기보다는 밖의 공기가 훨씬 낫다고."

이어서 그가 말한다.

"그리고, 여기에 서 있으면 바로 밑의 층에서 들려오는 여자들의 깔깔대는 웃음소리, 이따금 멋진 노래도 공짜로 들을 수가 있거든. 핫하."

바로 그때다.

어디선가 여자의 노랫소리가 들려오기 시작했다. 바로 아래층의 여자 환자들 병실로부터 들려오고 있었다. 누가 유리창 가까이에서 부르는 노래가 그곳의 열려진 환기 창문으로 흘러나와 바로 위층의 열려진 창문 밖으로 나비처럼 날아가고 있었다. 그러다가 노래가 끝나자, 몇 명이 박수를 치는 소리, '앵콜! 앵콜!' 하며 큰 소리로 떠드는 여자들의 목소리가 들리더니, 이내 잠잠해졌다.

"어제는 제목이 '흑산도 아가씨'라는 유행가를, 오늘은 '봄날은 간다'를 불렀구먼."

"……"

"그런데, 아우님의 얼굴이 왜 그렇지?"

"어때서요?"

"표정이 야릇하거든. 애절한 노래를 들어서인가?"

"그것보다는, 어딘가 귀에 익은 목소리라서……"

"비슷한 목소리들도 많다고."

"같은 마을에 살면서, 초등학교를 몇 년 동안 같이 다니던 어깨동무 여자아이가 있었습니다. 그 애는 노래를 잘 불러서, 반에서는 물론 학급 대표로 나가서 부를 정도였으니까요. 어딘가 그 여자친구 목소리를 닮았다 싶어서요."

"그렇듯 오랜 목소리라면 그럴 만도 하구먼. 하긴 쌍둥이는 다른 사람들은 얼른 구별을 못해도 부모가 먼저, 그들 중에서도 아버지보다는 엄마가 먼저 아주 작은 특징까지 알아내어 구별을 하거든."

　　　　　　　　　　　아름다운 이별

"끽연실에 함께 가실까요?"

"나는 지금 거기보다는 화장실이 더 급하다고. 오줌이 마렵다고. 핫하."

방에서 나온 우리는 그 앞에서 헤어졌다. 그는 화장실로, 나는 끽연실 말고 우리 방으로 돌아왔다. 나의 자리로 가서 침구 더미에 등을 기대며 비스듬히 누웠다. 그리고 아무래도 귀에 익은 그 여자 환자의 노랫소리를 다시금 머릿속에 떠올렸다.

노래는 '마음의 귀'로 듣는다. 얼굴 옆에 달린 귀를 통해서 전달받은 그것을 느끼는 것은 마음이다. 섬세하고 미묘한 그 차이까지도 느낌으로 구별해 낸다. 아무리 다시 생각해도 아까 그 노랫소리는 유서연—그녀를 닮았었다. 아니, 그렇지 않다. 여기가 어떤 곳인데, 그녀가 이런 정신병원에 올 리가 없다. 아니, 어쩌다가 그럴 수도⋯⋯내가 앞서의 병원에서 퇴원을 하고 만났던 어머니는 말했었다. 너의 초등학교 때 친구 서연이가 어느 비가 내리던 늦은 밤에, 비를 피하려고 찾아왔다가 이래저래 내 곁에서 자고 갔는데, 어디서 마셨는지 이미 술에 취한 것 같았다는⋯⋯

다음날이다.

점심시간이 끝나고 조금 뒤에, 복도에서 마이크 소리가 울려 퍼졌다. 오늘은 오후 2시부터 외부에서 저명한 강사님을 모셔 '알코올에 관한 특별강연'이 있을 예정이니, 많은 참석을 바란다며 거듭해서 알렸다. 그러자 나는 시큰둥하다. 저쪽 병원에서도 이런 때, 나는 그런 모임에 가지를 않았었다.

얼마쯤 지나서 내가 끽연실로 들어가자, 오늘따라 주위에서 담배를 피우는 환자들이 많았고, 그들 중에서 나이가 꽤 들어 보이는 두 사람이 말을 주고받았다.

"강당에 안 가려오?"

"가서 들어야 뻔한 소리, 거긴 가서 뭘 하게?"

"누구는 그까짓 뻔한 소리 들으러 가나? 강당에는 여자 환자들도 참석할 거고, 그러면 모처럼 여자들의 얼굴도 볼 겸 해서……"

"마누라한테 그렇게 당하고서도, 또 여자?"

"마누라하고 다른 여자들은 다르거든. 가려면 지금쯤 1층으로 내려가야……가자고! 가서 여자들은 어떻게 생겼나, 오랜만에 구경 좀 하자고!"

그들이 끽연실에서 나가자, 나도 엉겁결에 복도로 나섰다. 그리고 그들의 뒤를 따랐다. 처음에는 나도 모르게 그랬지만, 그러나 지금은 그 이유가 뚜렷하다. 어쩌면 무엇을 확인할 수 있을까 싶어서였다.

그들을 따라서 이미 열려져 있는 쇠창살문을 지나 엘리베이터를 타고 1층으로, 다시 강당으로 들어갔다. 100여 명쯤 앉을 수 있는 의자들이 줄들을 따라서 촘촘하게 놓인 그곳에는 이미 많은 환자들이 자리를 잡고 앉아 있었다. 30여 명의 남자들은 이쪽의 뒷자리에서부터, 여자들은 20여 명이 저쪽 앞쪽에서 둘째 줄부터 따로 앉아서 무리를 이루고 있었다.

잠깐 서서 나름대로 생각하던 나는 남자들 쪽의 앞으로 일부러 천천히 걸어갔다. 그런 나를 보고 등 뒤에서 누군가 "저 친구, 혼자 텅 빈 앞자리로 가네!"라며 의아해 했고, 저쪽에 앉아 있던 여자들도 차츰 하나둘씩 이쪽으로 머리를 돌려 나에게로 시선을 보내고 있었다. 그러자 나는 텅 빈 공간의 가운데로 가서 의자 위에 앉았

아름다운 이별

다. 내가 생각해봐도, 지금 나는 넓은 바다 위에서 누구에게도 보이는 삐죽 돋은 작은 섬처럼 보일 듯싶다.

그렇게 앉아서 나는 생각한다. 그것은 서연이의 목소리가 틀림없다! 그렇다면 이곳에 올 수도 있다. 더구나 오늘은 강사가 여자라지 않는가. 내가 여느 환자들과 달리 혼자 앞자리로 걸어오자 이쪽을 바라보던 여자들이 많았었고, 그렇다면 서연이도 그런 나를 어쩌다가 보았을 것이고……아니, 그녀는 못 보았을지도, 앞서 이곳에 참석을 하지 않았을 수도, 보다 앞서 그녀가 서연이 아닐 수도……

이윽고 2층의 보호사인 듯싶은 제복 차림의 남자가 저만큼 자리한 강대상을 앞에 두고 나와 서서 이제부터 강연을 시작하겠다며 강사를 소개했고, 그러자 나하고 조금 떨어진 맨 앞줄에 혼자 앉아 있던 나이가 50세쯤의 여인이 그 자리로 가서 마이크를 건네받더니 강연을 시작했다. 자기는 이러저러한 이유로 술을 마시게 되었고, 그러다가 알코올 중독자가 되었고, 그러나 남편은 그런 나를 포기하지 않고, 이 정신병원 2층에 입원을 시킨 적이 있고……결국 그런 남편의 따뜻한, 그리고 변함없는 사랑에 감복하여 드디어 금주를 결심하고 가정의 평화를 이루어 오늘에 이르렀다는……더구나 이곳의 2층에서 지낼 때, 집에 두고 온 아직 어린 아들과 딸의 얼굴이 머릿속에 떠오를 때마다 많이 울었다는 대목에서는 저쪽의 여자 환자들 틈에서 누군가 갑자기 흐느껴 울고……

강의가 거의 끝나갈 무렵, 여자들 쪽에서 누가 일어서더니 허리를 구부정 숙이며 이쪽으로 다가와서, 몇 줄 앞에 앉아 있던 사회자에게 무슨 말인가 잠깐 나누고 되돌아갔다. 이윽고 강연이 끝나자, 사회자가 재빨리 일어서서 뒤돌아보며 큰 소리로 알렸다. 강사

님의 강연을 들은 어느 여자 환자분이 그 답례로 노래를 부르겠다고 하니 여러분은 그 자리에 그대로 앉아 있으라는 것이다.

이미 앞으로 나와서 맨 앞줄에 앉아 있던 여자가 그쪽 자리에서 우뚝 일어섰고, 이쪽으로 걸어오기 시작했다. 그녀가 가까이 내 앞을 지나칠 때, 나는 눈여겨보았다. 틀림없는 유서연―이었다. 그녀는 이쪽의 계단을 밟고 야트막한 무대 위로 올라가 중앙쯤 걸어가서 객석을 바라보며 돌아섰다. 그리고 잠깐 호흡을 가다듬더니, 이윽고 입에서 노래가 흘러나왔다.

바위 고개 언덕을
혼자 넘자니
옛 님이 그리워 눈물 납니다.
고개 위에 숨어서
기다리던 님……

그 노래는 가곡 '바위 고개'였다. 나는 대뜸 우리 마을의 '장승 고개'가 머릿속에 떠올랐고, 장승들이 무섭다면서 아이들은 짐짓 '바위 고개'라고 부르던 어릴 적 초등학교 시절이 눈앞에 아른거렸다.

그녀는 노래를 짧게 1절만 불렀고, 그러자 환자들은 일어나서 우루루 엘리베이터 쪽으로 밀려갔다. 나도 그리로 갔지만, 차례가 아직도 멀었다. 엘리베이터가 3층까지 환자들을 싣고 몇 번이고 오르내렸다. 이윽고 마지막으로 그때까지 남아 있던 남자 3명과 함께 내가 엘리베이터에 오르자, 이어 서연이 뒤따라 오르며 철문이

　　　　　　　　　　　　　아름다운 이별

닫치고, 그러자 나의 바로 앞에 서있던 그녀는 발음이 정확하게 또 박또박 아라비아 숫자들을 불러댔고, 어느 사이에 엘리베이터는 2 층에서 멎었다.

문이 열리며 그녀는 밖으로 내렸다. 그리고 그곳의 쇠창살문을 지나 병동 안으로 사라졌다. 나하고 함께 타고 있던 남자들이 중얼 거렸다.

"방금 내린 그 여자, 혹시 간첩 아냐? 무슨 암호 전달처럼 또박 또박 숫자들을……"

"아무래도 누구의 전화번호인 것 같은데……우리처럼 환자복을 입고 있으니까, 어쩌면 2층의 정신질환자인지도 모르지."

어느 틈에, 3층에서 엘리베이터의 문이 또 열렸다. 모두 내려 차 례로 쇠창살문을 지나자, 지키고 서있던 보호사가 우리들이 마지 막이라는 듯이 그 문을 닫고 열쇠로 잠갔다. 우리 방으로 걸어가면 서, 나는 아까 그녀가 불러주었던 그 전화번호의 숫자들을 차례로 머릿속에 다시금 떠올렸다.

방으로 들어서자, 마침 방장의 사물함 위에는 노트와 볼펜이 놓 여 있었다. 내가 손가락으로 그쪽을 가리키자, 재빨리 눈치를 챈 그가 그것들을 내게로 건넸다. 나는 뒷장을 열고, 볼펜으로 아까 그 전화번호를 적어놓았다. 그러자 방장이 웃으면서 얼른 그 뒷장 을 북 찢어내더니 내게 주었다.

나는 그 종이를 접어서 환자복의 주머니 속에 넣고, 곧바로 가까 운 끽연실로 갔다. 그리고 담배를 꺼내 피워 물었다. 조금 뒤에 언 뜻 보자, 한 사람 건너서 영태 씨가 보였다. 얼마쯤 지나서 우리는 밖으로 나왔고, 복도를 함께 걸었다.

"그래서 아우님은 1층의 강당에서 어릴 적 그 여자친구를 만났나?"

"그걸 어찌 아시죠?"

"아까 복도가 썰렁하자, 많은 환자들이 그리로 갔거니 생각이 들더군. 아우님이 방에도 끽연실에도 없자, 역시 그곳에 갔나보다……어제, 아랫방에서 노래를 부르던 그녀를 만날지도 모른다는 생각으로 말이지."

"바로 그녀였습니다!"

"허헛, 이런 일도 있다니……그래서 이야기를 나누었나?"

"그럴 틈도, 그랬다고 하더라도 서로 창피스러워서……우리는 엘리베이터를 마지막으로 탔고, 그러자 그녀는 전화번호를 또박또박 불러주고 내렸습니다."

"허헛!"

놀란 그가 조금 후에 물어본다.

"그래서 앞으로 아우님은 어떻게 할 건데?"

"그 애를 이곳에서 내보내겠습니다!"

"뭐라고?……그 이유가 뭐지?"

"그 애는 착한 아이입니다. 산비둘기의 어린 새끼를 어미의 품으로 돌려보낸 그런 아이입니다. 악(惡)으로 가득한 이 세상에서, 그 애는 선(善)의 씨앗입니다. 그런 아이는 이곳보다는, 그런 곳에 있어야 합니다."

"그런 아가씨가 어쩌다가 이런 곳에……"

"만약에 신(神)께서 너와 그 아이─두 사람 중에서 한 명만 이곳에서 풀어주겠다고 한다면, 나는 주저 없이 그 애를 내보내달라고,

　　　　　　　　　　　　　　　아름다운 이별

나는 이곳에 남겠다고 말할 겁니다!"

"아우님은 좀 흥분하고 있는 것 같은데……?"

"아뇨, 전혀 그렇지 않습니다!"

조금 후에, 그가 침착한 어조로 말한다.

"그러려면 누구보다도 그 친구의 보호자의 허락이 있어야 하고, 그러자면 그 보호자를 만나 설득을, 그러자면 누구보다도 아우님이 이곳에서 먼저 나가야 빠를 것 같은데……아닌가?"

"……"

"이곳에서는 휴대전화를 소지할 수 없으니까, 그 여자친구가 불러주었다는 그 전화번호는 아무래도 자기의 것은 아닌 것 같고……혹시 그쪽 보호자의 것이 아닐까?"

"나도 그런 생각이……"

"어쨌거나 좀 더 차분하게 생각해보자고. 속담에 '하늘이 무너져도 솟아날 구멍이 있다'고 하지 않았나. 핫핫하."

그와 헤어지고 그날 밤에도 거듭해서 생각해보았지만, 결론은 같았다. 다음날 오후가 되어서도 결론은 한 가지뿐이었다. 저녁식사 후의 1시간은 공중전화기를 사용할 수가 있다. 나는 그리로 갔고, 이곳에 들어와서 처음으로 미경에게 전화를 걸었다. 나의 차례가 오자, 전화카드를 기계의 입에 물리고, 조금 후에 전화가 연결이 되자 말했다.

"이곳은 2번째로 들어온 정신병원, 그러자 많은 생각을 해봤는데……내가 그동안 미경에게 많은 피곤을 주었다는 것을 알았다고. 더 이상 피곤을 주고 싶지 않았고, 그렇다고 내가 앞으로는 그러지 않겠다는 무슨 보장을 딱 부러지게 할 수도 없고……그래서 미경을 위해서 차라리 이혼을 하는 쪽이 낫겠다는 생각이 들었다고."

"......"

"그러려면 우선 만나서 좀 더 이야기를 해야 하고, 그러자면 우선 미경이 이곳으로 면회를 와주었으면 해서 내가 먼저 전화를 했다고. 기다리겠어!"

내가 먼저 전화를 끊었다. 그러자 옆에서 지켜보며 서있던 보호사가 그런 나를 물끄러미 바라다보았다. 나는 그동안의 모든 허물을 나의 잘못으로 자세를 한껏 낮추었고, 이제는 그녀를 기다리는 일만 남았다.

3일이 지나자, 오후에 보호사가 방으로 찾아오더니 집에서 면회를 왔다면서 내게 말했다. 나는 그를 따라 1층으로 내려갔고, 곧 면회실로 들어갔다. 그런데 미경은 혼자가 아니었다. 그녀는 두 눈을 감고 꼿꼿한 자세로 탁자 건너 의자에 자리를 했고, 그 옆에는 나이가 50세쯤의 웬 낯선 남자가 나란히 앉아 있었다. 나는 그 사내와 마주 앉았다.

"나는 미경 씨의 의뢰인 자격으로 이 자리에 왔습니다. 앞서 부인의 의견은 충분하게 들었습니다. 그러니 면회시간도 생각해서 간단하게 요점만 물어보겠습니다. 남편인 박 선생도 동의하십니까?"

"물론입니다."

"이혼을 먼저 제의한 이유는 무엇 때문입니까?"

"그건 아내한테 말했는데요."

"그래도 다시 한 번……한마디로 짧게 말한다면 무엇입니까?"

아름다운 이별

"나는 나대로 자유롭게 살고 싶어서입니다. 가난하지만 떳떳하던 나의 자존심을 지키며 살고 싶기 때문입니다."

나름대로 조금 생각하던 그가 말한다.

"조금 추상적인 말 같은데?"

"그러나 남들에게는 요만큼도 피해를 주는 말이 아닙니다."

"좋습니다. 무슨 뜻인지 대충 짐작이 갑니다."

이어서 그가 말한다.

"아주 구체적인 중요한 문제들이 남아 있습니다. 박 선생과 부인 사이에는 자녀가 아직도 없으니까, 양육에 관한 문제는 쉽게 넘어가서 다행이고……혹시 박 선생은 부인에게 다른 요구 같은 것을 따로 생각하고 있는 것은 아닙니까?"

"다른 요구라니요?"

"말하자면, 그동안의 정신적인 피해 보상—즉 위자료 같은 것 말입니다."

그러자 나는 피싯 웃으며 말한다.

"전에, 우리가 살던 아파트도 처가에서 마련해준 것이었지요. 그런 주제에 피해 보상이라니요! 더 말하고 싶은 것은, 만약에 그쪽에서 엉뚱하게 나한테 무슨 보상을 요구해봐야……그때나 지금이나 나는 가진 것이 하나도 없는 놈이기 때문입니다!"

"허허허헛."

웃어댄 그가 갑자기 표정을 바꾸며 은근한 어조로 물어본다.

"혹시라도 선생은 부인께서 다른 남자를 사귄다든가 하는 의심을, 그런 것을 입증할 무슨 증거라도 가지고 있다든가, 그런 건 아닙니까?"

"그랬다고 하더라도, 나는 굳이 그런 것은 들추고 싶지가 않습니다."

"왜 그렇지요?"

"그것은 오히려 내가 부끄럽기 때문입니다. 자기 아내가 다른 남자한테 정을 주고 있다는 것부터가 나로서는 같은 남자로서 자존심이 상하기 때문입니다."

"허허허헛. 자존심이 대단하시군요!"

크게 웃어댄 그가 옆에 놓인 가방 속에서 종이와 볼펜을 꺼내더니 말한다.

"박 선생이 솔직하게 협조를 해주어서 감사합니다. 만약을 위해서, 지금까지 우리가 주고받은 이야기는 모두 녹음이 되어 있습니다. 그 말들이 틀림없다는 것을 인정하는 박 선생의 동의가 필요해서, 이 종이다가 짧게……"

"그리고 끝에다가 오늘 날짜와 내 이름과 사인을 하면 됩니까?"

"그러면 됩니다. 아시다시피, 요즘은 결혼보다 이혼이 훨씬 많은 시대입니다. 헛헛. 결혼한 지 1달 만에 이혼을 하는 경우도 있는 만큼, 벌써 몇 달이니까 내 생각으로는 이래저래 두 분의 경우는 쉽게 끝날 것 같습니다. 두 분이 읽어보시고, 그 밑에 서명만 하면 끝날 정도로 내가 나름대로 이혼서류를 작성해서 보내드릴 것입니다."

그가 가방을 챙겨 들고 일어서려고 하자, 내가 말한다.

"나는 언제 이곳에서 풀려나죠?"

"곧 그렇게 될 것입니다. 이혼 절차에 따라, 두 분이 가정법원에 함께 가야 하기 때문에……그 문제는 우리가 알아서 해결해 드리

아름다운 이별

겠습니다."

그리고 우리는 서로 헤어졌고, 나는 밖에서 그때까지 기다리고 있던 아까 그 보호사를 따라서 엘리베이터를 타고 건물의 3층으로 올라왔다.

그 다음날 오후이다.

내가 영태 씨와 끽연실에 있는데, 보호사가 나를 그곳까지 찾아와서 퇴원 준비를 하라고 알려주었다. 그의 손에는 간호사실에서 뒹구는 것을 가져왔는지 빈 비닐가방이 들려 있었다. 그러자 영태 씨는 기가 막힌다는 듯이 허허 웃었다. 그는 내가 집으로 먼저 전화를 했었다는 것과, 어제는 아내가 변호사나 법무사인 듯싶은 웬 사내를 데리고 면회실로 함께 왔었다는 것을 알고 있었다. 내가 얘기를 해주었기 때문이다.

우리 방을 들러 사물함 속의 내용물들을 그 비닐가방 속에 담은 나는 복도로 나섰고, 그때까지 밖에 서있던 영태 씨와 함께 보호사의 뒤를 따라 복도를 걸었다. 그와 나는 서로 아무 말이 없었다. 이윽고 쇠창살문 앞에 이르자, 그가 비로소 입을 열었다.

"무슨 말을 해야 할지 모르겠구먼. 또 만나자고 할 수도 없고⋯⋯잘 가시게나, 아우님!"

"건강하세요, 형님!"

나는 이미 열려져 있는 그 쇠창살문을 지나 곧 엘리베이터를 탔고, 뒤돌아서자 영태 씨는 아직도 그 자리에 서 있었다. 내가 한쪽 손을 들어 흔들어보이자, 그도 그랬다.

보호사와 함께 1층으로 내려온 나는 어느 빈 공간으로 안내되어 그곳에서 환자복을 벗어놓고, 내가 입고 왔었던 옷으로 갈아입었다. 그리고 조금 후에 보호사가 쇠창살문을 열어주자, 나는 밖으로 나섰다.

병원의 원무과 앞에 서있던 미경이 내게 활짝 웃어보였다. 공항에 마중을 나온 사람을 기다리고 있던 사람처럼 그런 웃음이었다. 그러자 반가운 사람이나 만난 것처럼 나도 그랬다. 그녀의 뒤를 따라 병원의 건물을 나서자, 바로 주차장이었다. 그녀는 저만큼 멎어 있는 중형 승용차로 다가가더니 운전석 위로 올라갔다. 그동안에 구입한 자가용차인 듯싶다. 내가 뒷좌석에 타자, 차는 곧 떠났다.

"요즘엔 나보다 못한 것들도 차를 몰고 다니는 것이 아니꼬와서 나도 한 대 구입했어요. 운전면허증은 이미 오래전에 취득을 했었구요."

"차가 예쁘군."

차를 운전하며 한동안 말이 없던 그녀가 문뜩 엉뚱한 말을 한다.

"종훈 씨, 어디로 드라이브를 할까요?"

"아직 그럴 기분이 아닌 걸."

"왜요, 내가 실수로 교통사고를 낼까봐, 그래서 죽을까봐 겁이 나서 그런가요?"

"죽는 것은 겁이 나지 않는데, 아직 할 일이 남아 있거든."

"그게 뭔데요?"

"글쎄."

"종훈 씨는 돈을 벌어야 할 일이, 그래서 박사학위를 취득해야……아닌가요?"

"그까짓 학위보다 더 값진 것이……"

농담으로 받아들인 듯 그녀는 더는 말하지 않았고, 1시간쯤 지난

아름다운 이별

뒤에 차는 그 2층집 앞에서 멎었다. 그녀는 나를 내려주고, 다시 차를 몰고 어디로인가 가버렸다.

버저를 울리자, 대문이 열렸다. 마당을 지나 현관문 안으로 들어서자, 마침 장모님이 마루 위를 지나다가 나를 보자, 직장에서 하루나 이틀쯤 출장을 떠났다가 돌아오는 사위를 맞아주듯 "자네 오는가?" 말하며 조금 웃어 보이더니 곧 저쪽으로 가버렸다. 가정부도 내가 들고 있는 그 가방 속에 빨랫감이 들어 있다는 것을 알고나 있듯이, 그것을 얼른 받아들었다.

집안의 분위기가 전과는 다르다. 밝고 부드러웠다. 그러자 폭풍우가 지나간 바다처럼 덩달아서 내 마음도 아주 편안하고 평온해진다. 이제부터 '어느 날'까지는 이런저런 눈치를 보지 않고 이집에서 떳떳하게 살아도 될 것 같다. 아니, 이제부터는 그러기로 했다.

2층으로 올라오자, 나의 서재의 책상 위에는 전에 내가 먼저 번 병원에서 퇴원을 했을 때처럼 휴대전화며 나의 주머니 속에 들어 있던 내용물들이 고대로 놓여 있었다. 보나마나 이번에도 미경이 그랬을 것이다. 서 있는 채로, 휴대전화를 집어 들자마자 나는 동우에게 전화를 걸었다. 조금 후에, 그쪽에서 대뜸 중얼거린다.

"또 저승에 다녀온 모양이로군."

"눈치는……여기는 이승이다. 막 도착했다. 하하하."

"사람들 사이에는, 인연이라는 것이 있다고. 그것이 악연(惡緣)일 경우에는, 빨리 끊을수록 좋다고. 그것이 서로를 위한 길이라고. 그건 그렇고, 지금 사무실에서 곧 회의가 있으니까, 마음이 가라앉거든 또 전화를 해라. 알겠냐?"

"알았어. 그러자고!"

전화를 끊고, 나는 그대로 서서 잠시 생각해본다. 나는 나의 성격이 어떻다는 것을 조금은 알고 있다. 때로는 늑장을 부리며 게으름을 피우다가도, 한 번 마음을 먹으면 끝까지 가서 결과를 보는…… 내친김에, 이번에도 그러고 싶다. 서재의 방문을 닫고, 유리창문을 조금 열어놓고는 비로소 의자 위에 앉았다.

나는 그 병원에서, 서연이 불러주었던 그 전화번호를 아직도 또렷이 기억하고 있다. 상대방이 누구이던 빨리 그쪽으로 전화를 걸어보기로 한다. 그리고 더 중요한 것이 있다. 만약에 그쪽이 서연의 보호자가 맞는다면, 그때는 거짓 없이 사실대로 말하는 것이 오히려 이런저런 추측과 오해를 보다 빨리 해소시킬 수도, 진실의 자물쇠는 진실의 열쇠로만 쉽게 열린다는 것을 나는 나름대로 믿는다.

전화가 쉽게 연결이 되었다. 그쪽은 서연이의, 별명이 새침데기인 작은언니였다. 나는 나의 이름과 어린 시절에 살던 나의 고향 이름이며 서연이는 나하고 초등학교를 같이 다녔던 어깨동무, 그런 서연이를 그 병원에서 어쩌다가 다시 만났고, 이 전화번호도 서연이가 불러주었던 것이라고……그녀는 언제, 누구한테 들었는지 이미 나를 알고 있었다. 그런 종훈이가 어쩌다가 그런 곳에 들어갔느냐고 조금 실망스러워 하더니, 그러면서도 혹시 서연이가 다른 무슨 말은 하지 않았나 궁금했는지, 오히려 나를 만나보고 싶다고 먼저 말했다. 서로가 찾기 쉽게, 그 병원 바로 근처의 어느 커피점을 말해준 것도 그쪽이었다.

우리가 만난 것은 다음날 오후 2시쯤이었다.

아름다운 이별

이런저런 이야기를 조금 나누던 그녀가 자기 동생에 대한 불만을 쏟아냈다.

"내가 화가 안 나게 생겼는지, 종훈이도 생각해보라고! 고모가 죽자, 그때부터 내가 데려다가 저를 20여 년 가까이 데리고 있으면서 먹이고 재우고 입히며 공부를 시켰고, 용돈까지 주었는데……그런 은혜는 모르고, 그까짓 유산이 얼마나 된다고, 그동안 다 없어졌는데도, 그런데도 아버지가 자기한테 물려준 유산이 있다는 것을 안다는 거야. 그러면서 그것을 달라는……그 애는 어디서 배웠는지 술을 마실 줄 알고, 술에 취한 날이면 그때마다 같은 요구를 또 되풀이하고, 그러니 내가 견딜 수가 있어야지! 참다못해서 나는, 누구한테 듣고는 그 애를 그 정신병원으로……"

"누님이 참으세요. 그래도 동생이 아닙니까!"

"이 계집애가 고집이 세서, 그동안에 나한테 전화 한 번 하지를 않고, 그러자 누가 이기나 해보자며 나도 전화도, 면회도 한 번 가지를 않았었고……그 애의 약정된 퇴원 날짜가 꼭 1주일 남았어. 괘씸해서 그곳에 그대로 놔둘까 생각했었는데……"

"저를 봐서라도 서연이를 한 번만 용서해 주세요, 누님!"

"그렇다면 좋아! 종훈이가 이렇듯 간청을 하니까 나도……하지만 그러기에 앞서, 다시는 나한테 받을 돈이 없다는 것을 그 애가 문서로 약속을 해야 해! 그리고 종훈이가 그 증언자로 보증을 한다면, 나도 그렇게 하겠어. 어때, 종훈이의 생각은?"

"좋습니다! 서연이도 내가 누님과 함께 같이 가면, 아마 그럴 겁니다."

"이럴 줄 어느 정도 예측을 하고, 나는 이래저래 병원에다가 이미 면회 신청을 해놓았다고. 지금 가면, 거의 그 시각이 될 거야."

"함께 가시죠, 누님!"

우리는 곧 그곳을 나와서, 가까운 그 병원으로 걸어갔다. 우리가 배정된 곳은 며칠 전에 내가 미경을 만났던 바로 그 옆의 면회실이 었다. 그리고, 내가 앉은 의자는 미경이 앉았었던 그런 자리였다.

조금 지나자, 환자복 차림의 서연이 면회실 안으로 들어섰다. 그 녀는 잠깐 우리를 보다가 곧 언니와 마주 앉았다. 그러자 언니가 나하고 만나게 된 과정과 서로 주고받았던 이야기를 말하고 나서, 그러니 너의 의사를 말하라며 볼펜과 노트 장을 핸드백에서 꺼내 탁자 위에 올려놓았다. 서연은 아무 말도 하지 않고, 천장만 주시 하고 있었다. 내가 헛기침을 하며 눈짓을 하자, 그녀는 언니의 요 구대로 '나는 언니로부터 받을 돈이 한 푼도 없다'며 간단하게 쓰 고 날짜와 이름과 사인을, 나도 그 밑에다가 이름과 사인을 했다.

먼저 자리에서 일어난 쪽은 서연이었다. 밖으로 나간 그녀는 기 다리고 있던 보호사를 따라서 저쪽으로, 그리고 뒤를 돌아다보지 도 않고 쇠창살문을 지나 곧 엘리베이터 앞으로……그러자 언니가 중얼거렸다.

"저 계집애의 성격이 저렇다고! 아직도 성격이 살아 있다고!"

건물의 밖으로 나선 우리는 그녀의 자가용 승용차로 함께 걸어갔 고, 차가 떠나고 얼마쯤 가다가 나는 1주일 후에 그 병원의 주차장 에서 다시 만나기로 약속을 하고 도중에 차에서 내렸다. 나는 한동 안 그 자리에 말없이 고대로 서 있었다.

다음날 늦은 밤이다.

누가 밖에서 나의 서재의 방문을 똑똑 두드렸다. 문을 열어보자,

아름다운 이별

의외로 미경이 서 있었다. 그녀의 손에는 포도주 병이, 다른 손에는 술잔이 들려 있었다. 방안으로 들어온 그녀에게 의자를 내주고 나는 이쪽의 침대에 걸터앉았다. 그녀는 이미 혼자 마신 듯 술병의 허리쯤 내려와 있는 병의 술을 나의 물컵과 들고 온 자기의 잔에다가 가득히 따르더니, 그 컵을 내게로 건네며 중얼거렸다.

"종훈 씨와 한 잔 하려고 이렇게 왔어요."

"미경이도 술을 마실 줄 아나?"

"요즘에는 영호 오빠랑 소송 문제도 있고……이것저것 하도 머릿속이 어수선하고 복잡해서, 밤이면 혼자서 술을 조금씩 마실 때도 있다고요."

"그러면 기분이 어때?"

"나쁘지 않더군요. 잡념이 사라지고, 용기가 생기고……술이 무엇인지, 이제는 조금 알 것 같군요. 호호홋."

이어 그녀가 문뜩 말한다.

"종훈 씨, 미안해요!"

"뭐가 그렇지?"

"그동안 종훈 씨를 너무 괴롭힌 것 같아서요. 한 번도 아니고 두 번씩이나……2번째는 나보다는 엄마가……그런 엄마를 용서하고 미워하지 말아요. 이처럼 내가 대신 사과를 하니까요."

"지나간 일이라고. 나는 그런 장모님을 좋아하지는 않지만, 미워하지도 않아."

"왜죠?"

"남을 미워하면, 앞서 내 마음부터 그만큼 괴로우니까."

"어쩜!"

또 술을 한 모금 홀짝 마신 그녀가 조금 후에 중얼거린다.

"며칠 전에 내가 면회를 갔던 날, 나를 보자 종훈 씨의 기분은 어땠어요?"

"미경이 이겼다는 느낌이 들더군."

"아니, 내가 졌어요!"

"왜 그렇지?"

"나도 나름대로 자존심과 고집이 세다고 여겼었는데, 종훈 씨의 그것이 참된 자존심이라는……그것에 비하면, 나의 그것은 아무것도 아니라는 생각이……"

"……"

"언젠가 들은 말이 있어요. 인생은 먼 여행길이라나요. 그리고 결혼한 부부는 먼 길이 지루할까봐 함께 떠나는 반려자라더군요."

"그래서?"

"그동안 나는 종훈 씨가 어떤 사람인지 너무 몰랐어요. 알고 보니, 착하고 멋진 남자였는데……이제라도 우리가 처음 만났을 때처럼, 시발역에서 다시 함께 열차를 타면 안 될까요?"

"이미 열차는 떠났다고."

"내가 차를 타고 뒤쫓아 가면 어떨까요?"

"내가 탄 열차는 급행열차라고."

"가다가 무슨 사고라도 나서 그 급행열차가 멎을 수도 있잖아요. 그러면 차에서 내린 종훈 씨가 거기 서서 나를 기다리면 되잖아요."

"이미 걸어가고 있는 걸."

"혼자서요?"

아름다운 이별

"물론이지."

"어디까지 그렇게 혼자 걸어갈 건가요?"

"종착역까지—."

그녀는 침대에 걸터앉아 있는 나를 한동안 빤히 바라다보았다. 그러더니 무엇인가 알았다는 듯이 나름대로 고개를 두어 번 끄덕거렸고, 이내 의자에서 몸을 일으켰다. 그리고 몸을 조금 비척이며 방문 앞으로 다가가다가, 갑자기 뒤돌아섰다.

"오늘 밤에 나는 이곳에서 자고 싶은데……종훈 씨의 생각은 어때요?"

"1층으로 내려가라고."

"역시나……"

방문을 나서서 두어 걸음 걷던 그녀가 뒤돌아보며 말했다.

"종훈 씨는 한동안 이곳을 자기 집처럼 여기며 살아도 돼요. 그러다가 불편하다 싶으면, 따로 나가서 살고 싶으면 언제든지…… 그때는 엄마가 1천만 원을, 그리고 나도 그런 종훈 씨를 위해서 5백만 원쯤은 보탤 수가 있으니까요. 알았죠?"

태양의 저쪽

되찾은 세월

나는 지금 그 건물의 주차장에 서 있다.

그 건물은 외부에서 보기에는 조용하고 평온해 보인다. 그러나 내부는 그렇지가 않다. 저마다 나름대로의 울분을 지닌 시한폭탄과도 같은 사람들이 모여서 함께 지내고 있다. 건물의 3층에서, 영태 형님은 지금 무엇을 하고 있을까 모르겠다. 끽연실에 있을까? 아니면 그저 복도를 왔다갔다 거닐고 있을지도……

건물 1층의 유리문이 열리며 여자 2명이 주차장 쪽으로 나섰다. 앞에 선 여자는 새침데기 언니였고, 뒤에 옷가방을 한 손에 들고 있는 여자는 서연이었다. 그녀들은 내가 서 있는 주차장으로 다가왔고, 이따가 집에 올 때 택시를 타고 오라면서 언니가 나에게도 보란 듯이 동생에게 1만 원짜리 지폐 3장을 건네고는 가까이 멎어 있던 자가용 승용차를 타고 먼저 그곳을 떠났다.

이미 몇 걸음 저쪽으로 걸어가던 서연이 뒤돌아보며 큰 소리로 말했다.

"거기 서서 뭘 하니? 어서 따라오지 않고—."

내가 그리로 다가가자, 그녀가 이번에도 나에게 또 핀잔을 준다.

"교도소에서 풀려난 사람한테는 기다렸던 사람이 두부를 먹인다는데, 박종훈—너는 그것도 모르냐?"

"두부는 준비해 오지를 않았고, 네가 먹고 싶은 것을 사줄 테니까, 어디든지 가자고."

"나는 지금 얼큰한 찌개가 먹고 싶다. 그리고 술도 한 잔……"

"그렇다면 함께 가자고!"

주차장 정문을 나서자 2차선 도로 건너편에는 가게들이 죽 늘어서 있다. 얼마 전에, 내가 서연의 언니와 만났었던 그 커피점 옆의 음식점이었다. 그리로 들어가자 아직 손님이 별로 없었다. 우리가 식탁을 사이에 두고 마주 자리를 하자, 그녀가 대뜸 생선찌개와 소주 1병을 주문했다. 그리고 음식상이 차려지자, 술부터 마시기 시작했다. 얼마쯤 지나자, 그녀가 갑자기 자기의 새침데기 작은언니를 입에 올렸다.

"초등학교 5학년 때, 너랑 헤어진 나는 서울에서 혼자 사는 고모님 집으로, 고모가 갑자기 돌아가시자, 이미 결혼을 한 작은언니가 대뜸 나를 데려가더구나. 그곳에서 고등학교를 졸업하자, 나는 음악대학에 가고 싶었다고. 그러나 언니는 너를 더 이상 가르칠 돈이 없다면서, 나를 대학에 보내지 않았어. 나는 네가 공부를 하도록 아빠가 너의 몫으로 따로 돈을 작은언니한테 맡겨 놓았으니 걱정말고 그곳에서 공부하라는 말을 엄마한테서 들은 적이 있었는데, 하지만 그 액수가 얼마였지는 모르거든. 언니에 대한 반항으로, 가출을 할까 생각도 했었지만, 말이 그렇지 그게 쉽지가 않았어."

"그래서?"

"초등학교 때, 나의 별명이 '덜렁이'였다고 하더라도, 난 눈치가
없냐?……작은언니는 큰언니와 달라서 허영심이 많았어! 분수에
넘친 넓은 아파트에, 비싼 자가용 승용차에, 가전제품도 아직 멀쩡
한 것을 신제품으로 바꾸고, 친구들과 해외여행도 다니고, 한마디
로, 나의 눈에도 언니의 돈 씀씀이는 너무 헤프다싶을 정도였다고.
어느 날 늦은 밤에, 언니가 형부와 무슨 말다툼을 하는 도중에, 이
아파트를 살 때에 아버지가 자기에게 준 유산도, 내 동생 서연이의
돈도 조금 들어갔다는 것을 아느냐며 큰 소리로……나는 나의 방
에서 그 소리를 못 들은 체 그냥 넘겼어. 그리고 모든 것을 잊고,
이후로는 틈틈이 집안일을 돕고 어린 조카도 돌보며 그럭저럭 또
10여 년을……"

"그래서?"

"나이가 30세가 넘자, 어느 날 문뜩 그런 내가 한심하더구나! 모
처럼 외출을 했다가 돌아오는 길에, 어느 음식점 유리문에 종업원
을 급하게 구한다는 광고가 나붙은 것을 보자 생각했어. 내가 학벌
이 있냐, 그동안에 배운 기술이 있냐, 그 집으로 들어가서 그때부
터 이것저것 궂은일도 마다하지 않고……그 집의 손님들 중에는,
근처의 어느 노래방 주인도 있었어. 내가 노래를 잘 부른다는 것을
어쩌다가 알게 된 그는 나한테는 공짜로 와서 노래를 부르라는 거
야. 음악대학에 가지 못한 한이 남아서일까, 이래저래 나는 그의
말을 받아들였다고. 그곳에 가서 노래를 부르면, 낮의 하루의 피곤
이 오히려 사라지고……그러다가 노래방을 찾은 손님들과 함께 노

되찾은 세월

래를 불러주면, 때로는 손님들이 그때마다 나에게 팁을 주기도 했는데, 그것들도 합치면 꽤 되었어. 술도 그 시절에 배웠어. 어느 때는 술 마시고 노래를 부르다가 뜻 모를 눈물이 흐를 때도 있었어."

"뜻 모를 눈물이 더 서럽다—고 서양의 어느 시인이 노래했었지."

"그 건물의 저 위의 층은 고시원이었어. 난 언니의 집을 나와서 그곳으로, 그리고 낮에는 그 음식점에서, 밤에는 그 노래방으로……그런데 언니가 어느 날 나한테 말하는 거야. 돈은 가지고 있으면 쓰게 되어 있다면서, 결혼할 밑천을 모으라며 나의 수입을 자기한테 맡기면 뒤에 높은 이자까지 붙여주겠다는 거였어. 나도 그러라며……"

혼자 술잔을 단숨에 비운 그녀가 말을 이었다.

"그런데 문제가 생겼어. 다니던 그 음식점은 장사가 안 되었는지 문을 닫았고, 노래방도 화재가 나서, 결국 나는 언니의 집으로 다시 들어왔고……아파트는 넓었지만, 이제는 2명인 조카들이 점점 커가자, 나는 더 이상 그 집에서 살기가 부담스러웠다고. 그래서 다시 따로 나가서 살려고, 언니한테 그동안에 내가 벌어서 맡겨놓았던 돈을 달라고 하자, 마침 언니는 형부 몰래 주식에 투자를 했다가 크게 손해를 보아서인지, 딴소리를 하는 거야. 그동안에 네가 번 그까짓 돈이 얼마나 되느냐고! 나는 언니한테 얹혀살며 많은 신세를 졌기에, 그까짓 남은 유산은 생각지도 않았어. 그래서 그것을 달라고 한 것도 아니고, 그동안 내가 힘들고 눈물겹게 번 그 맡겨놓은 돈을 달라는 것인데도, 언니는……"

"……"

"그때부터 나는 술을 마시면 그런 언니와 자주 다투었어. 어떤 때는 큰 소리로……그러던 어느 날 밤에, 잠을 자고 있던 나는 그 정신병원의 2층으로 강제입원을 당했던 거야. 그리고 그곳에서 너를 만나게 되었고……”

“그날—1층의 강당에서, 사회자에게 무슨 말인가 전하고 저쪽으로 되돌아간 여자 환자는 누구였지?”

“우리 방의 방장 언니라고. 방의 넓은 유리창 앞에 서서 보면, 이따금 창밖으로 산비둘기도 날아다니고, 그러면 나는 갑자기 외로워져서 노래를……그날, 남들이 봐달라는 듯이 텅 빈 앞좌석으로 천천히 걸어오는 남자 환자를 나도 얼핏 보았는데, 나는 그가 바로 너—라는 것을 첫눈에 대뜸 알아보았어! 그러자 창피에 앞서 왈칵 눈물이 나며 반갑더라! 옆에 앉아 있던 방장 언니에게, 내가 강사의 강연에 대한 답례로 노래를 하겠다고 사회자에게 알리라고, 그리고 그 노래를……알겠니?”

그녀와 함께 소주 1병을 더 마시고, 우리는 그 음식점을 나섰다. 그런 나는 이제는 그만 그녀를 집으로 돌려보내야 한다고 생각한다. 그리고 나도……

그때, 빈 택시 한 대가 우리의 앞으로 다가왔다. 그러자 그녀가 그 차를 세우더니 옷가방을 들고 앞좌석으로 오르며 내게 타라고 손짓했다. 내가 뒷좌석으로 올라가 앉자, 택시는 곧 떠났다.

어젯밤에, 나는 잠이 오지 않았었다. 이런저런 생각으로 거의 뜬 눈으로 밤을 보냈고, 그러자 지금은 사르르 잠이……나도 모르는 사이에, 뒷좌석에서 꾸벅거리며 졸다가 흠칫 눈을 뜨며 창밖을 내다보자, 풍경이 낯설어 보이지가 않았다. 택시는 지금 오르막길을 오르고 있었다. 이곳이 장승 고개—라는 것을 알았다.

　　　　　　　　　　　　　　　되찾은 세월

고갯마루까지 다다른 차는 멎었다. 앞에서 서연이 택시 값을 지불하고 먼저 차에서 내렸다. 나도 차에서 내리자, 택시는 그곳에서 방향을 돌리더니, 지금까지 올라왔던 고갯길을 되돌아서 내려가고 있었다.

그녀가 앞장을 서서 장승들 뒤로 걸어갔다. 그리고 가까이 놓여 있는 돌 의자 위에 앉자, 나도 그 옆에 앉았다. 한동안 아무 말이 없던 그녀가 갑자기 큰 소리로 말했다.

"야, 바보야!"

"그래, 나는 바보다!"

"내가 바보라고 하자, 그때는 내가 왜 바보냐며 화를 내더니, 오늘은 안 그러네. 왜지?"

"이래저래 나는 아무래도 바보 같아서 그래."

조금 후에, 그녀가 갑자기 떨리는 목소리로 말한다.

"나는 지하여장군이다아—박종훈이, 너를 잡으러 왔다아—나하고 같이 지옥으로 가자아—."

"그래, 함께 가자고!"

"얘, 훈아!"

"왜?"

"그때는 그렇게 겁을 내더니, 오늘은 다르구나?"

"지하여장군보다 더 겁나는 것이 있다."

"누군데, 그게?"

"사람이다! 그중에서도 살아 있는 여자라고."

"네가 그동안 마누라한테 되게 당했던 모양이로구나!"

조금 후에, 그녀가 말한다.

"넌 초등학교 때, 내가 대길이네 집을 찾아가서 대문을 걷어차며 소란을 피웠던 것을 기억하냐?"

"기억할 정도냐! 우리 앞 동네가 시끄러울 정도였지."

"그 전날, 대길이 녀석이 이 고갯마루에서 나를 기다리고 있다가 갑자기 튀어나오더니, 혼자 오는 나한테 어쩌고저쩌고 하다가 갑자기 뽀뽀를 하려고 했어. 그러자 화가 난 나는 뿌리치고 도망을 갔는데, 다음날, 녀석이 우리를 따라오며 내가 종훈이와 연애를 한다면서 놀리고……그러자 더는 참을 수가 없어서 그날 밤에, 대길이네 집을 찾아가서……"

"그래서 그랬었구나. 하하."

"넌 초등학교에 다닐 때부터 자존심이 강해서 내 손을 한 번도 잡아주지를 않았어. 먼저 잡으면 손이 썩기라도 하는지……넌 혼자 살아야 멋질 아이였어. 앞으로는 그렇게 살아라! 또 정신병원에 가지 말고……"

"연이야!"

"왜 그러니?"

"너는 앞으로 어쩔 거냐?"

"난 결혼 안 할 거다! 그랬다가 혹시 남편이 나를 정신병원으로 보내면……그곳을 생각만 해도……그동안 나는 나도 모르는 사이에 어쩌다가 노처녀가 되었는데, 요즘에는 자기가 부지런하면 여자도 혼자서 얼마든지 살 수가 있다. 혼자 자유롭게 말야!"

이어 그녀가 생각난 듯이 말한다.

"어젯밤에, 난 이런 생각이 문득 들더라. 그때, 어린 산비둘기 새끼를 놓아준 네가 고마워서, 그들이 그곳에서 너를 풀어준 것이라

되찾은 세월

는……"

"그렇지가 않아!"

"아니면, 뭐냐?"

"나는 그때, 어쩌면 그 귀여운 새끼를 데려다가 집에서 내가 키웠을지도 모른다. 그런데, 그런 나를 그러지 못하도록 말린 것은 연이, 너였다고! 그러자 그 산비둘기의 어미와 새끼는 그런 너를 기억했다가, 그 은혜를 이번에 너에게 갚은 거라고!"

"정말로 그럴까?"

그런 그녀가 문뜩 중얼거렸다.

"몸이 으슬으슬 춥다!"

"그만 가자고!"

"이럴 때는 어디 가서, 술을 한 잔 더 마시면 될 것 같다."

"그래?……어디로 가지?"

"고갯길을 내려가면 큰 도로가 나오고, 근처에 편의점이 있거든. 그곳으로 가자."

"그 버스정류장 근처에 편의점이 있다는 것을 나도 알고 있다."

"난 지금 돈이 없어! 아까 언니가 준 그 돈으로 이곳까지 오는 택시비를 냈거든."

"연이야!

"왜 그러니?"

"넌 술을 더 마셔도 되겠니?"

"이런 바보! 뭐 그런 것까지 걱정을 하냐? 그땐 그때 가서 생각할 문제지. 안 그러냐?"

"하긴 난 바보다. 하하."

그녀와 함께 고갯마루로 나서자, 가로등이 혼자서 환하게 불을 밝히며 서 있었다. 우리는 장승들 뒤의 돌 의자 위에 나란히 앉아서 이야기를 하느라고 해가 지는 줄도 몰랐었다.

　　그녀의 묵지룩한 옷가방을 이번에는 내가 들고, 우리는 우리의 마을과 반대쪽인 장승 고개의 내리막길을 천천히 걸어서 내려가고 있었다.

　　그때, 고갯마루를 바라보며 마을버스가 헤드라이트 불빛을 뿌리며 올라오고 있었다. 길 쪽으로 서 있는 나의 옆으로 그 버스가 지나가자, 잠깐 주춤했던 우리는 저 아래의 큰 도로를 바라보며 다시 걷기 시작했다.

태양의 저쪽

1쇄 발행일 | 2020년 08월 20일

지은이 | 김용운
펴낸이 | 정화숙
펴낸곳 | 개미

출판등록 | 제313 - 2001 - 61호 1992. 2. 18
주소 | (04175) 서울시 마포구 마포대로 12, B-103호(마포동, 한신빌딩)
전화 | (02)704 - 2546
팩스 | (02)714 - 2365
E-mail | lily12140@hanmail.net

ⓒ김용운, 2020
ISBN 979 - 11 - 90168 - 16 - 8 03810

값 15,000원